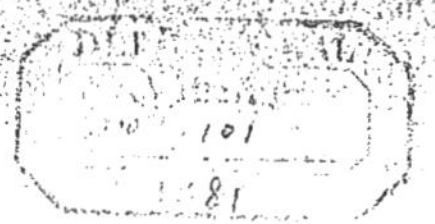


# LES
# COMPAGNONS DE LA MARJOLAINE

DEUXIÈME PARTIE DES CONVULSIONNAIRES DE PARIS

PAR

## H. GOURDON DE GENOUILLAC

AUTEUR DE PARIS A TRAVERS LES SIÈCLES

LA MARJOLAINE

PARIS

CAPIOMONT AINÉ, CALVET ET Cⁱᵉ, ÉDITEURS

SUCCESSEURS DE Vᵉ BENOIST ET Cⁱᵉ

10, RUE GIT-LE-CŒUR, 10

# COMPAGNONS DE LA MARJOLAINE

DEUXIÈME PARTIE DES CONVULSIONNAIRES DE PARIS

## I

Où il est grandement parlé de M<sup>lle</sup> Fanchette
la convulsionnaire.

Il pouvait être environ dix heures du matin.

Dans une petite chambre lambrissée et perchée sous le large toit d'une haute et ancienne maison de la rue Coquillière, une jeune fille repassait du linge en égayant cette occupation par des refrains joyeux, que sa voix fraîche envoyait aux échos du dehors.

Rien de plus simple que cette modeste demeure dans laquelle venaient se jouer en toute liberté les rayons du soleil.

Le mobilier n'était pas somptueux, mais il était tenu avec une propreté qui témoignait du soin qu'en prenait celle à qui il appartenait.

Dans l'angle de la pièce, et sous le comble de la mansarde, était le lit en bois peint, étroit, et en partie couvert d'un pardessus d'indienne jaune à dessins bleus, et entouré de rideaux de même étoffe; deux chaises et un vaste fauteuil foncé de paille, sur lequel s'étalait un caraco tout fraîchement repassé, étaient auprès; en face du lit, se montrait une commode en bois de rose, surmontée d'un miroir : c'était le plus beau meuble de la pièce.

La table, placée devant la fenêtre, recouverte d'une couverture de laine, servait pour le moment de table à repasser, et, sur un petit fourneau en terre à demi caché dans la cheminée, chauffaient les fers destinés à rendre au linge humide le glacis et la blancheur éblouissante dont se montrent habituellement si fières les bonnes ménagères.

Deux énormes pots de marguerites ornaient l'extérieur de la fenêtre, au chambranle de laquelle était accrochée une cage renfermant un serin jaune, dont les accents bruyants se mariaient sans trop de discordance à la voix perlée de la jeune fille.

C'était la chambre à coucher, ou plutôt l'appartement complet de M<sup>lle</sup> Fanchette La Vaudière, la rusée commère qui s'était tirée avec tant d'esprit des griffes de Stéphen de la Feuillée.

Vêtue d'un simple jupon de calmande et d'une chemise, la tête nue et les jambes de même, ses pieds chaussés de petites mules en taffetas vert, elle semblait complétement absorbée dans son opération de repassage.

Certes, si Stéphen, tout courroucé qu'il était contre elle, l'eût vue en ce moment et dans cette mise plus que négligée, il eût oublié tout son ressentiment et lui eût adressé le plus raffiné des madrigaux, car il eût été frappé de la gracieuseté naturelle de ses mouvements et de la gentillesse de toute sa personne. Il n'était pas possible de dire que Fanchette fût une belle femme, mais il y avait en elle de ces charmants détails particuliers aux grisettes de Paris, alors qu'il leur manque la plupart des avantages physiques qui constituent la beauté, telle que l'entendent les peintres et les statuaires.

Ses yeux n'étaient pas grands, mais ils brillaient d'un éclat de finesse qui les rendait pleins d'attraits; sa bouche était irrégulière, mais ses lèvres, un peu développées, rouges comme une tomate, étaient sensuelles et provoquaient le baiser; tout, jusqu'à ses cheveux, gaillardement retroussés derrière une oreille bien découpée, et son sourire caustique et railleur, accusait l'insouciance, la vivacité et la mutinerie.

Elle chantait, et sa chanson, légèrement grivoise, était une satire dirigée contre le parti moliniste.

Après chaque couplet, elle quittait son linge et allait reporter son fer sur le fourneau, où elle en prenait un autre qu'elle approchait de sa joue pour en constater le degré de chaleur, et, après s'être assurée qu'il n'était ni trop chaud ni trop froid, elle reprenait sa chanson.

Elle venait d'achever le refrain lorsqu'on frappa à la porte.

— Entrez! dit-elle.

La porte s'ouvrit, et le marquis de Saint-Acheul parut.

Expliquons le motif de sa visite, et, pour cela, revenons un peu en arrière.

Après avoir été délivré de la présence de Sulpice, qui était venu lui rappeler de si désagréables souvenirs, M. de Saint-Acheul avait balbutié quelques mots de remerciements à Frédéric, et, désireux d'éviter toute espèce d'explication, il était bien vite rentré à l'hôtel, où tout le monde était plongé dans le plus profond sommeil.

Parvenu dans sa chambre à coucher, il se laissa tomber plutôt qu'il ne s'assit sur un siége à sa portée, et songea avec effroi aux paroles qu'il venait d'entendre.

Il était au pouvoir d'un misérable homme du peuple qui tenait sa fortune et son honneur entre ses mains.

Et s'il essayait d'échapper à cet homme, il allait voir se dresser devant lui le fils du baron de Montlieu qu'il avait assassiné, et qui pouvait d'un instant à l'autre devenir possesseur de la preuve de son crime.

Et ce ne serait pas avec de l'argent qu'il se débarrasserait de celui-là.

Il fallait à tout prix qu'il retirât des mains du marinier l'écrit compromettant.

Mais vingt-cinq mille livres! c'est une somme, et nous devons dire, pour être vrai, que le marquis ne la possédait pas, et, s'il parvenait encore à faire figure dans le monde au milieu duquel il vivait, ce n'était que grâce

à la libéralité de M. le duc de Bourbon, qui soutenait le parti janséniste afin de faire pièce au cardinal de Fleury, et qui comptait le marquis de Saint-Acheul au nombre de ses plus fervents amis.

Et cependant il fallait, de façon ou d'autre, s'exécuter.

Il y avait, certes, dans cette fâcheuse nécessité, matière à réflexion.

Puis ce n'était pas tout : Sulpice avait, au milieu de ses menaces, prononcé cette phrase singulière : « Tu as déshonoré sa mère, il déshonorera ta fille ! »

Qu'est-ce que cela pouvait signifier, sinon que Frédéric avait séduit ou formait le dessein de séduire sa fille ?

Oh ! rien que cette pensée suffisait pour allumer la colère du marquis, et il se sentait pris du désir d'aller réveiller Adrienne et de la forcer à lui avouer quelle était la nature des relations qu'elle entretenait avec le jeune homme ; car l'intervention inattendue de celui-ci, qui s'était trouvé à point nommé auprès de la petite porte du jardin, semblait confirmer la responsabilité d'un accord parfait entre eux.

Qui pouvait savoir si cette porte par laquelle il était entré à l'hôtel ne servait pas à introduire chaque jour un amant?

Mais à qui la faute ?

Il passait la plus grande partie de ses nuits dehors : n'était-ce pas laisser à Adrienne toute la latitude de mal faire si elle en avait la pensée ?

Toutes ces réflexions et beaucoup d'autres non moins fâcheuses se présentèrent à l'esprit du marquis, qui passa le reste de la nuit à combiner mille moyens de sortir d'embarras; et, quand le jour vint, il avait pris deux résolutions : la première était de faire murer la porte du jardin, et de faire veiller Médard pendant deux ou trois nuits avec mission d'appréhender au corps quiconque tenterait de s'introduire nuitamment à l'hôtel; la seconde consistait à tendre un piége à Sulpice, de façon qu'il pût le forcer à lui remettre le papier qui l'accusait, sans qu'il fût obligé de le lui payer.

Il s'occupa aussitôt de mettre l'une et l'autre à exécution, et il sortit pour se mettre en quête de Fanchette, qu'il soupçonnait de complicité avec Sulpice, puisque c'était elle qui l'avait mis en rapport avec lui lorsqu'il avait eu l'idée d'imprimer les *Nouvelles ecclésiastiques* dans un bateau.

Il est temps de faire savoir en quelques mots au lecteur ce qu'était réellement Fanchette, personnage obscur destiné à jouer cependant un rôle assez actif dans cette histoire.

C'était une ancienne fille de chambre de M<sup>me</sup> de Vieux-Pont, sœur du marquis de Bringhem premier écuyer du roi, et grande convulsionnaire.

La maison de M<sup>me</sup> de Vieux-Pont était le rendez-vous des principaux chefs du parti janséniste; ce fut chez elle que Fanchette connut le marquis de Saint-Acheul, qui vint à son aide dans une circonstance assez délicate.

Fanchette fut accusée par sa maîtresse de lui avoir dérobé un bijou de prix et convaincue du fait en présence du marquis, qui obtint sa grâce de M<sup>me</sup> de Vieux-Pont, à la condition qu'elle quitterait son service et s'enrôlerait parmi les convulsionnaires.

Fanchette se récria, en prétextant qu'elle n'éprouvait aucune convulsion et n'était nullement dans les conditions voulues pour se livrer à cet exercice.

Le marquis trouva le prétexte spécieux; il s'engagea à lui démontrer le secret de pouvoir, à sa guise, simuler des convulsions, et finit par lui offrir d'opter entre la prison et le jansénisme.

Le choix n'était pas douteux.

D'ailleurs, le marquis la rassura en lui disant qu'elle était trop jolie pour qu'il songeât à employer auprès d'elle d'autres moyens que ceux de la douceur et de la persuasion, et il arriva à lui faire promettre d'accepter les leçons qu'il s'engagea à lui donner.

Entre un professeur tel que le marquis et une élève comme Fanchette, la confiance s'établit vite : celle-ci trouva que les leçons n'avaient rien de désagréable, et elle les prit avec une ponctualité qui enchanta le marquis, à ce point qu'il voulut pourvoir tout à fait aux besoins de la néophyte en se chargeant de payer le loyer de la petite chambre qu'elle occupait dans la rue Coquillière et lui donner l'argent nécessaire à sa subsistance, en un mot d'être pour elle un protecteur... et quelque chose de plus encore.

Pendant plusieurs jours les choses allèrent ainsi.

Puis Fanchette, comme toutes ses pareilles, ne se contenta pas de répondre à la flamme amoureuse du marquis, et elle partagea ses bonnes grâces de telle façon que celui-ci, au bout de quelque temps, commença à ne plus trouver le charme des premiers jours dans les entretiens qu'il avait avec elle, et il cessa ses largesses; mais il avait pris pour maîtresse une camériste, il quitta une convulsionnaire.

Fanchette, ainsi qu'il l'avait désiré, était devenue une fervente disciple de Pâris, et elle continua à servir les projets du marquis en assistant à toutes les réunions clandestines qu'il organisait.

Peu à peu elle avait fini par trouver un véritable plaisir de jouer le rôle d'illuminée, et elle avait mis tout ce qu'elle possédait de finesse et d'intelligence au service de la cause janséniste.

Courtisée en ce moment par le marinier Sulpice, elle avait le projet d'en faire un adepte, et son premier acte avait été de l'intéresser à l'impression des *Nouvelles ecclésiastiques* en l'obligeant à louer ses bateaux aux imprimeurs.

Certes, elle ignorait que Sulpice connût le marquis, ou plutôt qu'il l'eût connu autrefois.

Mais celui-ci était persuadé que, soit pour se venger de ce qu'il l'avait délaissée, soit afin d'en tirer un bénéfice quelconque, elle s'était entendue avec Sulpice pour le forcer à racheter le papier que ce dernier possédait.

Il alla donc trouver Fanchette pour savoir à quoi s'en tenir à cet égard.

Bien qu'il s'efforçât de vouloir être calme et de connaître la vérité de la bouche de la jeune fille en n'employant que la douceur, son visage portait l'empreinte de la colère sourde qui grondait en lui, et Fanchette ne douta pas, en le voyant, qu'il ne se fût passé quelque chose d'extraordinaire. Néanmoins, et comme, au demeurant, elle était très innocente du fait dont la soupçonnait le marquis, elle s'avança en souriant au-devant de lui et lui fit une profonde révérence.

— Monsieur le marquis, lui dit-elle, excusez ma surprise, mais il y a si longtemps que j'ai été honorée de votre visite que je ne sais vraiment comment vous témoigner le plaisir qu'elle me cause...

— Fanchette ! s'écria M. de Saint-Acheul en se jetant sur la seule chaise qui fût inoccupée, laissons cela et causons.

— Permettez-moi d'abord, monseigneur, de passer une robe : je suis confuse que vous me trouviez occupée à repasser...

— C'est inutile, je vous dispense de ce soin.

— Quoi ! vous permettez que je reste vêtue de la sorte devant vous ?

Et, par un geste charmant, Fanchette découvrit entièrement l'une de ses épaules admirablement modelées.

Par tradition, le marquis l'enveloppa d'un regard connaisseur ; mais soudain il songea qu'il n'était pas venu pour admirer les épaules de son ancienne maîtresse, et, fixant ses yeux sur les siens, il lui dit avec une certaine nuance d'ironie :

— Il paraît, si j'en juge par tout ce qui m'entoure, que votre position n'est pas brillante...

— J'aurais bien de la peine à le dissimuler, monseigneur, et d'ailleurs vous devez le savoir, puisque vous avez cru devoir cesser tout à coup d'être pour moi un protecteur généreux.

— Mais il me semble que ce n'est pas moi qui le premier...

— Ah ! monseigneur, des récriminations ! je ne me plains pas, moi !

— Oui, vous avez raison ; peu importe le passé, il doit être oublié.

— Oublié ! Ah ! cela vous est facile à vous qui êtes un grand seigneur et dont le cœur est toujours accessible à un nouvel amour ; mais moi, c'est impossible.

Et Fanchette poussa un soupir qui gonfla son sein dont le battement se devinait sous le léger pli du frêle voile qui le couvrait.

Le marquis sentit que, s'il tardait davantage à s'expliquer, il allait devenir ridicule.

— Fanchette, lui dit-il, j'ai appris la manière dont vous avez agi.

La jeune fille fit un mouvement de surprise.

— Oh ! il est inutile de vous en défendre, reprit le marquis, je sais tout.

— Et que savez-vous donc, monseigneur ? fit-elle avec un magnifique mouvement de fierté blessée.

— Que vous avez fait un infâme marché avec ce Sulpice...

— Moi !

— Oh ! vous avez beau nier, cet homme est un misérable !

— Aurait-il parlé ? dit tout à coup Fanchette en changeant de ton. Mais non ! cela est impossible, il m'avait juré qu'il nous servirait fidèlement ; et d'ailleurs il n'avait aucun intérêt à nous trahir, il a reçu les cinquante livres promises.

— Oh ! n'essayez pas de me donner le change : vous êtes d'accord avec lui, vous dis-je !

— Moi ! mais, monsieur le marquis, est-ce que jusqu'à ce jour je n'ai pas été l'une des admiratrices les plus zélées du bienheureux Pâris ? est-ce que je n'ai pas donné cent preuves de mon dévouement à votre cause ? Et si j'ai laissé concevoir quelque espérance à ce marinier dont vous me reprochez aujourd'hui le concours, n'était-ce pas uniquement afin de l'obliger à devenir un des nôtres ?

— Non ! vous dis-je, c'est plutôt pour partager avec lui les vingt-cinq mille livres qu'il convoite ; mais, morbleu ! il n'en sera pas ainsi, et, dussé-je...

— Les vingt-cinq mille livres ! exclama Fanchette, mais en vérité je ne comprends pas...

Ah ! vous ne comprenez pas ! Nierez-vous aussi que vous connaissez le comte de Blancheroy ?

— Le comte de Blancheroy ! je vous jure que c'est la première fois que j'entends prononcer ce nom.

Le marquis fut un moment ébranlé par l'air de conviction avec lequel parlait Fanchette ; mais il savait que la donzelle était une fine mouche, et il continua à l'accuser.

— En vérité, monseigneur, reprit celle-ci, je ne sais pourquoi vous me dites toutes ces choses-là ; faites du marinier Sulpice tout ce qu'il vous plaira, s'il vous a trahi ; quant à moi, je vous jure que je n'ai rien à me reprocher, et qu'hier encore je suis parvenue à passer à la barrière de la rue d'Enfer un ballot de livraisons des *Nouvelles ecclésiastiques*.

— Encore une fois, c'est vous qui nous avez présenté cet homme.

— Mais enfin apprenez-moi le motif de votre mécontentement contre lui !

Le marquis hésitait ; cependant, vaincu

par l'accent de vérité de la jeune fille, il se décida à lui raconter les faits que le lecteur connaît ; seulement, par prudence, il se garda bien de lui faire savoir que c'était lui qui avait été victime de l'agression du marinier, et il parla du comte de Blancheroy comme d'un gentilhomme de ses amis dont il avait à cœur de prendre la défense.

Fanchette écouta la narration et assura de nouveau à M. de Saint-Acheul qu'elle ignorait absolument toute cette affaire.

— Seulement, monseigneur, lui dit-elle lorsqu'il eut terminé, M. le comte de Blancheroy fera bien de prendre ses mesures pour empêcher Sulpice de lui nuire s'il ne veut consentir à lui remettre la somme qu'il exige contre la remise du papier qu'il a entre les mains, car il aime l'argent, et il ne reculera devant rien pour arriver à ses fins.

— Sans doute ; mais aussi n'est-ce pas une infamie que de mettre un si haut prix à l'échange qu'il propose ?

— Certes ; mais je ne vois guère le moyen de l'éviter.

— Fanchette, dit alors le marquis en prenant les mains de la jeune fille et en l'attirant doucement vers lui, il y en aurait peut-être bien un, et, si tu voulais me seconder, continua-t-il en changeant tout à fait de ton, il réussirait, j'en suis convaincu.

— Moi ! et que puis-je faire ?

— Beaucoup ; mais d'abord, réponds-moi, veux-tu oublier la façon un peu brusque dont j'ai supprimé la petite pension que je te faisais ?

— Dame, monseigneur, je le veux bien ; mais je vous assure que je regrette plus encore votre amitié que les dons que vous me faisiez.

— C'est d'une brave fille ; mais cependant, si je t'offrais mille livres pour m'aider à servir les intérêts du comte de Blancheroy, les accepterais-tu ?

— Mille livres !

— Oui.

— Parlez, monseigneur, indiquez-moi ce qu'il faut faire, et vous pourrez compter que je vous obéirai ponctuellement.

— Quoi ! n'as-tu pas deviné ? tu es jeune, jolie...

— Mais...

— Ne peux-tu profiter de ces avantages pour faire naître quelque secret désir dans le cœur de ce rustre ?

— Ah ! s'écria Fanchette en riant, ceci est fait, monseigneur : Sulpice est amoureux fou de moi !

— En vérité ? s'écria le marquis ; ah ! il faut que je t'embrasse, car tu es une fille charmante.

Et il passa de la parole à l'action. Fanchette le laissa faire.

— Eh bien ! mon enfant, j'espère qu'à présent tu me comprends ; puisque Sulpice t'aime, il te sera facile de te rendre maîtresse chez lui, de savoir où il cache ce précieux papier, et de profiter d'un moment favorable pour t'en emparer et me l'apporter.

— Ah ! fit Fanchette, j'y suis ; mais, ajouta-t-elle en jouant la confusion, pour arriver là il faudra que je sois dans un degré d'intimité bien étroit avec Sulpice, et cet homme-là est loin de ressembler à un marquis !

— Je le crois, dit M. de Saint-Acheul avec suffisance, et ton sacrifice n'en sera que plus grand, mais aussi ma reconnaissance sera éternelle.

— Allons ! puisque vous le voulez, j'essaierai.

— A la bonne heure ! reprit le marquis en l'embrassant de nouveau, et tu peux compter sur les mille livres.

— Oh ! ne parlons pas de cela, monseigneur ; attendez d'abord que j'aie réussi.

— Oh ! tu réussiras, j'en suis convaincu ; mais il faut te hâter, le temps presse.

— Dès aujourd'hui, monseigneur, je tenterai l'aventure.

— A la bonne heure, et vive Dieu ! tu as trop d'esprit pour ne pas la mener à bonne fin ! Et quand je pense que je t'ai soupçonnée !...

— Je ne vous en veux pas, allez !

— Vraiment ? Eh bien, voilà pour ce bon sentiment !

Et une troisième fois il embrassa Fanchette, puis la quitta en lui recommandant de ne pas perdre une minute.

Fanchette lui promit d'aller dans le courant de la journée chez le marinier, et reprit son repassage interrompu par la visite qu'elle venait de recevoir.

## II

Où il est démontré qu'il n'est rien d'impossible à une femme, ce qui explique le proverbe : ce que femme veut...

Le marinier Sulpice avait quitté le marquis de Saint-Acheul bien convaincu qu'il touchait enfin au but si désiré.

Quoique la somme qui lui eût été demandée en échange de la déclaration de M. de Montlieu fût assez importante, il ne doutait en aucune façon que le marquis ne se décidât bien vite à la lui donner pour être débarrassé de cette épée de Damoclès suspendue sur son front.

— Allons, dit l'ancien garçon de labour en se frottant les mains, je vois qu'avec de la patience on vient à bout de tout. Il y a vingt ans que j'attendais; mais je savais bien qu'un jour ou l'autre je me retrouverais en face d'un Blancheroy ou d'un Montlieu! et me voici entre tous les deux! Et c'est à cette bonne Fanchette que je dois cette heureuse rencontre! Morbleu! je ne suis pas ingrat, et, quand j'aurai palpé mes vingt-cinq mille livres, je serai bien capable d'offrir à cette excellente fille-là ma main et mon cœur! Eh! parbleu! n'est-ce point là la femme qu'il me faut? Elle est jeune, jolie! Ma foi! c'est convenu, je laisse là le quai de la Grenouillère et je retourne à mon ancien métier; j'achète une ferme en Saintonge, et je vis heureux et content avec ma femme! Eh! j'y pense! si j'allais devenir propriétaire de la ferme des Coudriers! La mère Simonne, si elle vit toujours, ne doit plus être jeune : je lui proposerai de me vendre sa ferme! Ah! ah! ils avaient beau dire, tous les malins de là-bas! mais Sulpice savait bien qu'il deviendrait riche!

Et le marinier avait franchi la distance qui séparait la rue du Chemin-du-Rempart du quai de la Grenouillère, en bâtissant ces beaux châteaux en Espagne. Arrivé chez lui, il se coucha et rêva qu'une pluie de pièces d'or tombait tout à l'entour de sa personne, et qu'il n'avait qu'à se baisser pour ramasser une fortune.

Lorsqu'il réfléchit, le lendemain matin, à la scène de la veille, il se dit à part lui qu'il ne tenait pas encore les vingt-cinq mille livres du marquis et que, jusqu'à ce qu'il les eût reçues, il ferait sagement de se défier de tous les gens qui viendraient boire chez lui, les antécédents de son débiteur forcé étant de nature à établir qu'il était homme à ne pas reculer devant un crime pour ne pas remplir sa promesse.

On le voit, les deux hommes s'estimaient réciproquement à leur juste valeur et se connaissaient d'instinct.

Ils jouaient au plus fin l'un et l'autre, et chacun d'eux savait à l'avance que son adversaire ne se servait pas de fausses cartes.

Donc, Sulpice, dans la crainte que quelque émissaire du marquis ne vînt lui chercher une querelle ou lui tendît quelque embûche, se promit de ne pas desserrer les dents avec qui que ce soit d'inconnu qui lui adresserait la parole, et, afin de ne pas se séparer de l'écrit, objet de convoitise du marquis, il l'enveloppa dans un morceau de papier gris et l'attacha soigneusement au fond de sa poche à l'aide d'une épingle.

Puis, pour le cas où le comte serait disposé à exécuter loyalement les conditions convenues, et viendrait ou enverrait quelqu'un porteur de la somme, afin de négocier l'échange, il résolut de ne pas abandonner sa boutique un seul instant, de manière à être prêt à répondre à quiconque se présenterait pour terminer l'affaire.

Toutes ces dispositions prises, notre homme s'assit dans son comptoir et attendit.

Pendant ce temps, Fanchette dressait ses batteries.

L'entretien qu'elle avait eu avec le marquis la préoccupait singulièrement.

— Ou je me trompe fort, dit-elle, ou M. le comte de Blancheroy n'est autre que le marquis de Saint-Acheul lui-même; car la part qu'il prend aux intérêts de ce prétendu comte est trop grande pour qu'elle puisse être inspirée par le seul désir d'être agréable à un étranger? Le marquis est loin d'être généreux, et, s'il m'offre mille livres à la condition de m'emparer de ce papier, c'est qu'il a de bonnes raisons pour le faire revenir entre ses mains. Mais alors, continua-t-elle, si c'est le marquis qui est menacé par Sulpice, c'est donc lui qui a commis le meurtre qu'il impute à M. de Blancheroy! Hum! tout ceci n'est pas clair.

Oh ! mais, exclama-t-il en frappant sur la table... (Page 24.)

Et, tout en cherchant à deviner la vérité, qui lui apparaissait vaguement sous le voile dont l'avait couverte le marquis, la jeune fille avait remis ses fers au feu, repassé son linge et se préparait à le resserrer.

— Ah çà ! mais, reprit-elle en s'interrompant de nouveau, il me semble que, si je voulais, il ne tiendrait qu'à moi, si toutefois je réussis à saisir ce fameux papier, de me mettre à la place de Sulpice et de forcer le marquis à me donner les vingt-cinq mille livres qu'il lui demande... Vingt-cinq mille livres, c'est un joli denier ! Oui, mais ce serait une vilaine action. Et puis le marquis est puissant, j'au-rais tout à craindre de lui ; tandis que Sulpice !... Mais Sulpice ! s'il s'aperçoit que c'est moi qui lui ai dérobé ce papier, n'ai-je point aussi à redouter sa vengeance, car enfin je lui fais perdre les vingt-cinq mille livres sur lesquelles il compte ?

L'alternative dans laquelle elle se plaçait était, en effet, délicate, et il est certain que, d'un côté comme de l'autre, elle avait lieu de craindre de s'attirer une mauvaise affaire, et le plus sage eût été de ne pas se charger d'une pareille mission ; mais le désir du gain alléchait Fanchette, et il lui était difficile, à présent qu'elle se voyait dans la possibilité de toucher mille livres, de renoncer à tenter de profiter de cette aubaine qui venait à propos rétablir l'état de ses finances considérablement délabré.

— Baste ! dit-elle soudain, il sera toujours temps de savoir quel sera le meilleur usage à faire de ce fameux billet : le principal est de mettre la main dessus ; plus tard nous verrons.

Fanchette avait raison, car en escompter à l'avance la valeur était un peu s'exposer à vendre la peau de l'ours avant de l'avoir couché par terre.

Elle ajourna donc à un autre moment la question de savoir ce qu'elle ferait une fois qu'elle serait en possession de l'écrit..., et elle s'habilla pour aller voir Sulpice.

Celui-ci était amoureux d'elle ; elle le savait, et elle savait aussi qu'un homme amoureux, surtout un homme de l'âge de Sulpice, était un adversaire facile à vaincre. Cependant, comme si elle voulait que la victoire ne fût pas douteuse, elle jugea à propos de s'armer de toutes pièces et fit une ravissante toilette, qui n'avait rien de semblable à celle des dames de qualité, mais qui, fraîche et pleine de coquetterie, faisait admirablement ressortir les charmes nombreux de la grisette.

Un coup d'œil qu'elle lança, avant de sortir, dans le petit miroir qui lui servait de glace, lui confirma ce qu'elle pensait, c'est-à-dire qu'elle était gentille à croquer.

Elle arriva chez Sulpice.

Le marinier était seul. Fidèle au programme qu'il s'était tracé dès le matin, il avait passé tout le temps qui s'était écoulé depuis son lever, assis derrière son comptoir ou à se promener de long en large de sa boutique, en refusant, contre son habitude, de boire avec quiconque l'invitait, prétextant pour cela un mal de gorge imaginaire, et surtout interrogeant l'espace pour voir si la figure du marquis n'apparaissait pas à l'horizon.

Rien ne pouvait lui être plus agréable que la vue de Fanchette, qui se présenta à lui le sourire aux lèvres.

— Bonjour, monsieur Sulpice ! lui dit-elle.

— Quoi ! c'est vous ! répondit-il joyeusement. Oh ! que je suis aise de vous voir !

— En vérité ?

— Vous en doutez ! c'est mal. Vous savez cependant bien que je vous aime.

— Baste ! vous le dites ; mais je n'en crois rien.

— Vous n'en croyez rien ! Ah ! c'est différent, fit Sulpice un peu piqué. Pourtant je pensais vous l'avoir prouvé ! Ne suis-je pas dévoué à vos moindres volontés ? Vous avez voulu que l'autre soir je prêtasse mes bateaux à des gens qui s'en sont servis pour aller imprimer je ne sais quelle gazette que M. le lieutenant de police recherche. En faisant cela, je m'exposais fort à aller à la Bastille, et je n'ai pas hésité, parce que c'était pour vous servir que j'agissais.

— C'est juste ; mais vous avez reçu cinquante livres pour ce service.

— Oui, mademoiselle Fanchette ; et ce ne sont pas ces cinquante livres-là qui m'ont déterminé à faire ce que vous m'avez commandé, vous le savez bien.

— Qu'est-ce donc ?

— Oh ! tenez, c'est mal de me parler de la sorte ; vous vous moquez de moi, je le vois bien ; ou vous affectez de ne pas vous souvenir que vous aviez promis, en échange de ma soumission à vos ordres, de m'aimer un brin et de consentir à devenir la maîtresse de cette petite maison, qui n'est pas belle, c'est vrai, mais où je gagne encore assez d'argent pour pouvoir vous assurer que vous ne manqueriez jamais de rien ! Mais je suis bien convaincu que tout cela était une frime, et que vous n'aviez d'autre intention que celle de vous amuser à mes dépens !

— Monsieur Sulpice, vous êtes un sot ! répondit Fanchette, sans prendre la peine de se disculper de ce dont celui-ci l'accusait.

— Mamz'elle Fanchette !...

— Oui, un sot et un grand enfant... Voyons, est-ce que si j'étais assez dépourvue de mémoire pour ne pas me rappeler les promesses que j'ai faites, je serais venue aujourd'hui ?

— Comment ?

— Quoi ! c'est alors que j'arrive pour vous remercier de la façon dont vous vous êtes acquitté de votre tâche que vous me reprochez de ne pas tenir parole ! Il me semble que vous vous hâtez bien de m'accuser, monsieur Sulpice ?

— Oh ! pardonnez-moi ; j'ai tort, en effet. Mais vous savez, moi, je suis un homme tout franc et tout rond, et j'ai eu peur que vous ne vouliez pas de moi. Mais je veux réparer ma sottise, et, pour commencer, je vais vous embrasser.

Et il se disposa à le faire.

Fanchette l'en empêcha.

— Un instant ! s'écria-t-elle en se reculant. Vous reconnaissez votre tort, c'est bien ; mais il faut savoir si je vous pardonne.

— Oh ! Fanchette, voyons, faisons la paix.

— Je le veux bien, répondit la jeune fille après un moment d'hésitation, mais c'est à une condition.

— Une condition ! laquelle ?

— C'est que vous jurerez que vous n'aimez que moi.

— Ah ! de grand cœur, et des deux mains encore.

Et, pour prouver qu'il ne redoutait en aucune façon de faire le serment qui lui était demandé, il leva ses deux bras en l'air, prenant le ciel à témoin de la vérité de ses paroles.

— Bien ; mais cela ne suffit pas.

— Que faut-il encore vous jurer ?...

— Rien ; il faut seulement m'apprendre le motif de l'inquiétude et de la préoccupation que je lis dans vos yeux.

Sulpice fit un mouvement.

— L'inquiétude ! la préoccupation ! qu'est-ce que cela signifie ?

— Sans doute ; depuis que je suis ici je vous examine et je vois qu'à tout moment vous regardez au dehors, vous allez et venez ; enfin, vous dis-je, vous êtes mal à l'aise, comme si vous redoutiez ou vous attendiez la visite de quelqu'un.

Sulpice resta un moment sans répondre. Ce que disait Fanchette était vrai. Mais comment pouvait-elle le deviner ? voilà ce qu'il ne pouvait comprendre ; et, ne voulant pas avouer qu'elle disait vrai, il essaya de nier.

— Vous aurez beau vous en défendre, continua la jeune fille, vous ne parviendrez pas à me faire croire que cela n'est pas.

— Mais je vous assure...

— Et moi je suis sûre que vous me trompez, et, puisque vous ne voulez pas en convenir, je vais vous dire pourquoi vous êtes si troublé.

Sulpice la regarda avec une expression de curiosité indéfinissable.

— Vous attendez une femme !

— Hein ! plaît-il ? s'écria Sulpice.

— Une femme que vous aimez, qui doit venir passer la journée avec vous.

— Ah ! par exemple !

— Et vous craignez que je me rencontre ici avec elle...

Sulpice essaya un geste de dénégation.

— Oh ! n'espérez pas me mentir, je suis certaine de ce que j'avance, et, comme je ne veux pas vous empêcher de recevoir votre maîtresse, je vais me retirer afin de vous laisser pleine liberté.

— Fanchette !

— Vous ne saviez pas que je viendrais, et vous étiez parfaitement libre de vos actions : aussi ne vous aurais-je fait aucun reproche si vous m'aviez dit la vérité ; mais vous n'avez pas été sincère, et voilà pourquoi je ne vous pardonnerai pas ! D'ailleurs, Sulpice, je me sentais toute disposée à vous aimer, moi ; mais je suis jalouse, et, bien que j'aie été prévenue de votre perfidie, j'ai refusé d'y croire, et j'ai voulu savoir jusqu'à quel point vous la pousseriez. Oh ! c'est affreux !

Et Fanchette donna à sa physionomie une expression qui dénotait le chagrin que lui faisait éprouver la conduite de Sulpice.

Celui-ci était tout stupéfait.

Il croyait rêver.

— Ah çà ! mais, Fanchette, reprit-il, je ne sais, en vérité, qui vous a mis toutes ces idées en tête. Comment ! vous me reprochez d'aimer une autre femme ?

— Mon cher, je vous l'ai dit, en amour je ne souffre pas de partage.

— Mais, de grâce, écoutez-moi : je n'aime que vous, je...

— Ainsi, vous niez que vous attendez une femme ?

— Certes, je le nie.

— En ce cas, d'où vient votre agitation ! Qu'est-ce qui vous préoccupe ?

— Mais, Fanchette, répondit Sulpice visiblement embarrassé, encore une fois vous vous trompez...

— Vous cherchez un prétexte, n'est-ce pas ? Eh bien, moi je vais vous confondre d'un seul mot !

— Comment cela ?

— Cette femme vous a écrit hier.

— A moi ?

— A vous-même ; et, dans cette lettre, elle vous annonçait qu'elle s'arrangerait de façon à pouvoir venir vous voir vers midi.

Sulpice laissa tomber ses bras avec découragement.

— Mais tout cela est faux ; personne ne m'a écrit ; je n'attends personne. Ventrebleu ! Fanchette, je comprends qu'on soit jaloux, mais encore faut-il l'être à juste titre.

— Oh ! je ne sais que trop que j'ai raison de l'être, et, s'il m'était possible de fouiller dans les tiroirs de votre comptoir, je ne serais pas longtemps sans trouver la lettre de M<sup>lle</sup> Justine.

— Ah ! elle se nomme Justine ! fit Sulpice, je suis enchanté de le savoir, car, sur Dieu ! je l'ignorais ; eh bien ! ma chère Fanchette, je veux bien vous donner la permission de chercher, non-seulement dans les tiroirs de mon comptoir, mais encore dans toute la maison, et, si vous parvenez à découvrir cette fameuse lettre, je consens à passer pour le plus fieffé coquin que la terre ait porté.

— Parbleu ! si elle n'est pas dans un tiroir, elle est ailleurs ! sur votre cœur, peut-être ; qui sait ?

— Ah ! ah ! dit Sulpice en riant.

— Vous riez, mais ce que je dis est fort possible. Venez ici, nous allons voir si je n'ai pas deviné juste.

Et, passant son bras autour du cou du marinier, elle l'attira doucement vers elle.

— Laissez-moi fouiller dans cette poche, dit-elle avec un regard suppliant.

— Un moment ! fit Sulpice en y portant vivement la main.

— Ah ! s'écria Fanchette, vous voyez bien que j'ai raison ; quel est ce papier ?

— Oh ! ceci, ma belle, dit le marinier qui venait de se saisir du précieux autographe de M. de Montlieu, c'est une autre affaire.

— Oui, oui, essayez de me donner le change ; je gage que c'est la lettre de Justine !

— Ah ! vous n'y êtes guère, ma pauvre Fanchette ; je ne sais quelle est la Justine dont vous parlez, mais je donnerais toutes ses lettres et elle par dessus le marché pour conserver ce chiffon de papier.

— C'est bien, répliqua Fanchette d'un ton de dignité blessée, je suis fixée.

— Comment ! après ce que je viens de vous dire, vous croyez...

— Oh ! de grâce, gardez cette lettre et n'en parlons plus !

Et elle se leva.

— Vous vous en allez ?

— Oui, et je ne reviendrai jamais ! dit-elle en portant son mouchoir à ses yeux. Oh ! c'est égal, c'est bien mal ! Et moi qui me laissais bêtement aller à croire toutes ces belles paroles !...

— Voyons, Fanchette, ce n'est pas sérieux ?

— Une dernière fois ! voulez-vous, oui ou non, me laisser voir ce papier ?

— Ah ! après tout, s'écria Sulpice, s'il ne faut que cela pour vous convaincre, lisez ce qu'il contient, et vous verrez qu'il est loin d'être ce que vous pensez.

Et, déployant l'enveloppe qui le recouvrait, le marinier montra à la jeune fille la déclaration qu'il devait vendre vingt-cinq mille livres à M. le marquis de Saint-Acheul.

— Celle-ci la lut attentivement, et, quand elle eut fini, elle prit l'air le plus étonné du monde.

— Que diable est cela ? dit-elle avec un regard d'une adorable naïveté.

— Un papier dont je ne me séparerais pas pour tout au monde, répondit Sulpice qui se hâta de le renvelopper et de le replacer dans sa poche.

— Serrez-le donc bien vite, reprit Fanchette, et pardonnez-moi mes soupçons ; mais, mon cher Sulpice, si c'eût été une lettre de femme, eh bien, je crois que je vous aurais arraché les yeux !

— N'en parlons plus, et laissez-moi vous embrasser.

— De grand cœur, et, pour vous prouver que je suis bonne fille, je dîne avec vous !

— Vraiment !... à la bonne heure !... Fanchette, oh ! vous êtes adorable !

— Je ne dis pas non !

Sulpice commençait à oublier le comte de Blancheroy pour ne songer qu'aux beaux yeux de la jolie fille, qui lui lançaient de temps à autre des regards pleins d'une voluptueuse tendresse.

On se mit à table dans la chambre du premier étage.

Fanchette but dans le verre de Sulpice, et celui-ci retrouva la joyeuse humeur de sa jeunesse au fond du verre de Fanchette.

Une flamme toute juvénile animait le marinier, qui ne se souvenait plus de sa quarantaine bien sonnée.

Les éclats de rire, les gais propos et le bruit du choc des verres se mêlaient au son des baisers.

Le déjeuner fut charmant, les libations copieuses.

Fanchette ne s'était jamais montrée si agréable convive.

Vers la brune, la jeune fille quitta le quai de la Grenouillère pour rentrer chez elle. Sulpice se jeta sur son lit pour faire un somme ; quand il se réveilla, il chercha dans la poche de sa veste le papier qu'il y avait mis : la poche était vide.

### III

De la visite que firent le baron de Montlieu et le chevalier de la Feuillée à la maison du Diable, et ce qu'ils y firent.

La rue Saint-Lazare, qui, de nos jours, est sillonnée à toute heure de nuit par des voitures et des piétons, était, sous Louis XV, surtout vers son extrémité, un véritable désert, et, quand venait le soir, les rares passants qui y cheminaient par aventure ne manquaient jamais de presser le pas lorsqu'ils arrivaient devant une maison isolée qui se trouvait entre le château du Coq et le cimetière du Roule.

Cette maison avait, au reste, une apparence triste.

Les fenêtres en étaient hermétiquement fermées, les volets clos, et les murs, qui n'avaient pas été badigeonnés depuis de longues années, étaient couverts d'une couche de poussière détrempée par la pluie qui avait laissé de longues traces noirâtres en tombant dessus.

Mais ce n'était pas l'aspect assombri de cette habitation qui faisait que personne ne passait auprès sans éprouver un léger mouvement de crainte : c'est qu'il courait de singuliers bruits sur son compte.

On disait qu'à certains jours de la semaine, à certaines heures, on entendait sortir de là comme des gémissements, des plaintes, voire même des cris.

Et on ajoutait, chose plus singulière encore, qu'on ne savait comment cela se faisait, mais que parfois la maison était pleine de monde, à en juger par le bruit des voix qui s'en échappait, sans que jamais cependant on y vît entrer ni sortir âme qui vive.

Il y avait bien là de quoi donner à penser aux plus braves.

Inutile d'ajouter que personne n'était tenté d'approfondir le mystère, les gens préférant de beaucoup s'en rapporter aux versions qui circulaient et les colporter ensuite que de s'assurer de leur exactitude.

Le peuple, ami du merveilleux, nommait cette maison la maison du Diable, et ce nom lui était si bien acquis que dans tout le quartier on ne la désignait pas autrement.

Quand nous disons dans tout le quartier, il ne faut pas se méprendre sur le sens de ce mot, et nous devrions dire dans le quartier environnant, car ce bout de la rue Saint-Lazare et tout le terrain qui s'étendait depuis le château du Coq jusqu'au boulevard étaient à peu près inhabités, et, n'eût été les remarques imprévues de quelques curieux attirés par les bruits qu'ils avaient cru entendre, ce qui avait suffi pour la signaler à l'attention, il est certain que son isolement eût dû la mettre à l'abri de toute observation.

Or quiconque fût passé un soir du mois d'octobre, entre sept et huit heures, auprès de la maison du Diable et se fût arrêté un moment, eût été témoin d'un curieux spectacle.

Voici ce qu'il aurait aperçu :

D'abord un homme en costume de prêtre, qui, marchant à petits pas et en ayant soin de regarder de temps à autre derrière lui comme pour s'assurer qu'il n'était pas suivi, arriva près de la maison, la dépassa, tourna à droite, et, longeant le mur du jardin qui était derrière, il s'arrêta devant une petite porte fermée, puis frappa un seul coup et attendit.

Alors une voix partit de l'intérieur et chanta sur un rhythme lent et monotone :

> Qu'est-ce qui passe ici si tard ?

Le prêtre répondit sur le même ton :

> Compagnon de la Marjolaine.

La voix reprit :

> Qu'est-ce qui passe ici si tard,
> Gai, gai,
> Dessus le quai ?

Le prêtre continua :

> C'est l'apôtre de Paris,
> Compagnon de la Marjolaine.

Soudain la porte s'ouvrit et l'ecclésiastique entra dans la maison.

Une seconde personne apparut : c'était un gentilhomme portant le collier de l'ordre ; puis une troisième, puis une quatrième.

Et toutes frappèrent un seul coup à la porte, et se firent reconnaître en répondant au :

Qu'est-ce qui passe ici si tard?

le mot d'ordre :

Compagnon de la Marjolaine.

Bientôt, au prêtre et aux gentilshommes succédèrent des bourgeois, des artisans, des gens du peuple, des femmes de qualité, des ouvrières.

Une cinquantaine de visiteurs se présentèrent et furent reçus de la sorte.

Pendant ce temps, deux jeunes gens débouchèrent du chemin de la Grande-Pinte, après avoir traversé le pont de l'Hôtel-Dieu, et se trouvèrent devant la ferme.

Là, ils s'arrêtèrent, et l'un d'eux dit à l'autre :

— Eh bien! mon cher Frédéric, nous y sommes bientôt, il me semble?

— En effet, nous voici dans la rue Saint-Lazare; il nous faut tourner à gauche.

— Tournons où il vous plaira, mon très-cher; mais, palsambleu! vous conviendrez avec moi que le chemin est long, et que je préférerais monter jusqu'aux Porcherons et y vider quelques bouteilles en votre compagnie que d'aller à pareille heure errer dans la Pologne.

— Fi! Pour un poète, voilà qui est diantrement prosaïque.

— Permettez, interrompit le jeune homme que le lecteur a déjà reconnu pour être le chevalier de la Feuillée, je ne vois pas qu'il soit beaucoup plus poétique de marcher depuis une heure sans savoir où nous allons, ou plutôt où je vais, car je ne suppose pas que vous ignoriez.....

— Ne vous ai-je pas dit que nous allions à la maison du Diable?

— Encore! Ah! palsambleu! je serais charmé de connaître enfin ce domaine infernal.

— Tenez, s'écria soudain Frédéric en indiquant du geste la direction dans laquelle elle se trouvait, voyez-vous là-bas cette maison au-dessus du moulin Pivain?

— Oui.

— Eh bien, c'est elle!

— En vérité? En ce cas, pressons le pas, car j'ai hâte de me trouver en face de sa majesté Pluton.

— Un moment! Il s'agit de savoir si la porte voudra bien s'ouvrir à notre approche.

— Comment!...

— Sans doute! ne croyez-vous pas que le diable reçoit ainsi à première vue tous ceux à qui il prend fantaisie de venir lui rendre visite?

— C'est juste; mais que faut-il faire pour être admis?

— Silence!

Frédéric venait d'entendre les pas d'un homme qui marchait derrière lui.

Il traversa la rue de manière à le laisser passer devant, et fit un signe à Stéphen; celui-ci l'imita.

— Marchons doucement, lui dit-il, voilà quelqu'un qui doit nous montrer le moyen de pénétrer là.

Pendant ce temps, l'homme continuait à avancer.

Les deux jeunes gens se mirent à causer de choses et d'autres, en ayant soin de ralentir peu à peu leurs pas.

Bientôt celui qui les suivait les dépassa.

C'était tout ce qu'ils voulaient : ils marchèrent à quelque distance de lui et ne tardèrent pas à le voir s'approcher de la maison du Diable.

— C'est le moment d'avancer, s'écria Frédéric.

Et il s'élança vers l'habitation, qui paraissait plongée dans l'abandon le plus complet.

Mais, lorsqu'il fut arrivé, l'homme avait disparu.

— Par où diable est-il passé? dit le chevalier qui commençait à se montrer passablement intrigué de tout ce mystère.

— Nous sommes arrivés trop tard, murmura Frédéric, il est entré.

— Mais par où?

— Nous allons le savoir, dit Frédéric.

Et il fit le tour de la maison, toujours suivi de Stéphen.

— Voici la porte, dit-il, mais elle est close.

— Frappons.

— Non, attendons plutôt : il viendra d'autres personnes probablement.

— Ah çà ! il s'agit donc de surprendre un nid de conspirateurs ?

— Peut-être.

— Alors c'est plus grave que je ne pensais.

— Stéphen, dit Frédéric en regardant fixement le poète, j'ai voulu être accompagné, dans l'excursion que je méditais, d'un homme sur le secours duquel je puisse compter en cas de besoin, et voilà pourquoi je vous ai choisi ; cependant il est temps encore, si vous craignez quelque danger, retirez-vous et laissez-moi seul : j'ai juré de savoir ce qui se passe dans cette maison, et je le saurai ; mais encore une fois je ne veux pas vous obliger à y pénétrer malgré vous.

— Est-ce sérieusement que vous parlez de la sorte ? répondit Stéphen. Quoi ! vous supposez que je vous abandonnerais lâchement si vous étiez en péril, vous qui n'avez pas hésité à exposer votre vie pour sauver la mienne ! Oh ! c'est mal, cela, Frédéric ; vous me croyez donc bien ingrat !

— Assez ! mon ami, dit le baron ; je vous sais un brave gentilhomme, et j'ai eu tort, j'en conviens, de douter de votre amitié ; de grâce, pardonnez-moi, car vous avez raison, c'est vous faire injure.

— A la bonne heure, vive Dieu ! et je ne vous en veux pas ; mais, sachez-le bien, j'aimerais mieux recevoir de vous un bon coup d'épée que d'entendre sortir de vos lèvres de semblables paroles.

— J'ai eu tort, vous dis-je ; mais d'ailleurs, reprit-il gaiement, il n'y a probablement aucun danger sérieux à courir dans une entreprise qui n'a pour but que de satisfaire ma curiosité.

— Mais, j'y pense, pourquoi n'avez-vous pas ordonné à Justin de nous accompagner ? il eût pu nous servir au besoin.

— Parce que je ne voulais pas mettre mon laquais dans la connaissance du secret que je veux découvrir, et que vous êtes la seule personne à qui je puisse me confier.

— Allons, voilà qui me réconcilie tout à fait avec vous… Mais, tenez, il me semble que voici un nouvel arrivant qui se dirige de notre côté ?

— Oui, et il ne faut pas qu'il nous voie ici ; la nuit est complète, cachons-nous là de l'autre côté du mur, et prêtons l'oreille ; peut-être parviendrons-nous, cette fois, à connaître comment il faut s'y prendre pour être introduit dans cette masure.

— Je vous suis, fit Stéphen.

Et tous les deux allèrent se blottir à l'angle du mur.

C'était un homme enveloppé d'un manteau qui venait d'avancer.

Avant de frapper à la porte, il regarda avec défiance autour de lui ; puis il se décida, et un coup sec retentit sur le panneau de la porte.

La voix chanta ; il répondit en continuant la chanson.

Et il entra.

— Avez-vous entendu ? demanda Stéphen à Frédéric aussitôt que la porte fut refermée : *Compagnon de la Marjolaine !* Encore ce nom ! dit-il à part.

— Parfaitement, c'est bien le mot convenu ; à notre tour, répondit Frédéric.

— Marchons ! Mais c'est égal, voilà qui est étrange !

Frédéric frappa.

— Qu'est-ce qui passe ici si tard ?

— Répondez vite ! dit à voix basse Stéphen impatient.

Et le baron répondit d'une voix ferme :

— Compagnon de la Marjolaine.

— Qu'est-ce qui passe ici si tard.
Gai, gai,
Dessus le quai ?

— C'est l'apôtre de Paris,
Compagnon de la Marjolaine.

Il y eut un moment de silence ; les deux jeunes gens, la main sur la garde de leur épée, attendirent.

Soudain ils entendirent tirer un verrou.

Et le passage leur fut ouvert.

Ils étaient dans un jardin plongé dans l'obscurité ; seulement on voyait briller une lumière au rez-de-chaussée du bâtiment.

Une main prit celle de Frédéric, et la voix qui avait procédé à sa reconnaissance et qui appartenait à un homme du peuple l'engagea à pénétrer dans l'intérieur de la maison.

— Nous sommes deux, dit Frédéric en montrant Stéphen.

— Passez, compagnons, fit l'interlocuteur.

Et les deux jeunes gens, traversant le jardin, gravirent quelques marches d'un perron sur lequel donnait un corridor qu'ils enfilèrent.

Arrivés au fond, une porte s'ouvrit.

Ils se trouvèrent dans une salle magnifiquement éclairée; mais ils ne purent réprimer une exclamation de surprise à la vue de l'étrange spectacle qu'ils avaient devant les yeux.

Nous allons essayer de le décrire :

Qu'on se figure une vaste pièce octogone uniquement meublée de chaises et de bancs, et au milieu de laquelle un espace resté libre était couvert d'un tapis sur lequel deux femmes étaient couchées à plat ventre.

Au fond, un siége plus élevé était occupé par un homme qui semblait présider la réunion.

Des gravures satiriques, collées sur la tapisserie qui recouvrait les murs, tenaient lieu de tableaux; toutes avaient trait aux persécutions dont le parti janséniste était l'objet.

L'une représentait des diables qui, tenant par la main l'archevêque de Paris, dansaient autour du feu, où brûlait un amas de feuilles des *Nouvelles ecclésiastiques*.

D'autres montraient l'arbre de la religion, entre les branches duquel figuraient Nicole, Quesnel, Pâris et autres apôtres du jansénisme; puis c'était encore l'archevêque lançant une pierre au diacre Pâris en présence du lieutenant de police Hérault, qui semblait ordonner cette lapidation.

Des lampes fixées à la muraille éclairaient de leurs reflets rougeâtres ces grosses caricatures, dont les auteurs expiaient pour la plupart à la Bastille la gloire de les avoir composées.

Lorsque les deux jeunes gens pénétrèrent dans cette sorte de temple, l'assemblée était au complet.

Un chœur formé par la généralité des assistants s'élevait pour célébrer les louanges du bienheureux diacre, auteur involontaire des folies convulsionnaires.

Ce fut à peine si, absorbés par cette pieuse occupation, les gens qui se pressaient dans l'enceinte où s'accomplissaient les mystérieuses cérémonies des sectaires s'aperçurent de la présence des deux gentilshommes.

Stéphen regardait cette scène avec une curiosité sans pareille.

— Ah çà ! dit-il tout bas à Frédéric, qu'est-ce que tout cela signifie ? que font tous ces gens-là ?

— Vous l'entendez, ils chantent !

— Bon ! mais que chantent-ils ?

— Je l'ignore.

Soudain les voix se turent, un nouveau personnage venait d'apparaître et de s'asseoir auprès du président.

C'était le marquis de Saint-Acheul.

— Comment! lui ici ! s'écria Stéphen. Ah ! je comprends tout maintenant; mais oui, je ne me trompe pas, les voici tous.

— De qui parlez-vous? demanda Frédéric qui avait pâli à la vue du marquis.

— De tous les imprimeurs de l'autre soir, mes hommes du bateau.

— Vraiment ?

— Eh, morbleu! elle aussi! la traitresse! la voilà! Ah! pendarde !

Stéphen oubliait qu'on pouvait l'entendre; ses exclamations firent tourner la tête de quelques jansénistes qui le regardèrent d'une certaine façon.

— Prenez garde! lui dit Frédéric, vous allez nous compromettre !

— Oh ! la coquine !

— Mais, encore une fois, silence ! Imitez-moi : je vois tout ce qui se passe et je me tais !

— Sambleu ! cela vous est facile à dire, reprit Stéphen sans tenir aucun compte de la recommandation qui lui était faite; mais comment voulez-vous que je n'éclate pas quand je suis en face de la drôlesse qui m'a si traitreusement joué !

— Quoi ! cette femme ?

— C'est Fanchette, mon ami, ma rusée Fanchette; mais je ne sortirai pas d'ici avant de lui avoir...

Il n'acheva pas sa phrase.

Un cri strident poussé par une femme qui, depuis un moment, se tenait immobile en contemplation devant une des gravures exposées à l'admiration des assistants, attira l'attention de l'assemblée, qui y répondit par une sorte de frémissement général.

Stéphen tourna subitement la tête, en oubliant le motif de ses griefs personnels, et il demeura glacé d'effroi.

La jeune femme qui venait de crier, car c'était une femme de vingt-cinq ans tout au plus, s'avança comme une furie au milieu du cercle formé par les spectateurs, et, se jetant la face contre terre, elle continua à pousser des gémissements.

Puis, se relevant soudain et déchirant ses vêtements, elle entonna une sorte d'hymne qu'elle chanta en roulant ses yeux et en contractant les muscles de son visage d'une telle façon, qu'on l'eût cru aminci par la sensation d'une grande douleur physique.

Alors tous les regards se fixèrent sur elle, et, comme si son exemple eût été contagieux, deux ou trois autres femmes perdues au milieu de la foule qui encombrait la salle se mirent à leur tour à faire retentir l'air de leurs cris, tandis que d'autres les exhortaient, par leurs applaudissements, à redoubler le vacarme et leurs contorsions.

C'étaient les convulsionnaires qui commençaient leur séance.

Jamais Frédéric ni Stéphen n'avaient assisté à une pareille scène ; ils étaient pétrifiés d'étonnement.

Bien des fois déjà ils avaient entendu parler des inqualifiables pratiques auxquelles se livraient les fanatiques disciples du diacre Pâris, mais ils étaient loin de supposer qu'elles ressemblassent à celles qui se passaient alors sous leurs yeux.

Ils n'étaient pas à bout de leur surprise.

Lorsque la première convulsionnaire eut fini son hymne, qui fut repris en chœur par toute l'assemblée, qu'elle eut ri et pleuré à tour de rôle, qu'elle eut fait les gestes les plus étranges, et qu'elle eut tourné sur elle-même avec la rapidité d'un toton, elle se laissa de nouveau tomber à terre, et, d'une voix à demi brisée, demanda les secours.

Alors ce fut quelque chose d'odieux, d'horrible et en même temps de burlesque.

Un homme s'élança vers la malheureuse illuminée, qui se tordait sur le tapis, au risque de blesser les plus simples lois de la décence, et, saisissant une bûche de bois qu'un frère attentif venait complaisamment d'apporter, il en frappa violemment la victime volontaire sur le dos et sur les épaules.

Mais, malgré cette stupide barbarie, aucune exclamation de douleur ne sortit des lèvres de la patiente, qui semblait, au contraire, éprouver une sorte de volupté indéfinissable.

— Frappez, mon frère ! frappez encore, s'écriait-elle, plus fort !

Et les coups retombaient sur son corps en le meurtrissant.

Mais ce n'était pas encore assez pour assouvir son inexplicable besoin de torture : à la bûche succéda un marteau à l'aide duquel son bourreau, non moins insensé qu'elle, lui écrasa les pieds et les mains ; puis on apporta des tenailles, et deux hommes, l'œil brillant, l'écume aux lèvres, se jetèrent sur elle avec empressement et lui tenaillèrent les seins.

Des trépignements de joie accueillirent ce nouvel exercice. Frédéric sentit son cœur se soulever d'indignation devant ces turpitudes.

La pensée que M. de Saint-Acheul était l'un des acteurs de cette nombreuse comédie le navrait.

— Partons, dit-il à Stéphen, je ne saurais en voir davantage.

— Non ! fit celui-ci : je veux savoir jusqu'où ira cette bacchanale. Mais, vive Dieu ! si Fanchette demande à recevoir des coups de bûche, je lui proposerai de remplir cet office ! Peste ! j'ai ouï dire qu'il y avait des femmes qui aimaient à être battues, mais je ne supposais pas qu'elles pussent pousser si loin ce goût-là.

— Stéphen, de grâce, ne plaisantez point de la sorte, car tout cela est affreux !

— Eh ! mais, reprit Stéphen, voyez donc, voici quelque chose de plus fort !

— Qu'est-ce encore, mon Dieu ? fit le baron tristement.

Et il jeta un regard contristé sur deux jeunes filles pour lesquelles se préparait un supplice incroyable.

IV

Où le chevalier de la Feuillée est bien surpris de revoir une personne qu'il ne s'attendait guère à retrouver parmi les convulsionnaires.

Si des historiens dignes de foi n'avaient pas attesté d'une façon péremptoire la véracité de faits semblables à ceux que nous racontons, on se refuserait à croire qu'en plein dix-huitième siècle, ce siècle railleur et philosophique, il eût pu se passer d'aussi étranges actes de folie que ceux qui furent accomplis par les convulsionnaires.

On sait comment se forma cette secte d'illuminés, dont le nombre augmentait sans cesse, et qui en était arrivée à compter ses adeptes par milliers, malgré, peut-être grâce, à la persécution qu'on employait contre ses membres, et qui n'avait d'autre résultat que de propager la doctrine qu'on voulait étouffer.

Le diacre François Pâris, un bonhomme de diacre s'il en fut, bien inoffensif et de l'humeur la plus pacifique, s'était, croyant la chose utile pour le salut de son âme, retiré du monde, après avoir fait don de tout ce qu'il possédait à son frère, et vivait seul dans une maison du faubourg Saint-Marcel, où il ne s'occupait que d'actes de pénitence et de charité ; car non-seulement il passait la plupart de ses nuits en prières, mais il passait aussi le jour à instruire les pauvres, à les exhorter à la patience et au travail, et, afin de joindre l'exemple à la théorie, il leur tricotait des bas, ce qui fit aimer sa personne, et vénérer son nom par tous les nécessiteux qui peuplaient alors le quartier Mouffetard, ce réceptacle de toutes les misères parisiennes.

Lorsque ce saint homme mourut, il laissa quelques écrits qui furent publiés, et, comme il est d'usage de s'occuper beaucoup plus des morts que des vivants, à peine le bon diacre ne fut-il plus de ce monde, que ses œuvres furent prônées, critiquées, attaquées et défendues, comme s'il se fût réellement agi d'un livre destiné à changer la face du globe.

Et Dieu sait si les écrits de M. Pâris méritaient un tel excès d'honneur !

Toujours est-il qu'on fit grand bruit à propos de ses publications.

Les jansénistes, appelant de la bulle *Unigenitus*, étaient alors traqués et opprimés partout.

Le diacre Pâris avait partagé leurs opinions et leurs maux ; il s'était acquis un juste renom par la pratique des vertus solides et utiles : ils l'honorèrent comme un saint.

Bientôt son tombeau, placé dans le cimetière Saint-Médard, visité d'abord par les seules personnes qui l'avaient connu de son vivant, devint un objet de pèlerinage.

Tous les jansénistes, hommes, femmes ou filles, coururent y prier ; or, parmi ces dernières, quelques-unes, peut-être hystériques ou vaporeuses, mais assurément surexcitées par l'exaltation religieuse, éprouvèrent des convulsions ou tombèrent dans des extases qui furent attribuées à l'influence du tombeau du diacre.

Ce fut assez pour crier au miracle.

Alors ces convulsions devinrent contagieuses ; ce fut à qui, entraîné par l'enthousiasme, irait à son tour s'agenouiller au cimetière Saint-Médard dans le but de s'en procurer, et à qui s'y rendrait pour être témoin des scènes singulières qui s'y produisaient.

Dans le principe, huit ou dix jeunes filles seulement figurèrent comme éprouvant des convulsions, et se donnèrent en spectacle aux curieux attirés par la nouveauté et l'étrangeté du fait ; mais, au bout de quelques mois, on comptait huit cents personnes, qui, chaque fois qu'elles se rendaient au tombeau, ressentaient de violentes agitations, faisaient des mouvements extraordinaires, des sauts de carpe et des momeries de toute nature, dont la vue suffisait pour faire tomber en pamoison ou procurer de véritables attaques nerveuses aux spectateurs.

Tantôt c'étaient les *sauteuses*, convulsionnaires affectées du mouvement perpétuel, et qui se trémoussaient comme si elles eussent été condamnées à danser sur des charbons ardents ;

Des *aboyeuses*, dont la spécialité consistait à imiter l'aboiement des chiens et à pousser des cris empruntés aux animaux ;

Des *miaulantes*, qui imitaient le chat à s'y méprendre.

Ces turpitudes durèrent des mois entiers.

Et non-seulement on vit des jeunes filles faire des gambades, des culbutes, des tours de force sur ce tombeau ; mais des jeunes garçons et des hommes d'un âge mûr suivirent leurs exemples et vinrent, sans respect pour le lieu où ils se trouvaient, donner dans l'asile des morts des représentations d'une ignoble comédie qui outrageait, de la façon la plus scandaleuse, les mœurs, la décence et la morale.

Ce ne fut pas assez d'accorder au tombeau du diacre Pâris le don de procurer des convulsions à ceux qui éprouvaient le désir d'en avoir : on lui reconnut le pouvoir des guérisons miraculeuses.

Toute personne atteinte de maladie ou d'infirmité n'avait qu'à aller solliciter la vertu du bienheureux trépassé, elle était certaine, à l'avance, d'obtenir une entière guérison.

Les aveugles y recouvraient la vue, les perclus leurs jambes, les manchots leurs bras, et les badauds y perdaient leurs bourses, que d'audacieux filous leur enlevaient adroitement tandis qu'ils s'extasiaient devant les cures merveilleuses qui s'accomplissaient sous leurs yeux.

Aux miracles succédèrent les prophéties que des convulsionnaires stylés débitaient au milieu de leurs crises, en ayant soin d'y mettre le ton d'inspiration nécessaire en pareille circonstance.

Puis, comme si ce n'était pas déjà trop d'avoir métamorphosé le cimetière en champ de foire livré aux saltimbanques et aux baladins, on mêla la cruauté à la démence, l'atrocité à la folie.

On inventa les supplices et le martyre.

Des jeunes filles, perdant le peu de raison que leur laissaient les pratiques désolantes auxquelles elles se livraient, demandèrent des bourreaux qui furent chargés de les torturer pour les aider à gagner le ciel : battues, rompues, tenaillées, foulées aux pieds, terrassées, blessées par le fer et l'acier, elles enduraient sans se plaindre ces horribles traitements, qui ne cessaient que lorsque, brisées et évanouies, elles demeuraient à demi mortes sur le sol, qu'elles arrosaient de leur sang.

Un pareil état de choses était intolérable.

Chaque jour, de nouvelles malheureuses venaient grossir le chiffre de celles qui s'étaient vouées aux convulsions ; le vertige semblait avoir tourné toutes les têtes.

Le gouvernement finit par s'émouvoir.

Des mesures de rigueur furent prescrites contre les victimes de ces scènes honteuses, et la clôture du cimetière fut ordonnée ; tandis qu'une garde spéciale fut chargée de repousser la foule qui s'y portait.

Les prisons s'ouvrirent pour recevoir les convulsionnaires.

Le lendemain du jour de la fermeture du cimetière, on trouva sur la porte un placard portant ce spirituel distique :

> De par le roi, défense à Dieu
> De faire miracle en ce lieu.

L'autorité croyait avoir coupé le mal dans sa racine en abolissant le théâtre des convulsions : elle se trompa, elle n'avait fait que le multiplier.

Les partisans des convulsions étaient loin d'être vaincus ; ne pouvant plus se réunir au cimetière, ils s'assemblèrent dans des maisons particulières ; et, après avoir établi des lieux de retraite dans la plupart des quartiers de Paris, ils se répandirent dans toute la France, et portèrent leurs sauvages pénates au milieu des villes et des campagnes, narguant la police inhabile à sévir contre cent foyers permanents d'agitation janséniste.

Enhardis par le succès, ils fondèrent les *Nouvelles ecclésiastiques*, et, bravant les poursuites et les jugements qui les envoyaient tout droit à la Bastille, ils se montrèrent plus disposés que jamais à convertir les gens de tout âge et de toute condition à leurs doctrines en popularisant leurs saturnales.

Une organisation régulière se forma ; ils se donnèrent des chefs, adoptèrent des règlements, des dénominations particulières, des mots de passe et des costumes.

La secte entière se divisa en fractions.

Les plus célèbres furent : celles des éliséens, dont le chef, annonçant la réapparition sur la terre du prophète Élie, était considéré par la plus grande partie de ses adeptes comme le prophète Élie lui-même ;

Les augustiniens, qui exhortaient les femmes à sacrifier leur honneur à la demande du premier venu, et les hommes leur existence par le martyre ;

Les mélangistes, qui admettaient dans les convulsions le mélange des actes indécents et des actes divins ;

Les discernants, qui prophétisaient au milieu des convulsions ;

Les figuristes, qui cherchaient à imiter le martyre des saints ;

Et enfin les secouristes, qui administraient aux convulsionnaires les grands secours, c'est-à-dire les supplices.

C'était à une réunion des secouristes qu'assistaient Frédéric de Montlieu et Stéphen de la Feuillée.

On sait l'impression pénible que fit sur l'âme du baron la vue des ignominies auxquelles était mêlé d'une façon active le marquis de Saint-Acheul, et le dégoût qu'il en ressentit.

Il avait hâte de quitter l'antre si bien nommé cette fois la maison du Diable, et, n'eût été Stéphen qui s'obstinait à y rester, peut-être pour ne rien perdre du curieux spectacle qui se déroulait devant lui, peut-être aussi afin de se faire reconnaître de Fanchette, qu'il ne perdait pas de vue, il se serait immédiatement éloigné de ce lieu infâme.

Mais il ne voulait pas laisser Stéphen seul en présence du marquis de Saint-Acheul : il craignait que, malgré l'assurance qu'il avait reçu du jeune homme de ne point chercher à tirer vengeance de ce dernier, une circonstance fortuite ne les fît venir aux mains.

Il resta donc, tout en déplorant son impossibilité de partir, et regrettant presque d'être venu.

Stéphen et lui n'avaient pas encore tout vu.

Après que la jeune fille frappée à coups de marteau, eut été enlevée de l'arène, privée de sentiment, et qu'elle eut été confiée aux mains du médecin qui avait pour mission de fermer ses plaies et de la remettre à même de pouvoir recommencer le même exercice aussitôt après sa guérison, une autre convulsionnaire captiva l'assemblée par le choix de la torture qu'elle adopta.

Sa compagne avait été martelée, elle fit plus : il s'agissait d'effacer le succès que celle-ci avait obtenu, et elle ne trouva rien de mieux que de demander à être crucifiée.

A l'annonce de cette épouvantable bravade, le cœur de Frédéric bondit, et il ne put retenir une exclamation d'indignation.

Mais elle passa inaperçue, chacun ne songeait qu'au plaisir de voir s'opérer le crucifiement proposé.

On procéda aux préparatifs.

Mais, probablement afin de ne pas laisser languir l'attention, la convulsionnaire se mit en devoir, après avoir sauté et tourné comme celle qui l'avait précédée, d'exécuter quelques pieux tours de force en manière de préliminaires.

D'abord elle subit le supplice de la *presse*, qui consistait à se faire violemment comprimer le corps à l'aide de sangles qu'on tirait de part et d'autre avec effort.

Puis, une fois dans cet état, elle pria les secouristes de lui percer la langue avec une épée.

Ce fut le marquis de Saint-Acheul qui voulut bien se prêter à cette fantaisie.

L'enthousiasme régnait parmi l'assemblée ; quand vint le supplice de la croix, il ne connut plus de bornes.

Deux planches de sapin furent croisées l'une sur l'autre; deux secouristes, choisis parmi les hommes les plus forts de l'assistance, s'emparèrent de la malheureuse illuminée qui répondait au nom de sœur Marthe, et la couchèrent sur la croix.

Elle semblait radieuse.

Frédéric se demandait comment il se pouvait faire que l'exaltation ou la fièvre délirante pût produire de tels phénomènes; bientôt il vit l'un des deux hommes prendre des clous et les enfoncer dans les mains de la patiente sans que celle-ci manifestât la moindre sensation de douleur. Après les mains, on lui cloua les pieds.

Et c'était chose horrible que de voir ces membres frêles et délicats s'étendre et se contracter sur le bois; c'était une honte que d'apercevoir le sang vermeil qui se répandait sur l'épiderme blanc et rosé de ce corps de jeune fille.

Et pas un homme ne s'interposa pour faire cesser cette comédie barbare.

On eût dit qu'une puissance invisible avait frappé d'indifférence les cinquante ou soixante personnes qui se trouvaient là et paralysé en eux la faculté de discernement.

Les uns applaudissaient stupidement en chantant et en s'agitant convulsivement ; les autres, inertes, immobiles, semblaient regarder sans voir et entendre sans comprendre.

Frédéric et Stéphen eux-mêmes subissaient à leur insu l'espèce d'engourdissement moral dans lequel les plongeait le spectacle de ces atrocités.

Un incident qu'ils ne pouvaient prévoir vint soudain tirer Stéphen de cet état stupéfiant.

Le marquis de Saint-Acheul, qui dirigeait les supplices, après avoir en quelques paroles glorifié la mémoire du bienheureux diacre Pâris, en expliquant par son occulte intervention le privilége dont jouissaient ses disciples d'être insensibles aux douleurs physiques, baisa sur le front la sœur Marthe, et annonça aux frères et sœurs assemblés qu'il allait procéder à la réception de celle en l'honneur de qui avait lieu la séance.

C'était la sœur Marjolaine, élève du comte Daverne, une des célébrités du parti, présentée par lui, et dont les dispositions naturelles aux convulsions dépassaient toutes celles de ses sœurs. Alors le comte Daverne se leva et fit le panégyrique de celle qu'il allait produire.

Elle était discernante.

Ses prophéties, faites dans un langage plein de mysticisme et de poésie, répandaient le trouble et la confusion dans toutes les âmes, tant elles étaient sombres et terribles.

Elle était belle.

Et quand, animée par les convulsions, elle lançait sur la foule altérée ses paroles de tristesse et de lamentation, son visage rayonnait et se transfigurait, sa beauté se divinisait, et il était impossible de résister en la voyant à l'attraction qu'elle répandait autour d'elle.

Sa vue seule opérait des convulsions.

Aussi la secte entière des discernants n'était-elle désignée, depuis la venue de la jeune fille, que sous le nom des *Compagnons de la Marjolaine.*

— Mes frères et mes sœurs, dit le comte Daverne en terminant l'éloge de son élève, louez le bienheureux, car c'est lui qui a voulu que celle que vous allez entendre soit douée du pouvoir surnaturel d'attirer à elle jusqu'aux plus implacables ennemis du jansénisme.

Ce nom de la Marjolaine, qui avait plusieurs fois déjà, depuis quelques jours, retenti aux oreilles de Stéphen en éveillant en lui des souvenirs endormis, le fit tressaillir.

Il lui semblait étrange qu'une autre personne que la jeune fille de la ferme des Coudriers le portât.

Il attendit avec impatience qu'elle parût.

Et cette impatience était bien partagée par les assistants, qui avaient hâte de connaître cette belle inspirée.

Le comte Daverne alla ouvrir une porte de communication qui donnait dans une pièce voisine.

Une jeune fille apparut.

Chacun s'empressa de jeter les yeux sur elle.

Stéphen poussa un grand cri.

Il venait de reconnaître Antoinette.

Mais un changement notable s'était opéré dans toute sa personne.

Elle était entièrement vêtue de noir, ce qui faisait admirablement ressortir la pâleur mate de son visage, sur lequel était empreinte une espèce d'égarement qui faisait peine à voir.

Ses grands yeux, brillants et fixes comme ceux d'une insensée, s'ouvraient démesurément et lançaient une flamme phosphorescente ; ses longs cheveux, qu'elle portait à demi déroulés, flottaient sur son cou nu et descendaient en longues boucles sur ses épaules.

Sa démarche était lente et ses gestes pleins d'indolence.

Elle s'avança doucement vers le centre de la pièce dans laquelle elle venait d'être introduite et promena son regard sur l'assemblée.

Un murmure d'admiration rendit hommage à sa rare beauté.

— Ma sœur, lui dit alors le marquis de Saint-Acheul, vous le voyez, les disciples du bienheureux Pâris sont nombreux, et l'esprit qui les anime est saint.

Mais la Marjolaine ne l'écoutait pas.

Ses yeux venaient de rencontrer ceux de Stéphen, qui, pâle, les lèvres frémissantes, semblait pétrifié par la vue de la jeune paysanne qu'il avait laissée à la ferme des Coudriers et qu'il retrouvait convulsionnaire et prophétesse.

Frédéric s'aperçut de l'émotion de son compagnon.

— Qu'avez-vous ? lui demanda-t-il ; au nom du ciel ! partons, vous êtes pâle comme un suaire.

— Oh ! mon ami, c'est elle... c'est la Marjolaine.

— Oui, sans doute, répondit Frédéric qui ne comprenait pas le véritable sens de ces paroles.

Et à son tour il envisagea la jeune fille avec plus d'attention.

Soudain il vit celle-ci s'arrêter brusquement dans sa marche et porter une main à son front, l'autre à son cœur.

Elle voulut parler, mais sa voix expira dans sa gorge.

Tout à coup son visage se colora d'une rougeur subite, ses yeux s'animèrent et elle s'élança vers Stéphen en s'écriant :

— Monsieur le chevalier ! vous ! ah !

— Marjolaine ! s'écria celui-ci.

Et tandis que les spectateurs de cette singulière scène s'écartaient instinctivement pour laisser passer la jeune fille, le chevalier s'avança pour la recevoir dans ses bras.

Des sanglots bruyants, longtemps refoulés au fond du cœur de la pauvre Antoinette, se firent jour ; des larmes coulèrent de ses yeux, et, jetant ses deux bras autour du cou du jeune homme, elle le tenait embrassé dans une étreinte convulsive.

Le marquis de Saint-Acheul et le comte Daverne n'avaient pas compté sur cet incident, qui n'était pas du tout dans le programme de la séance, et tous deux, désireux de sauvegarder la dignité de l'assemblée, accoururent pour rappeler la Marjolaine à son rôle de prophétesse.

Mais, au moment où ils s'apprêtaient à s'interposer entre elle et le chevalier de la Feuillée, un bruit extraordinaire se fit entendre.

La porte d'entrée s'ouvrit avec force, et un commissaire de police, suivi de cinq ou six exempts, apparut sur le seuil.

## V

*Où le lecteur verra qu'il est bon de ne pas parler à haute voix la nuit dans les rues de Paris.*

Rentrée chez elle, après sa visite au cabaret du quai de la Grenouillère, Fanchette tira de son sein le papier qu'elle avait habilement fait sortir de la poche de Sulpice, après que celui-ci eut laissé la plus grande partie de sa raison dans le vin, et elle le relut attentivement.

On se rappelle que le comte de Blancheroy y était accusé d'assassinat.

Un frisson involontaire lui courut par tout le corps.

— Oh ! s'écria-t-elle, est-il possible que cet homme ait commis un pareil crime ! Je donnerais je ne sais quoi pour savoir quel est ce Blancheroy, mais je crains bien que mes soupçons ne soient que trop fondés ; lui un assassin !... Il me semble que maintenant, lorsque je me trouverai seule avec lui, j'aurai peur !

Et, fixant de nouveau ses yeux sur le précieux billet, elle songea à la somme que lui avait promise M. de Saint-Acheul.

— Si c'est lui qu'il concerne, dit-elle, je comprends qu'il soit désireux de l'anéantir et qu'il n'hésite pas à sacrifier mille livres pour l'avoir. Mille livres, c'est joli ! mais je crois qu'il serait encore bien aise de l'acheter dix mille, car enfin c'est la preuve irrécusable d'un crime qu'il détruit... Si je pouvais l'obliger à le payer ce qu'il vaut ! Oui, mais comment faire pour l'y forcer ?

C'était là le point difficile. Un homme en possession de ce papier pouvait lui imposer sa volonté, parce qu'un homme est de force à lutter contre un homme ; mais une femme, c'est bien différent. Fanchette le savait, et elle comprenait que, si elle tentait de le conserver en refusant de le lui remettre lorsqu'il viendrait le lui demander, elle courrait grand risque d'en être dépouillée par la violence.

Et, dans ce cas, non-seulement elle n'obtiendrait pas dix mille livres, mais elle ne pourrait pas même exiger les mille convenues.

Certes, en admettant que le marquis fût la personne désignée par M. de Montlieu, il était aisé de prévoir qu'il ne reculerait pas devant l'emploi de la force brutale pour arriver à ses fins.

C'était ce qu'avait déjà pensé Sulpice.

Et Fanchette, nous le répétons, devait encore plus que lui redouter qu'il ne se portât à quelque fâcheuse extrémité.

Elle n'abandonna pas cependant le projet de gagner dix mille livres au lieu de mille ; seulement, avant d'agir de façon ou d'autre, elle résolut de savoir si, comme elle le pensait, le comte de Blancheroy et le marquis de Saint-Acheul étaient une seule et même personne.

Elle avait promis, il est vrai, au marquis d'aller le jour même chez Sulpice, ainsi qu'elle l'avait fait ; mais, comme elle ne lui avait pas fait part du moyen qu'elle voulait employer, elle pouvait sans danger ajourner la conclusion de l'affaire.

Donc, lorsque, vers le soir, le marquis se présenta chez elle pour savoir le résultat de sa démarche, elle lui donna bon espoir du succès, mais se garda bien de lui dire qu'elle l'avait obtenu.

Le marquis la quitta en lui recommandant de se hâter.

— Ce marinier est un coquin, lui dit-il ; le

comte de Blancheroy est à sa discrétion, et je veux à tout prix empêcher ce misérable de lui nuire ; il faut donc ne rien négliger pour parvenir à lui enlever au plus vite la seule arme dont il puisse se servir contre lui.

— Soyez sans inquiétude, monsieur le marquis ; je vous promets que vous serez... ou plutôt M. le comte de Blancheroy sera bientôt en possession de ce qu'il désire.

— A la bonne heure ! Mais enfin quand penses-tu pouvoir me remettre cet écrit ?

— Dans cinq ou six jours.

— Six jours, c'est bien long.

— Dame ! écoutez donc, monsieur le marquis, ce n'est pas chose facile que de soustraire à un homme, qui a intérêt à le garder, un papier de l'importance de celui dont vous parlez.

— Sans doute, mais c'est que je crains que d'ici là...

— D'ici là vous n'avez rien à redouter de Sulpice, de M. le comte de Blancheroy non plus, et je vous en réponds.

— Mais comment le sais-tu ?

— Monsieur le marquis, ceci est mon secret, mais vous pouvez compter sur moi ; je vous donne ma parole que j'ai le pouvoir de mettre momentanément le marinier Sulpice dans l'impossibilité de nuire à qui que ce soit.

— Allons, répondit M. de Saint-Acheul vaincu, je me repose sur toi, et Dieu veuille que tu réussisses !

— Je réussirai, monseigneur, dit Fanchette d'une voix caressante.

— Et tu auras fait une bonne action qui profitera aux disciples du bienheureux Pâris, répliqua le marquis qui ne voulait pas laisser voir que son intérêt personnel était en jeu.

— M. le comte de Blancheroy est donc un frère ? demanda Fanchette, ravie de pouvoir ramener la conversation sur le point qui restait à éclaircir.

— Oui, certes ! et c'est un des plus fermes soutiens des jansénistes.

— Vraiment ! Cela redoublera encore mon zèle à le bien servir. Mais, dites-moi, monsieur le marquis, il n'appartient pas, je suppose, à la compagnie des secouristes ?

— Non ! c'est-à-dire qu'il vient de fonder une nouvelle secte.

— Serait-ce lui qui aurait découvert cette chère sœur dont on parle tant depuis quelques mois et qu'on nomme la Marjolaine ?

— Non ! M. de Blancheroy habite l'étranger.

— Ah ! c'est différent, répondit tranquillement Fanchette, qui, remarquant l'air embarrassé de son interlocuteur, ne jugea pas prudent d'aller plus loin. Je serais bien aise de la voir, cette Marjolaine ; la connaissez-vous, monsieur le marquis ?

— Non vraiment ; mais les frères et les sœurs la connaîtront bientôt, car c'est demain qu'elle sera présentée à l'assemblée des secouristes, et tu y assisteras, Fanchette ?

— Oui, monseigneur ! Mais je crois qu'il faut redoubler de précautions, car j'ai ouï dire que M. le lieutenant de police vient de donner de nouvelles instructions à ses agents pour empêcher les réunions, et qu'il est parvenu à découvrir hier une maison qui servait de temple aux vaillantistes de Passy.

— Allons donc ! reprit le marquis, nous n'avons rien à craindre : la maison du Diable est trop isolée pour qu'il soit possible qu'on la surveillât sans que nous en fussions avertis ; et puis, d'ailleurs, un nouveau mot d'ordre, celui de la Marjolaine, a été donné à tous les frères. Tu le connais, sans doute ?

— Oui, monseigneur.

— Et personne ne sera admis qu'après s'être bien et dûment fait reconnaître ; de cette façon, nous n'avons à redouter ni les agents de M. Hérault, ni qui que ce soit au monde.

— Je le désire, reprit Fanchette. Quoi qu'il arrive, je serai à l'heure fixée à la maison du Diable, et vous verrez, monseigneur, que je suis toujours une des plus intrépides sauteuses que possèdent les secouristes.

— Je le sais ; mais, avant tout, songe à cet endiablé Sulpice.

— Rassurez-vous, monseigneur, il est à moi, et je réponds de lui.

Et le marquis s'en alla confiant dans l'adresse de la jeune fille, contre laquelle il ne conservait pas même l'ombre d'un soupçon.

Fanchette n'était guère plus avancée qu'auparavant.

Toutefois l'air contraint du marquis et les paroles qu'il lui avait dites touchant le comte de Blancheroy ne faisaient que confirmer sa pensée relativement à l'individualité commune aux deux noms de Saint-Acheul et de Blancheroy.

Tandis que la convulsionnaire irrésolue cherche en vain un expédient qui lui permette de faire payer le plus chèrement possible au marquis son intervention entre lui et Sulpice, retournons un moment auprès de celui que nous avons laissé sous le coup du mauvais tour que lui avait joué la jeune fille.

Hélas! Sulpice avait un peu suivi l'exemple de la laitière du fabuliste, et, après avoir supputé tout ce qu'il pouvait acquérir avec les vingt-cinq mille livres qu'il croyait déjà tenir, voilà tout à coup que le pot au lait tombait brusquement à terre, entraînant dans sa chute le mariage qu'il avait rêvé et la jolie ferme des Coudriers dont il se voyait déjà l'heureux propriétaire.

Ce ne fut pas de la colère qu'il ressentit lorsqu'il ne trouva plus dans sa poche le papier qu'il y avait mis, ce fut comme un sentiment d'effroi.

Il resta immobile, bouche béante, fouillant toujours cette poche et y plongeant sa main avec fureur.

De grosses gouttes de sueur froide perlèrent à son front.

Il courut au lit qu'il venait de quitter, supposant que pendant son sommeil il avait pu faire quelque mouvement de nature à ce que l'écrit s'échappât de sa veste. Mais il eut beau défaire et culbuter le lit de cent façons, secouer et retourner les draps, tirer la couchette à lui et regarder derrière, dessous, il ne trouva rien.

Alors, de la poche de sa veste il passa à celles de sa culotte, fouilla partout, remua et bouleversa la chambre de fond en comble.

Peines perdues! le papier avait disparu.

Oh! décrire la colère, la rage, le désespoir du marinier, est chose impossible.

Il frappait du pied et faisait retentir les échos de la maison du bruit de ses imprécations.

Mais tout cela était parfaitement inutile et n'aidait en aucune façon à lui faire retrouver l'objet perdu.

Soudain il s'arrêta.

— C'est elle! s'écria-t-il en se frappant le front, c'est cette coquine qui a fait le coup! Oh! comment ai-je été assez fou pour me laisser aller ainsi à boire et à oublier auprès d'elle la résolution que j'avais prise de veiller à ce que personne ne pût me tendre de piège! Mais elle! Fanchette! pouvais-je me défier de... Oh! c'est infâme!

Et, baissant tristement la tête, il se mit à récapituler tout ce qui s'était passé depuis l'entrée de la jeune fille chez lui jusqu'à son départ.

La scène de jalousie inexplicable qu'elle lui avait faite lui revint en mémoire.

— Eh! sot que je suis, dit-il, je comprends tout maintenant, et, en me parlant de cette lettre de femme imaginaire, elle voulait tout simplement m'amener à lui montrer l'écrit de M. de Montlieu! Et j'ai pu me laisser prendre à cela, moi!... Ah! bélître!

Et il demeura comme accablé sous le poids de la honte qu'il éprouvait d'avoir été joué de la sorte.

En effet, il était sinon honteux, du moins souverainement ridicule d'avoir conservé pendant vingt ans, en le cachant à tous les regards, un instrument de fortune, pour se le laisser niaisement dérober par une fille dont il avait été si facilement la dupe.

— Oh! mais, exclama-t-il en frappant un vigoureux coup de poing sur la table où se trouvaient encore les reliefs du déjeuner qui lui rappelaient sa mésaventure, je me vengerai!

Il le pouvait sans aucun doute; seulement cela ne lui rendrait pas les vingt-cinq mille livres qu'il se croyait si sûr de palper quelques heures auparavant.

Ce fut la réflexion qu'il fit, mais qui ne l'empêcha en aucune façon de s'affermir dans le dessein qu'il avait de punir Fanchette de sa trahison.

Or, lorsqu'il eut bien reconnu qu'il devait faire son deuil des vingt-cinq mille livres en question et qu'il ne lui restait absolument que la satisfaction d'en tirer vengeance, il chercha à se rendre compte de l'intérêt qu'avait pu avoir la jeune fille à lui voler le papier accusateur, et il lui fut aisé de reconnaître la main du marquis dans la machination dont il avait été victime.

Aussi ce fut sur lui qu'il reporta son ressentiment.

— Le misérable! dit-il, il croit n'avoir plus rien à redouter de moi, parce qu'il a anéanti la preuve de son crime; mais, patience! il

Puis tous deux s'élancèrent suivis de Frédéric... (Page 34.)

ne sera pas dit que j'abandonnerai la partie pour lui laisser l'enjeu.

Et, roulant dans sa tête mille projets de vengeance plus extravagants les uns que les autres, il s'arrêta à celui d'aller trouver M. de Montlieu, avec la ferme intention de lui raconter les événements qui s'étaient passés jadis.

Mais, au moment où il se disposait à sortir, il se ravisa.

— Le baron de Montlieu, se dit-il, est amoureux de la fille du marquis ; jamais il ne croira à la vérité du récit que je lui ferai ; il me demandera des preuves, et, comme je ne pourrai lui en fournir aucune, il attribuera mes paroles à quelque méchant motif de haine contre le marquis, et il sera peut-être le premier à me menacer, car je me rappelle que l'autre soir il a pris la défense de M. de Saint-Acheul et a tiré son épée contre moi ! C'est juste ; puisqu'il ne sait rien, il ne peut que vouloir protéger le père de celle qu'il aime.

Et il abandonna son dessein.

Il pensa bien ensuite à se mettre à la recherche de Fanchette, mais quel résultat en obtiendrait-il ? Il ferait du bruit, du tapage, se porterait peut-être à quelque excès dont il ne pourrait expliquer la cause et qui ne serait bon qu'à lui attirer une mauvaise affaire. Décidément, c'était encore un moyen qu'il fallait laisser de côté.

Il en était là, indécis, flottant entre la crainte de commettre une imprudence et le désir de satisfaire ses idées de vengeance, lorsqu'un homme, vêtu d'une mauvaise souquenille gris de fer, coiffé d'un tricorne dont la couleur primitivement noire était devenue rousse par l'usage et les outrages du temps, entra dans la boutique et jeta un regard investigateur autour de lui.

Il ne vit que la vieille servante, occupée à rapiécer des torchons noirs et gras comme s'ils eussent servi au nettoyage de toute la maison.

— La mère, lui dit-il, M. Sulpice est-il là ?

— Il dort, répondit celle-ci sans se déranger.

— Comment, il dort ! Ah çà ! la vieille, vous moquez-vous de moi ? est-ce qu'il est l'heure de dormir ?

— Mais il me semble qu'il est bien le maître de dormir à l'heure qu'il lui plaît.

— Oui-dà ! eh bien, vous allez me faire le plaisir de le réveiller.

— Le réveiller ! et pour quoi faire ?

— Vous n'avez pas besoin de le savoir.

— En ce cas, répliqua la vieille femme, assez curieuse de son naturel, je ne me dérange pas, à moins que ce ne soit pour vous servir un polichinelle de vin ou un poisson d'eau-de-vie, si ça vous plaît.

— Ouais ! c'est ce que nous allons voir ; mais d'abord vous avez raison, la course que je viens de faire est longue, et je me rafraîchirais volontiers le gosier. Voyons, donnez-moi une chopine.

— C'est une autre affaire, fit la vieille femme, et je vais vous en apporter du frais.

Quittant alors les torchons qu'elle laissa retomber à terre, elle se dirigea vers le comptoir et se disposa à servir la singulière pratique qui était devant elle.

Mais le personnage n'était pas venu dans la seule intention de boire, et, tandis que la maritorne mesurait le vin qui lui était destiné, il frappa à coups redoublés sur une des tables de la boutique, à l'aide d'un énorme gourdin qu'il tenait de sa main droite, et

accompagna ce tapage en criant à haute voix :

— Ohé ! maître Sulpice, réveillez-vous ! maître Sulpice, on vous attend !

Tiré brusquement de ses réflexions par ce bruit insolite, le marinier se leva précipitamment de son lit, sur le bord duquel il s'était assis, et se dirigea en toute hâte vers l'escalier, dans le but de faire cesser au plus vite le vacarme qu'il entendait ; mais à peine eut-il aperçu le bruyant consommateur qu'il se proposait tout d'abord de jeter sans plus de façon à la porte, qu'il changea tout à coup de visage, et s'écria :

— Quoi ! c'est vous, monsieur Romain ?

— Moi-même, monsieur Sulpice.

— Asseyez-vous donc, je vous en prie. Victoire ! fit-il en s'adressant à la servante, du vin !

— En voici, monsieur, dit-elle en grommelant.

— C'est bon, reprit le personnage qui répondait au beau nom de Romain.

Et, emplissant son verre, il but.

— Çà, monsieur Sulpice, continua-t-il après avoir reposé son verre vide sur la table, il paraît que vous employez le jour à dormir ! Diable ! ce n'est pas là le moyen de savoir ce que disent les gens qui viennent se désaltérer chez vous.

— C'est vrai, fit Sulpice ; mais j'étais mal à mon aise.

— En effet, vous avez la figure toute bouleversée ; mais ce n'est pas ce dont il s'agit d'abord...

Il s'arrêta et fit un geste dont Sulpice comprit la signification.

— Victoire ! dit-il à la vieille femme, va-t'en.

Celle-ci obéit, non sans jeter un regard courroucé au nouveau venu, qui n'y prit pas garde.

Ce fut lui qui reprit la parole lorsqu'elle fut sortie.

— Eh bien ! monsieur Sulpice, qu'avez-vous de nouveau, fit-il en regardant en face le cabaretier.

— Oh ! oh ! pas grand'chose.

— Vous n'avez rien découvert ?

— Non !

— Eh bien ! il paraît que d'autres en savent plus que vous, car on a affirmé à M. Hérault que les rédacteurs des *Nouvelles ecclésiastiques* s'étaient, il y a quelques jours, servi d'un bateau amarré non loin de chez vous, pour imprimer leur feuille, et que vous les avez aidés dans cette œuvre.

— Moi ?

— Et on sait aussi qu'ils doivent s'assembler secrètement demain pour reconnaître comme convulsionnaire discernante une certaine fille qu'on nomme la Marjolaine.

— La Marjolaine ! Oui, vous avez raison.

— Ah ! ah ! la mémoire vous revient, et c'est fort heureux pour vous, car vous pouvez me donner quelques indications qui me manquent et qui m'aideront peut-être à éviter le désagrément que j'aurais à vous arrêter.

— M'arrêter, moi ?

— Mon Dieu, oui ! Entre confrères cela est dur ; mais, je vous le répète, M. Hérault est convaincu qu'au lieu de surveiller les menées des convulsionnaires, vous vous êtes joint à eux, ce qui vous fait naturellement considérer comme leur complice, et ce qui explique l'ordre que j'ai reçu de m'assurer de votre personne et de vous conduire devant lui, car il veut vous interroger lui-même.

— Mais enfin je suis innocent.

— Je le souhaite de grand cœur, mon cher monsieur Sulpice, mais M. Hérault n'est pas de cet avis. Que diable aussi, vous prêtez vos bateaux.....

— Oh ! c'est encore à cette misérable Fanchette que je dois...

— Vous dites ?

— Rien ! mais si... attendez donc, oui, j'y suis. Ah ! pardieu ! moi qui cherchais si loin ! Ah ! monsieur le marquis, nous allons voir comment vous vous tirerez de là ! Oui... les compagnons de la Marjolaine... la maison du Diable... c'est exact.

Et Sulpice se frotta les mains comme un homme qui est content de lui.

Il venait de trouver un moyen infaillible de se venger du marquis et de Fanchette ; il se souvenait de quelques paroles qu'il avait entendu échanger entre M. de Saint-Acheul et un gentilhomme inconnu, le soir du jour où il l'avait attendu à la petite porte du jardin de l'hôtel. C'en était assez.

Romain le regardait avec un certain étonnement.

— Eh bien ! qu'avez-vous donc ? vous paraissez tout étonné ! Que diable ! M. Hérault n'est peut-être pas si sévère qu'il le dit, et, si vous n'êtes coupable que de négligence, vous pouvez en être quitte pour quelques jours de prison ; mais si vous avez distribué les *Nouvelles ecclésiastiques*, ah ! dame, ça changera l'affaire...

— Mon cher confrère, dit soudain Sulpice en changeant de ton, je vous remercie beaucoup de l'intérêt que vous me témoignez, mais je vois qu'il faut que je fasse cesser l'erreur dans laquelle vous êtes plongé.

— Comment cela ?

— Sachez donc que non-seulement j'ai prêté mes bateaux aux imprimeurs que M. Hérault recherche, mais que j'ai gardé chez moi la presse qui leur a servi.

— En ce cas...

— Et je sais le lieu et l'heure où doit avoir lieu l'assemblée dont vous parlez, ainsi que le nom des principaux chefs des convulsionnaires ; car c'était justement afin de connaître tous ces détails que j'ai feint de m'affilier à ceux-ci, et je suis en mesure non seulement de fournir à M. le lieutenant général tous les renseignements dont il peut avoir besoin, mais encore je puis le mettre à même de faire prendre d'un seul coup de filet tous les compagnons de la Marjolaine.

— Les compagnons de la Marjolaine ! c'est bien cela, s'écria Romain. Ah ! mon cher confrère, dites-moi vite...

— A vous, non ! J'ai la plus grande confiance en votre prudence, mais les noms des personnages que j'ai à désigner sont trop importants pour les confier à d'autre qu'à M. Hérault lui-même ; et maintenant, si vous voulez bien me mener à l'hôtel de M. le lieutenant général de la police, je suis prêt à vous servir.

L'agent fit la grimace : il eût été charmé de faire lui-même un rapport destiné à amener de nombreuses arrestations, mais il dut se borner à suivre les instructions qu'il avait reçues.

Un moment plus tard, les deux hommes partaient pour l'hôtel de M. Hérault.

Ce fut à la suite de la déposition du marinier Sulpice qu'ordre fut donné au commissaire de police de cerner la maison du Diable.

## VI



Le livre des écrous de la Bastille avait des pages entières consacrées à l'inscription des noms des gens de haut rang compromis et arrêtés sous la prévention de s'être rendus complices des convulsionnaires, soit en les aidant de leur bourse, soit en favorisant leurs réunions en mettant à leur disposition des châteaux ou des hôtels dans lesquels ils pouvaient s'assembler en toute sécurité, soit enfin en se mêlant à leurs pratiques, ou entretenant des filles qui faisaient métier des convulsions, et en rédigeant les *Nouvelles ecclésiastiques*.

C'était grâce à ces protections efficaces, à ces aides puissants, que les convulsionnaires parvenaient à déjouer toutes les ruses que la police mettait en jeu pour les découvrir.

Parmi les plus intrépides champions du jansénisme, on distinguait le comte Daverne, qui apprenait, dit-on, à son fils, âgé de cinq ans, à avoir des convulsions, et qui dissipait tout son bien avec ces femmes dont l'unique affaire était, en se prétendant convulsionnaires, de se livrer à la débauche.

C'était à lui que le curé Blondel avait écrit, lorsque, émerveillé des dispositions naturelles que montrait la Marjolaine pour tomber en extase et en pâmoison, il avait vu en elle un précieux instrument de propagande janséniste.

Le comte Daverne était l'homme en état, mieux que personne, de l'exploiter; il lui avait donc fait part de la découverte d'un sujet propre à servir leurs secrets desseins, et l'avait fortement engagé à venir sans retard voir la jeune fille, à s'assurer des qualités qu'elle possédait, et à l'enlever de la ferme des Coudriers pour la mettre en relation avec les différents sectaires qui devaient la produire à l'admiration des croyants.

Lorsque le comte eut, comme on le sait, réussi à faire croire à la jeune fille qu'en l'emmenant avec lui il allait la conduire au chevalier de la Feuillée, il en éprouva une grande joie; car, séduit par son admirable beauté, il avait immédiatement compris tout le parti qu'il pourrait tirer d'une pareille recrue dans les rangs des disciples du diacre Pâris.

Quant à Antoinette, ne pensant qu'au chevalier et se figurant qu'elle allait le revoir, elle était tout entière à l'espoir d'être bientôt réunie à celui qu'elle aimait, et le désir qu'elle avait de voir cette espérance se réaliser était si violent, qu'elle ne songeait pas même à la possibilité d'être accueillie par lui autrement qu'avec joie.

Et cependant la conduite qu'avait tenue Stéphen vis-à-vis d'elle, son départ subit du château, à l'heure même où il devait aller au rendez-vous qu'il lui avait indiqué, tout cela n'était guère de nature à prouver qu'il fût amoureux.

Mais le comte Daverne lui avait dit que c'était de la part du chevalier qu'il venait la chercher, et la pauvre enfant, qui ne soupçonnait pas qu'on pût mentir, croyait naïvement que cela était, et ne s'occupait en aucune façon du pourquoi ni du comment.

Et d'ailleurs le cœur qui aime n'est-il pas toujours disposé favorablement à croire qu'il est payé de retour?

Certes on objectera que, malgré tout, la Marjolaine agissait avec une incroyable légèreté en se déterminant sur l'heure à abandonner la ferme et à suivre un homme qu'elle ne connaissait pas, et qui pouvait parfaitement avoir des desseins bien différents de ceux qu'il lui avait exposés.

Oui, cela est vrai; mais, nous le répétons, Marjolaine était tout à fait incapable de se rendre compte de la portée de son action, et encore moins de supposer qu'on pût vouloir la tromper.

Dans quel but l'eût-on fait?

Donc, en acceptant d'emblée la singulière proposition que lui avait faite le comte, elle avait tout simplement suivi l'élan de son cœur, et nullement consulté la raison, qui, depuis le départ du chevalier, semblait chaque jour s'éloigner davantage de son esprit.

Antoinette n'avait aucune idée des distances.

Elle avait entendu prononcer le nom de Paris par le chevalier; elle savait que c'était une grande ville dans laquelle se trouvait le roi ; ses connaissances géographiques se bornaient là.

Au premier relais où on s'arrêta, elle crut être arrivée et demanda avec instance à son conducteur de la mener vers le chevalier.

Le comte lui fit entendre qu'ils avaient encore plusieurs jours de marche avant d'être parvenus au terme de leur voyage, et il l'engagea à se laisser habiller d'une façon plus convenable qu'elle ne l'était par la femme de chambre qui les accompagnait.

— Croyez-moi, lui dit-il, le chevalier vous saura gré du soin que vous aurez apporté à votre toilette, et il ne vous en aimera que davantage.

— Il m'aimera ! fit la jeune fille en joignant les mains.

— Parbleu ! mais, mon enfant, il est fou de vous.

— M'aimer ! oh ! que je serais heureuse ! Oui, oui, vous avez raison, je veux me faire belle.

Et elle se décida à échanger ses habits de paysanne contre des vêtements qui soudain la métamorphosèrent en demoiselle, ce qui ne fit que rehausser encore l'éclat de ses charmes.

Quand sa toilette fut terminée, le comte, qui l'avait laissée aux mains de la femme de chambre, rentra et lui demanda ce qu'elle pensait de son changement de fortune.

— Hélas ! dit-elle ; il ne me reconnaîtra plus, il ne me trouvera pas jolie ! Ce qu'il aimait, c'était me voir parée des fleurs de marjolaine, et je n'en ai pas dans les cheveux ! Des fleurs ! elles étaient si belles celles que je cueillais au bord du bois ! Oui ! mais il est parti, et, depuis qu'il n'est plus là, elles se sont flétries, comme à l'approche de l'hiver ! Oh ! je le verrai, il reviendra ; écoutez :

> Compagnon de la Marjolaine,
> Qu'est-ce qui passe ici si tard ?
> Compagnon de la Marjolaine.

Oh ! les fleurs !... La paix soit avec ceux qui m'aiment ! a dit le Seigneur. Bienheureux ceux qui souffrent !... Et moi, j'ai souffert ! et le Seigneur me récompensera ! Je ne suis rien qu'une pauvre fille, mais la volonté de Dieu peut m'élever jusqu'au rang des riches et des heureux...

Le comte l'écoutait en silence.

La parole de la jeune fille était lente et saccadée ; son geste était sobre, mais plein de noblesse ; son regard était fixe et lumineux.

C'était la plus belle inspirée qu'on pût rencontrer.

Il ne s'agissait que de la former aux convulsions ; il ne douta pas qu'il en vînt à bout promptement.

Après l'avoir calmée en la ramenant tout doucement à la réalité, le comte la fit remonter en voiture.

Antoinette demeura silencieuse pendant toute la journée.

On arriva à Tours.

Encore une fois, la jeune fille crut être à Paris ; mais, lorsque le comte lui eut dit qu'il fallait qu'elle prit patience et attendit encore, elle ne répliqua rien et promit une entière soumission à ses ordres.

Or le comte avait eu raison de l'exhorter à la patience, car elle n'était pas prête à voir Paris ; il avait le projet de rester quelques jours à Tours et de commencer l'instruction convulsionnaire de la jeune fille.

Il n'obtint pas tous les résultats désirables.

Toutefois il se fit reconnaître par les frères vaillantistes qui habitaient Tours, et se présenta à une réunion secrète, accompagné de la Marjolaine.

Celle-ci y vint sans défiance comme sans curiosité, et sans savoir pourquoi on l'amenait là.

Mais ce qu'avait prévu le comte arriva : à peine eut-elle été témoin des convulsions qu'une des assistantes donna en spectacle, que tout son être tressaillit comme s'il eût ressenti les agitations qui se manifestaient dans celui de la patiente.

Ses lèvres pâlirent, ses membres se contractèrent, et elle tomba à terre en prononçant des mots sans suite.

Puis soudain elle se releva par un brusque mouvement, leva les yeux au ciel et fondit en larmes.

Le comte triomphait, il avait mis la main sur une convulsionnaire de premier choix.

La séance terminée, il résolut de ne pas s'arrêter en si beau chemin, et, fier de pouvoir, partout où il irait, faire des prosélytes en produisant son sujet, il changea d'itinéraire et parcourut tout l'ouest de la France en visitant les nombreux disciples du bien-heureux, rallumant le zèle des tièdes, exaltant le cerveau des convaincus et cherchant toujours et partout à augmenter le nombre des coreligionnaires.

De l'ouest le comte passa dans le midi et continua le même exercice.

Cependant, par une de ces singularités qu'on ne peut guère expliquer et qui se produisent parfois, au fur et à mesure que le temps se passait, la Marjolaine, loin de voir sa raison s'altérer davantage à la suite des accès nerveux qui s'emparaient d'elle lorsqu'elle se trouvait en présence de convulsionnaires, semblait au contraire revenir peu à peu au sentiment réel de la vérité.

Après avoir demandé d'abord à tous moments si elle allait revoir Stéphen et s'être contentée de l'invariable réponse que lui faisait le comte, elle finit par manifester son étonnement de ce que, depuis si longtemps qu'elle voyageait, elle n'était pas encore à Paris, et elle demanda aussi au comte pourquoi il la conduisait sans cesse au milieu de tous ces gens dont elle avait peur et dont les cris et les gestes étrangers lui procuraient de si terribles crises.

Celui-ci fut surpris de ces questions ; mais alors il eut recours à l'intimidation, et, après avoir rappelé à la jeune fille qu'elle lui avait promis une entière soumission, il lui déclara que, s'il ne l'avait pas encore menée à Paris, c'est qu'il était nécessaire qu'il passât d'abord dans toutes les villes qu'ils avaient parcourues ensemble, et qu'enfin, si elle tenait à revoir Stéphen, il fallait qu'elle continuât à l'accompagner à toutes les réunions de convulsionnaires qui se tiendraient, et à y figurer comme principale actrice.

C'était à cette condition seule qu'il s'engageait à la conduire un jour auprès du chevalier.

La Marjolaine n'avait pas encore assez de lucidité d'esprit pour être en mesure de discuter avec le comte, et non-seulement elle ne put examiner si les raisons qu'il lui donnait étaient bonnes, mais encore elle ne fit que baisser timidement la tête et pleurer ; car le comte avait pris un tel ascendant sur elle, qu'elle subissait toutes ses volontés comme si elle eût obéi à une puissance supérieure. Elle le craignait instinctivement et ne

pouvait se soustraire à l'influence mystérieuse qu'il exerçait.

Il existait entre ces deux êtres quelque chose comme le fluide qui rend une personne endormie par le magnétisme, esclave et sujette de celle qui l'a magnétisée.

Il fallait que, bon gré mal gré, elle se résignât à toujours désirer la vue de Stéphen sans jamais l'obtenir.

Toutefois, après que le comte Daverne eut suffisamment promené par toute la France son illuminée, qu'il eut fait mille folies plus extravagantes les unes que les autres en compagnie de ses confrères les jansénistes, qu'il eut cent fois bravé la police et échappé aux piéges tendus sous ses pas, afin de le prendre en flagrant délit de complicité avec les convulsionnaires, il songea à revenir à Paris, non, comme on le pense bien, afin de mettre Antoinette à même de retrouver Stéphen, ce dont il eût été très-fâché, mais uniquement afin de voir les chefs influents du parti, de se montrer un peu à la cour et surtout de produire la Marjolaine sur une scène plus vaste que celle de la province.

La Marjolaine était une des plus jolies filles qu'il eût jamais rencontrées ; il était certain d'obtenir avec elle un immense succès.

Il vint donc à Paris.

Antoinette allait enfin toucher au comble de ses vœux, ou du moins elle le croyait : le mot de Paris résonnait si doucement à son oreille, qu'elle le répétait avec une joie d'enfant; puis, à force de le répéter, elle finit par ne plus comprendre le sens, et retomba dans son état de quasi-démence d'autrefois en appelant le chevalier et en pleurant, parce que le comte refusait de lui donner de la marjolaine pour mettre dans ses cheveux.

Celui-ci ne s'en préoccupa en aucune façon et se disposa à la faire connaître au marquis de Saint-Acheul, le chef de la secte des secouristes. Après lui avoir vanté sa beauté, sa jeunesse et son aptitude aux convulsions, il fut convenu qu'on la présenterait solennellement à l'assemblée qui devait se tenir à la maison du Diable, et, comme elle devait être l'héroïne de la soirée, son nom servit de mot de passe ainsi que le couplet qu'elle chantait habituellement.

On a vu comment, au moment de se procurer des convulsions, elle avait été soudainement stupéfiée par la présence inopinée de Stéphen.

Quand nous disons qu'elle était sur le point de se procurer des convulsions, il ne faut pas toutefois déduire de ce fait qu'Antoinette eût consenti à imiter les filles, hôtes habituelles du cimetière Saint-Médard, qui, moyennant salaire, jouaient effrontément le rôle d'illuminées, en affectant d'éprouver des convulsions.

Non, Antoinette était tout simplement dans une disposition d'esprit maladive qui la rendait excessivement impressionnable, et le comte, qui la magnétisait du regard et qui ne cherchait qu'à surexciter encore cet état d'irritabilité nerveux, n'avait qu'à la mettre en présence de gens atteints ou se prétendant atteints de convulsions pour lui en procurer de véritables.

Ajoutons encore que, chaque fois que la malheureuse jeune fille tentait de refuser d'assister aux réunions des sectaires, le comte l'assurait qu'elle y rencontrerait le chevalier, et la pauvre insensée, qui ne vivait que par le souvenir de Stéphen, se laissait constamment prendre à cette ruse grossière, qui se renouvelait sans cesse et qui avait toujours un plein succès.

Il ignorait que le hasard lui donnerait un jour raison.

Lorsqu'il vit la Marjolaine sauter tout à coup dans les bras de Stéphen, il eut un pressentiment que cet homme-là devait être celui dont elle était affolée ; mais, avant qu'il eût pu changer son doute en certitude, l'entrée du commissaire était venue jeter le trouble et la consternation au milieu de l'assemblée.

Ce fut un véritable coup de scène.

Des cris de terreur s'échappèrent de toutes les bouches, et chacun se précipita vers la porte.

— Au nom du roi ! fit le commissaire, que personne ne sorte !

Il y eut une seconde d'arrêt.

Mais on avait trop d'intérêt à fuir pour se soumettre à l'injonction du magistrat, et ce fut une chose comique de voir avec quel empressement convulsionnaires, secouristes, chefs ou curieux se ruèrent vers les issues, dans l'espoir d'échapper à une arrestation imminente.

Mais, si la vue du commissaire ne parvint pas à forcer les gens à rester en place, celle des gardes du guet chargés de faire respecter la loi fut beaucoup plus efficace, et le bruit des crosses de fusil qui résonnaient sur le parquet acheva de porter l'épouvante dans tous les esprits.

La porte était gardée de manière à ce que personne ne pût en franchir le seuil.

Tous les assistants étaient bien et dûment pris du même coup de filet.

Or, tandis que la peur de la Bastille s'était emparée d'eux, une seule personne semblait étrangère à tout ce qui se passait autour d'elle.

C'était Antoinette.

Cramponnée au bras de Stéphen, elle ne voyait que lui, n'entendant que lui, et, suffoquée par la joie de l'avoir retrouvé, elle gardait le silence ; mais ses yeux, attachés sur ceux du jeune homme, ne pouvaient se lasser de le contempler.

Stéphen, non moins surpris qu'elle, restait aussi tout interdit ; ce fut la voix de Frédéric qui le tira de son ébahissement.

— Stéphen, lui dit celui-ci, laissez cette femme ! nous ne sommes ici que des curieux, ne nous faites pas confondre avec tous ces fous.

Et il désignait les convulsionnaires.

— Non ! répondit le jeune homme ; advienne que pourra, mais je connais cette fille et je ne puis l'abandonner.

— M'abandonner ! fit à son tour la Marjolaine avec effroi, oh ! non, vous ne ferez pas cela ; puisque vous m'avez fait demander, c'est que vous m'aimez aussi et que vous avez eu pitié de moi ; vous ne voudrez pas me fuir encore comme vous l'avez fait là-bas, à la cépée.

— Silence, reprit vivement Stéphen troublé par ce reproche dont l'accent pénétra au fond de son cœur.

— Stéphen, sauvez-moi de ces hommes ! continua la jeune fille en désignant du geste le comte Daverne, qui faisait d'inutiles efforts pour échapper aux mains des exempts qui s'étaient emparés de lui.

— Cet homme, quel est-il ?

— C'est lui qui m'a emmenée de la ferme des Coudriers, c'est lui qui m'oblige à venir à ces réunions en m'assurant que je vous y verrai ; mais, maintenant que je vous ai vu, maintenant que je vous ai retrouvé, oh ! j'ai peur qu'il ne veuille encore me donner des convulsions ; de grâce, sauvez-moi !

— Rassure-toi, mon enfant ! s'écria le chevalier tout ému à la vue de cette belle fille qui l'implorait : tant que tu seras près de moi, personne n'osera venir t'y chercher, morbleu !

Frédéric n'essaya pas de détourner Stéphen du désir qu'il montrait de protéger la convulsionnaire ; d'ailleurs, au fur et à mesure qu'elle parlait, il se sentait plus disposé lui-même en sa faveur.

Une secrète sympathie semblait remplacer dans son âme l'espèce de répulsion qu'il avait éprouvée tout d'abord pour la pauvre fille mêlée aux misérables folles dont les turpitudes lui soulevaient le cœur.

Évidemment, il avait sous les yeux une victime, et non une fourbe.

Et puis la façon dont Stéphen la défendait lui faisait presque un devoir de se joindre à lui : c'est ce qu'il fit.

— Stéphen, je vous en conjure, songeons à sortir d'ici.

— Eh ! mon cher, cela est facile à dire, mais je n'en vois guère le moyen...

Or, pendant que les deux jeunes gens s'entretenaient de la sorte, le marquis de Saint-Acheul, qui jusqu'alors n'avait pas aperçu le baron, dont le soin avait été de se tenir dans le groupe de spectateurs qui faisait cercle autour des convulsionnaires, se dirigea vers l'endroit où il était et ne put réprimer un mouvement de surprise en se trouvant face à face avec lui.

— Vous ici, monsieur ! s'écria-t-il.

Le jeune homme allait répondre ; un nouvel incident l'en empêcha.

## VII



La maison du Diable, nous lui conservons ce nom, puisque c'est celui sous lequel chacun la désignait, était une ancienne habitation qui avait dû servir autrefois à quelque communauté.

Ses hauts plafonds, la grandeur des fenêtres, la grande salle où se tenaient les convulsionnaires, tout semblait l'indiquer.

La plupart des gens qui étaient là y venaient pour la première fois ; les autres acteurs ou spectateurs assidus des convulsions, et qui l'avaient déjà fréquentée, ne connaissaient guère que ses dispositions intérieures.

Mais le comte Daverne, qui l'avait choisie pour tenir l'assemblée, et deux ou trois autres personnages placés sous ses ordres immédiats, savaient qu'à l'une des parois de la salle des réunions était un panneau, sorte de cloison mobile, qui glissait dans une rainure, de manière à ouvrir un passage communiquant à un corridor qui aboutissait à la porte principale donnant sur la rue.

C'était une issue précieuse en cas de surprise.

Le moment était venu de s'en servir.

Mais le comte, désigné peut-être par Sulpice comme le président de la séance, ou reconnu à première vue par le commissaire comme une capture importante, était, nous l'avons dit, aux mains des agents, qui ne lui permettaient pas de songer à la fuite.

Cependant, cherchant des yeux dans la foule quelqu'un qui pût lui venir en aide, son regard tomba sur des secouristes, qui, dans l'intention bien évidente de lui demander conseil, faisaient tous leurs efforts pour se rapprocher de lui.

Alors il fit un signe qui fut immédiatement compris.

Soudain trois ou quatre hommes se précipitèrent sur les candélabres et les flambeaux qui servaient à l'éclairage de la salle, et, soufflant toutes les lumières, ils plongèrent l'assemblée dans une obscurité complète.

Puis, courant subitement au pan de mur qui devait s'écarter pour leur donner passage, ils firent glisser la porte sur ses coulisseaux et s'élancèrent au dehors.

Une scène de confusion indescriptible suivit cette action imprévue.

Tous ceux qui se trouvaient dans le voisinage de la porte voulurent s'empresser de profiter du chemin qui leur était ouvert, et, se jetant tumultueusement les uns sur les autres pour échapper au plus vite aux gens de justice, ils se ruèrent avec force contre la muraille.

Mais la presse qui en résulta fut terrible.

Les plus forts et ceux dont les poings étaient les plus solides passèrent sans trop de difficulté ; mais les femmes, les gens petits, faibles ou débiles furent impitoyablement bousculés, frappés, renversés au milieu des cris, des gémissements et des plaintes qui s'élevaient comme une effroyable clameur.

Au bruit causé par les lamentations et les imprécations des fuyards, qui, avec l'égoïsme naturel en semblable circonstance, ne songeaient chacun qu'à leur propre salut sans s'occuper de celui des autres, se joignaient les blasphèmes et les imprécations de colère des soldats qui, refoulés par la foule qui menaçait de les entraîner, repoussaient les gens à coups de crosses de fusil et ne songeaient qu'à protéger le magistrat dont la voix, impuissante à ramener le calme, réclamait impérieusement de la lumière.

Il était certain qu'au bout d'un moment il allait être obéi.

Il y avait des bougies dans le vestibule qui précédait la salle de réunion.

Le temps seul de les aller chercher était nécessaire.

Et, une fois la lumière revenue, Dieu sait comment seraient traités tous ceux qui auraient essayé de s'enfuir sans y réussir !

Donc c'était à qui profiterait des quelques minutes d'obscurité qui régnait.

Mais, nous le répétons, la trop grande précipitation fit, comme cela arrive en pareil cas, que la porte se trouva obstruée de façon que personne n'y pouvait passer sans lutter de toute la force de son corps.

Ce fut alors que les convulsionnaires eurent beau jeu pour gesticuler et vociférer à leur guise.

Cette fois cependant, ils furent sincères, et de véritables convulsions, ou plutôt des attaques de nerfs causées par l'effroi ajoutèrent encore au tumulte et au trouble général.

Le comte Daverne, qui avait ordonné qu'on éteignît les lumières, tenta l'un des premiers d'échapper aux mains qui le tenaient ; mais il avait affaire à forte partie, et, menacé d'être tué s'il faisait aucun mouvement de rébellion, il dut se résigner à la soumission.

Fanchette avait été plus heureuse.

Placée auprès de la porte secrète, elle avait pu sortir de la salle avant que l'affluence en eût intercepté le passage.

Elle se trouva dans un corridor sombre, étroit, qui fut bientôt obstrué par tous ceux qui avaient imité son exemple en se jetant sur ses pas.

Un sentiment d'effroi bien naturel étreignait le cœur de la convulsionnaire, qui voyait déjà la prison s'entr'ouvrir devant elle.

Elle courait en suivant le mur, les mains en avant, ne sachant où elle allait, et ne faisant qu'obéir au sentiment instinctif de préservation qui la poussait à fuir le danger.

Elle arriva de la sorte à la porte de sortie.

Mais elle était fermée.

Que faire ? retourner sur ses pas, il ne fallait pas y songer ; d'ailleurs, vingt personnes venaient derrière elle en la poussant.

Un cri de terreur s'échappa de sa poitrine, une sueur froide baigna son visage, elle fut sur le point de s'évanouir ; mais, puisant une force nouvelle dans un effort de volonté, elle parvint à maîtriser sa crainte et à ne s'occuper que de chercher à repousser le flot qui, la pressant de toutes parts, menaçait de l'écraser contre la porte verrouillée et cadenassée de la rue.

Toutefois les fuyards ne perdirent pas courage.

Au milieu du corridor se trouvait une fenêtre fermée par un volet.

En un clin d'œil, dix mains se cramponnèrent à l'espagnolette, l'ouvrirent ; les vitres furent cassées, le volet sauta en éclats, et les plus agiles, écartant et foulant aux pieds ceux qui leur faisaient obstacle, grimpèrent sur la fenêtre et sautèrent dans la rue.

Fanchette était leste et vive.

Elle se hissa sur le dos d'un homme, mit son pied sur les épaules d'une femme à demi renversée et tomba plutôt qu'elle ne se jeta dans l'espace.

Ce fut à qui prendrait le chemin de la fenêtre.

Soudain, au milieu des voix qui vociféraient, on entendit celle d'un homme paraissant avoir conservé une certaine gaieté qui contrastait fort avec les accents plaintifs et désolés.

C'était celle de Stéphen.

— Mordieu ! criait-il, cet antre est bien nommé la maison du Diable ; mais, par Pluton ! il ne sera pas dit que nous n'en sortirons pas !

Que je meure si je ne fais pas un poème en dix chants sur cette aventure !

— Stéphen, où allons-nous ? criait la Marjolaine qui se tenait étroitement serrée contre lui, j'ai peur !

— Allons donc ! je sens de l'air par ici, avançons.

— Stéphen, disait à son tour Frédéric, oh ! mon ami, c'est ma faute, c'est moi qui vous ai obligé à me suivre.

— Eh ! morbleu ! pourvu que nous en sortions, c'est le principal ; j'entends Éole, vous dis-je, et, s'il ne faisait pas sombre comme au Ténare, je...

— Ah ! cette fenêtre..., dit Frédéric qui venait d'apercevoir l'issue par laquelle disparaissaient tous les gens qui les précédaient.

— Une fenêtre, bravo ! mais dépêchons, car je crois que dans un moment nous serons découverts. A l'assaut, mon très-cher !... Morbleu ! cela me rappelle mon escalade à bord du bateau de l'autre fois !

Frédéric ne répondit pas, mais, tenant d'une main ferme l'appui de la croisée, il s'arc-bouta de façon à ce que Stéphen pût faire monter la Marjolaine sans craindre que personne ne s'y opposât.

Le jeune homme était solidement bâti ; il eût été difficile de lui faire lâcher prise.

Stéphen s'effaça un peu, et, soulevant Antoinette dans ses bras, il l'aida à grimper sur la fenêtre, où il monta après elle ; puis tous deux s'élancèrent suivis de Frédéric.

Un cri déchirant s'éleva lorsque Stéphen tomba à terre.

Il avait par mégarde heurté une femme qui, ayant voulu s'échapper aussi par la fenêtre, s'était probablement blessée en opérant sa descente, car elle n'avait pu se relever et partir.

Au gémissement poussé par cette malheureuse, Stéphen se retourna.

Il reconnut Fanchette.

C'était bien, en effet, la jeune convulsionnaire, qui, perdant l'équilibre au moment où elle s'était élancée dans la rue, était tombée sur le côté et s'était peut-être cassé la jambe, à en juger par la souffrance qu'elle ressentait.

— Ah ! c'est vous ! ne put s'empêcher de s'écrier le chevalier. Ah ! ah ! vous ne riez plus aujourd'hui !

— Oh ! monsieur, de grâce, votre bras, répondit celle-ci.

— En vérité ! pour nous promener sur le quai de la Grenouillère, en écoutant mes sonnets, n'est-ce pas ?

A ces paroles, Fanchette fixa plus attentivement son interlocuteur, et, à son tour, elle reconnut le chevalier Stéphen de la Feuillée.

— Oh ! pardonnez-moi, monsieur, j'ai eu bien tort, je l'avoue ; mais, au nom du ciel ! ne m'abandonnez pas, je ne puis marcher, je me suis cassé la jambe en sautant, et je vais être arrêtée.

Un sentiment de compassion glissa dans l'âme de Stéphen, mais la Marjolaine était là près de lui, et il avait bien assez à faire en se chargeant de la sauver, sans se mettre encore une autre femme sur les bras ; et puis d'ailleurs la façon dont il avait fait connaissance avec Fanchette ne devait guère l'engager à la protéger.

Mais un homme ne peut voir une femme souffrir sans tenter de lui porter secours.

Et cependant il ne faisait pas bon demeurer aux abords de la maison du Diable, et, bien que les faits que nous venons de raconter se soient passés en moins de temps qu'il n'en faut pour en faire le récit, tandis que les convulsionnaires sautaient comme les moutons de Panurge par la fenêtre, le commissaire de police et les exempts s'étaient procuré de la lumière, et d'un moment à l'autre les fuyards pouvaient être poursuivis et arrêtés.

Le plus prudent était de gagner le large au plus vite.

C'était l'avis de Frédéric, qui pressa Stéphen de s'éloigner, ne fût-ce que pour mettre en sûreté Antoinette, puisqu'il semblait disposé à la soustraire au sort qui attendait tous les convulsionnaires surpris en flagrant délit de réunion illicite.

— Par Jupiter ! vous avez raison, mon ami, mais cette femme est blessée.

— Sans doute, cela est fâcheux ; mais, après tout, vous ne sauriez vous intéresser à tous les fous que cette maison renferme.

— Certes, mais elle !

— Quoi ! la connaissez-vous aussi ?

— Mais c'est Fanchette, mon cher de Montlieu, Fanchette, la coquine que vous savez.

— Celle qui vous a fait jeter à l'eau ?

— Précisément.

— Et vous voulez vous exposer pour elle ?

— Frédéric ! c'est une femme, et elle souffre.

— Vous le voulez, soit ; mais hâtons-nous, personne ne sort plus de la maison ; nul doute que le chemin que nous avons pris n'ait été découvert, et je crois qu'il ne fait pas bon rester ici.

Puis, s'adressant à Fanchette :

— Vite, vite, prenez mon bras, lui dit-il.

Elle essaya d'obéir, mais elle ressentait une douleur qui la faisait crier à chaque pas qu'elle faisait.

— Attendez, reprit Frédéric, laissez-moi faire.

Et, soulevant Fanchette comme il eût fait d'un enfant, il l'emporta dans ses bras et traversa la rue, suivi de Stéphen et de la Marjolaine.

— Oh ! vous avez bien fait, dit celle-ci en s'adressant au chevalier. Pauvre fille ! elle était peut-être comme moi, seule au monde, et forcée d'assister aussi à ces réunions, où l'on pleure, où l'on souffre. Moi, j'ai pleuré ! j'ai souffert ! J'ai peur ! mais vous êtes là, vous ne vous en irez plus, n'est-ce pas ? Je mettrai tous les jours des fleurs de marjolaine dans mes cheveux, vous me trouverez belle ; oh ! les beaux épis qu'il y avait le long du bois des Coudriers, là-bas sur le chemin où vous passiez ! que j'ai pleuré en vous y attendant... et ma bonne mère Simonne, elle m'aimera encore. La Marjolaine, le chevalier ne t'aime pas : c'est maman Simonne qui disait cela. Pauvre Marjolaine ! elle pleure, toujours pleurer. Ah ! c'est lui, sauvez-moi !

L'émotion produite par les scènes étranges qui venaient de se passer troublait de nouveau le cerveau de la malheureuse Antoinette, qui croyait toujours voir apparaitre son persécuteur.

Stéphen avait des larmes plein les yeux.

— Marjolaine, rassure-toi, moi aussi je t'aime, Marjolaine ; entends-tu ? je t'aime...

Oh ! oui, elle entendait, la pauvre fille, et ce mot là suffit pour ramener le calme dans son âme, car elle pressa le bras du jeune homme avec tendresse et s'écria :

— Oh ! encore mes folles pensées qui reviennent ; mais pardonnez-moi, c'est fini ; quand j'entends le son de votre voix, je retrouve toute ma raison, et je suis si heureuse qu'il me semble que le ciel est dans mon cœur.

Après avoir porté Fanchette pendant une centaine de pas, Frédéric s'arrêta ; Stéphen et Antoinette l'imitèrent.

On ne pouvait les apercevoir de la maison, ils étaient donc en sûreté, ou du moins les deux femmes ; car, quant aux jeunes gens, une fois hors de la maison du Diable, ils n'avaient rien à craindre, ils n'avaient aucune relation avec les convulsionnaires, ne s'étant compromis en aucune façon, et partant ne pouvaient être ni arrêtés ni inquiétés.

En les rencontrant dans la rue, personne, pas même le commissaire, n'avait le droit de le trouver mauvais.

Fanchette avait eu plus de peur que de mal.

Après que le baron l'eut bien doucement posée à terre, et qu'elle n'entendit plus les cris de terreur qui avaient retenti à son oreille avec tant de force au moment où elle se décida à prendre aussi le chemin de la fenêtre pour s'évader, elle se sentit infiniment mieux, et déclara qu'elle croyait avoir assez de force pour marcher en s'appuyant sur le bras de quelqu'un.

Frédéric et Stéphen s'offrirent.

Stéphen s'était fait le chevalier de la Marjolaine, elle accepta celui du baron.

On allait se mettre en marche en continuant à s'éloigner le plus possible de la maison du Diable.

Soudain une même pensée traversa l'esprit des deux jeunes gens :

— Où allons-nous ? dirent-ils.

Antoinette et Fanchette se regardèrent sans répondre.

Frédéric réitéra la question.

Alors Fanchette expliqua qu'elle n'osait rentrer chez elle : elle craignait que les révélations de ses frères et sœurs en convulsions la signalassent comme une des plus ferventes adeptes de la secte, et qu'on vint dès le lendemain matin l'arrêter et la conduire rejoindre ceux qui n'avaient pas pu s'échapper ; elle termina en suppliant les deux jeunes gens de la cacher pendant quelques jours, de façon qu'on ne pût la découvrir.

Quant à Antoinette, qui habitait sous le toit du comte Daverne, elle eût mieux aimé, maintenant qu'elle avait retrouvé le chevalier, mourir que de retourner auprès de lui.

La situation des deux jeunes filles était identique.

Stéphen et Fréderic se consultèrent du regard.

Certes, en toute autre occasion, Frédéric n'eût pas demandé mieux que de donner asile à l'une ou à l'autre, mais la gravité des événements ne lui permettait pas d'y songer.

Il avait à se préoccuper avant tout du marquis de Saint-Acheul.

Il ignorait s'il avait pu, ainsi que lui, trouver dans la fuite un moyen de salut, ce qui était peu probable, le marquis paraissant être l'homme, avec le comte Daverne, contre qui l'expédition policière était spécialement dirigée, et le commissaire ayant tout d'abord procédé à son arrestation.

Mais son devoir était de s'en assurer, ne fût-ce que pour aller ensuite, si malheureusement M. de Saint-Acheul était pris, en instruire et consoler Adrienne.

Stéphen le comprit et proposa aux jeunes filles de les mener chez lui, où elles trouveraient un gite jusqu'à ce qu'il avisât à la conduite qu'il y aurait à tenir ensuite.

Un carrosse de place qui passa permit à Sulpice de gagner avec elles la rue de Seine, tandis que Frédéric prenait, tout pensif, le chemin de la rue de la Bonne-Morue.

Laissons-les s'éloigner, et revenons pour un moment à la maison du Diable.

Quoique le marquis de Saint-Acheul eût été l'objet principal de la dénonciation faite au lieutenant général de la police par Sulpice, et que le commissaire eût eu pour mission spéciale, ainsi que le pensait Frédéric, de s'emparer de sa personne, grâce à sa vigueur corporelle et à sa force athlétique, il avait pu, plus heureux que son complice le comte Daverne, se débarrasser des gens qui cherchaient à l'arrêter, et, profitant du secours que lui avait apporté la suppression des lumières, il s'était aussi dérobé par la porte intérieure à ses ennemis et était parvenu à s'engager dans le couloir où se trouvait la fenêtre libératrice; mais il s'y était pris trop tard.

Déjà il s'apprêtait à monter sur le rebord et à franchir la barre d'appui, lorsqu'il se sentit saisi par le milieu du corps et brusquement arraché de la fenêtre par un homme qui lui dit :

— Un moment, monsieur le comte de Blancheroy, nous avons un compte à régler ensemble !

C'était Sulpice, qui, en le voyant prêt à s'enfuir, s'était immédiatement mis à sa poursuite.

— Misérable! s'écria le marquis, c'est donc toi qui nous as dénoncés? J'aurais dû m'en douter.

— Et mes vingt-cinq mille livres, monseigneur ?

— Tu les auras, ne te les avais-je pas promises? Mais ce papier, où est-il ?

— Comte assassin, ne le savez-vous pas? répliqua le marinier ivre de fureur.

— Moi, que veux-tu dire ?

Sulpice ne put répondre.

Le corridor, obscur jusque-là, s'éclaira soudain d'une lueur brillante, et trois hommes, suivis du commissaire, apparurent.

— Emparez-vous de cet homme! s'écria celui-ci, et, s'il résiste, liez-le.

A peine avait-il parlé que l'ordre était exécuté.

Deux secondes plus tard, le marquis était ramené dans la salle où s'étaient passées les scènes convulsionnaires que nous avons rapportées.

Le comte Daverne était immobile au milieu des agents qui le gardaient.

Sûr désormais que les prisonniers ne lui échapperaient pas, le commissaire prit les noms et demeures de tous les gens présents, donna ses instructions à l'un de ses agents, qui répondit sur sa tête de leur stricte exécution ; puis, se tournant vers le marquis de Saint-Acheul :

— Votre épée, monsieur, lui dit-il.

Le marquis la lui remit après avoir jeté un regard au comte Daverne, qui déjà n'avait plus la sienne.

— Maintenant, messieurs, reprit-il en s'adressant aux deux chefs convulsionnaires, suivez-moi.

Et il sortit de la maison, emmenant avec lui les gentilshommes.

## VIII

Où l'on verra que M<sup>gr</sup> le cardinal de Fleury était<br>un profond politique.

L'année 1736 s'était annoncée sous des auspices favorables à la tranquillité publique; la paix semblait devoir se conclure avec l'Italie, et le poète chanoine de Portes la célébrait dans une ode assez médiocre qu'il dédiait au cardinal de Fleury.

Cependant rien n'était encore certain.

La guerre s'était faite contre l'avis du prince Eugène et celui du cardinal, et les préliminaires de la paix s'établissaient sans le consentement de l'Espagne et de la Savoie, nos alliées.

Les conditions débattues arrêtaient que le roi Stanislas abdiquerait sa royauté de Pologne en faveur de l'électeur de Saxe ; que le duc de Lorraine abandonnerait le duché de Lorraine et de Bar à la France, qui servirait de résidence et d'État au roi Stanislas pendant sa vie, avec le titre de roi d'Austrasie ; qu'après la mort du grand-duc, les duchés de Toscane et de Parme appartiendraient au duc de Parme ; que don Carlos conserverait les royaumes de Naples et de Sicile qu'il avait conquis, et enfin qu'on rendrait à l'empereur toute l'Italie, sauf à donner quelque chose au roi de Sardaigne, en manière de fiche de consolation.

Ces détails, dont nous demandons pardon au lecteur de l'entretenir, sont indispensables à l'éclaircissement du sujet que nous traitons ; nous les compléterons en les esquissant à grands traits.

Donc, les arrangements ci-dessus pouvaient satisfaire l'empereur et le roi de France, mais il n'en était pas tout à fait de même à l'égard de la cour d'Espagne, qui se trouvait dépouillée des duchés de Parme et de Toscane.

Il est vrai que Louis XV, par ses nombreuses armées en Allemagne et en Italie, lui avait procuré le moyen de s'emparer de ces contrées ; il se croyait parfaitement dans le droit d'en disposer, droit dont il n'était pas facile de le priver.

L'Espagne avait celui d'être mécontente et de ne point le faire voir.

Quoi qu'il en soit, les troupes françaises s'étaient retirées de l'Italie, avaient abandonné le Mantouan, et tout faisait présager une heureuse issue de la politique du cardinal.

On avait compté sans l'intervention occulte du garde des sceaux Chauvelin, qui, d'accord avec le duc de Bourbon et Mᵐᵉ la duchesse sa mère, avait résolu d'entraver les projets du cardinal, de faire échouer sa combinaison et de le perdre dans l'esprit du roi.

Or voici ce qu'il avait imaginé pour cela.

Il avait formé une secrète alliance avec M. Patino, premier ministre d'Espagne, ancien jésuite, homme d'un esprit supérieur et d'une grande habileté diplomatique, à l'effet de prolonger les préliminaires, de faire éclore des difficultés, et finalement de continuer la guerre, qui lui donnait le moyen, le cardinal étant constamment occupé aux soins extérieurs, de continuer à travailler avec le roi aux affaires de l'intérieur et de remplir la première place du ministère.

C'était jouer gros jeu.

Mais M. Chauvelin était un joueur hardi, et il ne doutait en aucune façon du succès de son intrigue.

On ne s'avise jamais de tout.

L'Angleterre voyait la guerre avec déplaisir ; elle craignait que l'esprit de conquête ne fît de Louis XV un autre Louis XIV, et elle mit tout en œuvre pour faire aboutir la conciliation parmi les parties belligérantes.

Or, malgré ses efforts et ceux de la France, la paix restait toujours à l'état de projet.

Évidemment il y avait une cause inconnue qui influait sur les décisions de la cour espagnole.

L'Angleterre voulut la connaître et la connut.

Il s'agissait de la combattre ; elle chargea de ce soin son ambassadeur, dont les talents en politique étaient au moins égaux à ceux du ministre espagnol. Celui-ci s'engagea à briser l'obstacle dont son gouvernement se plaignait.

Et d'abord il confia au cardinal ce qu'il avait dessein de faire pour y parvenir, et lui demanda son appui, en même temps qu'il le priait de lui expédier un homme propre à tenter un coup hardi, quelque chose comme un aventurier de grand air, capable de savoir se présenter comme un personnage de haut rang, d'en jouer le rôle et de ne rien craindre, comme on disait alors, ni la roue ni la corde.

Le cardinal promit l'un et l'autre.

L'appui était aisé à accorder ; l'homme était plus difficile à trouver. Certes il ne manquait pas de gens résolus à tout braver pour de l'or ; mais la mission qu'il fallait lui confier était délicate, et le premier venu ne pouvait la remplir.

Le vieux ministre, qui, dans toutes les occasions importantes, ne manquait jamais de consulter Barjac, cherchait avec lui sur qui il pourrait bien jeter les yeux, et il ne parvenait pas à fixer son choix.

— Monseigneur, dit le confident après un court moment de réflexion, si vous n'aviez déjà tant de sujet de vous plaindre de M. le lieutenant de police Hérault, je crois qu'il serait plus que personne à même de vous fournir l'homme que vous désirez.

— Y penses-tu, Barjac? répondit le cardinal, pour qu'il me procure quelque coquin toujours prêt à me trahir! M. Hérault, l'âme damnée de Chauvelin!... Allons donc, l'ami, tu n'y penses pas.

— Que monseigneur me pardonne, c'était une idée qui m'était venue.

— Et une mauvaise idée.

— C'est possible, monseigneur; mais alors je ne vois pas...

— Eh bien! moi, je crois avoir trouvé.

— Vraiment, monseigneur!

— Oui, et plus j'y réfléchis, plus je m'applaudis d'avoir pensé à celui-là...

— Ah! monseigneur, que Sa Majesté doit s'estimer heureuse d'avoir un ministre tel que vous pour gouverner la France, et que je suis fier de servir un pareil maître!

Le cardinal sourit avec complaisance.

Il aimait la louange, quelque grossière qu'elle fût, et Barjac, qui connaissait ce côté faible, ne manquait jamais de lui en prodiguer chaque fois que l'occasion s'en présentait.

— Mon ami, reprit Fleury, tu sais qu'il y a quelques jours, un jeune homme, un certain baron de Montlieu, est venu me demander ma protection, en me promettant de la mériter par une obéissance aveugle et un dévouement absolu...

— Comment, monseigneur, vous songeriez à donner à ce jeune homme une semblable mission?

Et une expression d'étonnement se peignit dans le regard du confident.

La figure du cardinal se dérida tout à fait.

— Que tu es simple, mon pauvre Barjac! Laisse-moi donc achever...

— J'écoute, monseigneur.

— Je te dirai que ce jeune homme, qui, d'ailleurs, m'a plu tout d'abord par la franchise de ses paroles, s'est engagé à me servir avec tout le zèle dont il peut faire preuve, et je l'ai mis tout de suite à l'œuvre.

Ici le cardinal regarda fixement son interlocuteur, afin de voir s'il commençait à saisir le sens de ses paroles; mais il ne remarqua qu'une impatiente curiosité, témoignant qu'il n'avait encore rien compris ni rien deviné, et il en ressentait une certaine satisfaction.

Nous l'avons dit, le cardinal avait la faiblesse de vouloir passer pour un homme d'une grande finesse, et jamais il n'était si aise que lorsqu'il croyait avoir conçu la pensée de quelque profonde rouerie diplomatique dont le secret échappait à la perspicacité de tous.

Il continua:

— Ce jeune homme, reprit-il, aime la fille du marquis de Saint-Acheul...

— Le marquis de Saint-Acheul!

— Or, depuis quelque temps, des rapports particuliers m'ont appris que le marquis était le principal organisateur des assemblées de convulsionnaires, et en même temps l'ami de M. le duc de Bourbon, mon ennemi.

— En effet.

— Oui, tu sais cela; mais ce que tu ne sais peut-être pas, c'est que le marquis est l'homme le plus difficile à prendre en faute, parce que, avec l'or qu'il reçoit de M. le duc de Bourbon, il soudoie tous les agents que M. Hérault met à sa poursuite, ou trouve constamment les moyens de lui échapper.

— Bien..., mais je ne vois pas...

— Un moment, donc! fit le cardinal, qui ne se montra nullement choqué de l'interruption. Or j'ai mis la main, moi, sur un homme qui, sans s'en douter en aucune façon, mettra le marquis à mon entière disposition.

— Comment ferez-vous?

— Je lui ferai tout simplement enlever celle qu'il aime afin de la cacher aux yeux de son père.

— Ma foi, monseigneur, fit Barjac avec humilité, jamais je n'aurais inventé cela...

— Et, une fois la jeune fille enlevée, je fais prier M. de Saint-Acheul de venir causer avec moi; je lui offre habilement de lui rendre sa fille en lui demandant en échange le nom de tous ses complices, l'endroit où se trouve la presse servant à l'impression des *Nouvelles ecclésiastiques*, les...

— Très-bien, monseigneur...; mais, dans tout cela, je ne vois pas comment vous arrivez à contenter M. l'ambassadeur d'Angleterre.

— Quoi ! vraiment tu ne devines pas ?...

— Non, monseigneur...

— Mais, mon ami, rien n'est plus facile. J'introduis une petite modification dans le programme que je m'étais tracé, et, au lieu de contraindre le marquis à me livrer les convulsionnaires, je lui donne connaissance de la mission en question, et je m'engage à lui faire retrouver sa fille s'il s'en tire avec bonheur, voilà tout. Comprends-tu, maintenant ?

— Parfaitement, et non-seulement je comprends, mais encore je crois que vous avez été réellement inspiré par la Providence, car le marquis de Saint-Acheul est tout à fait l'homme qui vous est nécessaire. Il est, dit-on, ruiné, et il ne résistera pas à l'appât d'une somme importante.

— Barjac, mon ami, laisse, je te prie, la Providence de côté dans cette affaire. Quant au marquis, je crois, comme toi, qu'il ne sera pas indifférent à l'espoir de gagner une centaine de mille livres ; mais, le fût-il, que cela me serait absolument indifférent, puisque j'ai un autre moyen de l'obliger à accepter.

— Mais, monseigneur, hasarda Barjac, voulez-vous me permettre de vous adresser une simple observation ?...

— Fais, mon ami. Tu sais que c'est toujours avec plaisir que j'écoute tes avis, et je dois même ajouter que j'ai parfois remarqué que tu étais capable d'en donner de bons.

— Monseigneur me comble... Mais voici ce que j'avais à lui demander : si M^lle de Saint-Acheul est enlevée par le baron de Montlieu et que celui-ci l'emmène où il lui plaira, je ne crois pas que M. de Saint-Acheul sera bien disposé à la reprendre à son retour ; car, entre nous, monseigneur, en semblable compagnie, la vertu de la demoiselle courra grand risque d'être compromise...

— Aussi mon intention n'est-elle nullement de la laisser aux mains du jeune homme, ni même de lui permettre de l'enlever lui-même ; seulement, comme il est probable que M^lle de Saint-Acheul ne voudrait pas consentir à se laisser enlever par un autre que par celui qu'elle aime, il est de toute nécessité que ce soit lui qui procède à l'enlèvement ; mais le cocher qui les conduira sera à moi, et, tandis que M. de Montlieu supposera qu'il mène la berline dans laquelle ils seront, à l'endroit indiqué par le jeune homme, il ira tout droit remettre M^lle de Saint-Acheul aux mains de M^me l'abbesse de l'abbaye des Carmélites de Dijon.

— Allons ! Votre Éminence a tout prévu ; mais enfin, si la jeune fille ne voulait pas consentir à se laisser enlever, si le jeune homme n'en voyait pas la nécessité, ou si enfin le marquis n'élevait aucun obstacle à l'amour des deux jeunes gens, qu'en adviendrait-il ?

— D'abord, monsieur le frondeur, reprit le cardinal, voilà bien des *si* qui m'embarrasseraient fort, *si*, à mon tour, je n'étais parfaitement en mesure de les annuler. D'abord, une jeune fille se laisse toujours enlever, de bon gré ou de force ; au besoin, si l'un ne suffit pas, on l'appuiera par l'autre ; en second lieu, le jeune de Montlieu est trop vivement épris d'elle pour refuser le seul moyen qu'il ait de la posséder, surtout quand il aura la certitude de pouvoir user de ce moyen sans crainte ; enfin, le marquis ne consentira jamais à donner sa fille au baron, parce que celui-ci est le fils d'un homme qui a été autrefois tué en duel par le marquis, alors qu'il n'était que le comte de Blancheroy et qu'il était l'amant de M^me de Montlieu.

— Ah ! par exemple, cette fois, monseigneur, je me rends...

— Et tu fais bien, car cette dernière circonstance est ignorée du baron, et ce secret est encore un fil qui me permet de tenir tous ces gens-là et de les faire mouvoir comme des pantins, en me servant de l'un pour faire agir l'autre... D'ailleurs, j'opère dans une bonne intention : je fournirai au marquis l'occasion de refaire sa fortune, je sauvegarderai la vertu de M^lle de Saint-Acheul en l'abritant derrière les murs d'un couvent, et j'arriverai peut-être à faire le bonheur du baron de Montlieu.

— Cela est vrai, monseigneur, et prouve une fois de plus que quiconque se permet de juger les moyens sans connaître la fin s'expose à faire un jugement téméraire.

Le cardinal et son confident en étaient là

de leur conversation, lorsqu'ils furent soudain interrompus par un garde de Son Éminence, qui venait la prévenir qu'un agent de M. Hérault demandait la faveur d'être introduit sur-le-champ auprès d'elle, afin de lui donner connaissance de nouvelles importantes.

— Qu'il entre ! fit le cardinal.

Un exempt du guet parut, qui raconta l'expédition faite par les ordres du lieutenant de police contre les convulsionnaires réunis à la maison du Diable, et le résultat qui l'avait couronnée.

— Et c'étaient, dites-vous, des gens de qualité qui dirigeaient cette réunion ?

— Oui, Éminence.

— Et on s'est emparé d'eux ?

— Aucun ne s'est échappé.

— Allons, voilà la première fois que M. Hérault a la main heureuse ; et vous avez les noms de ces personnages ?

— Les voici, Éminence.

Et l'exempt remit au cardinal une liste sur laquelle se trouvait, en effet, l'inscription des noms des principaux personnages arrêtés.

Celui-ci la prit et la parcourut des yeux.

Soudain il fit un mouvement de surprise.

— Retirez-vous, dit-il à l'exempt, et attendez mes ordres.

L'homme s'inclina et alla dans la salle des gardes.

— Eh bien ! Barjac, notre homme est pris, dit-il aussitôt qu'il fut demeuré seul avec son serviteur.

— Le marquis ?

— Lui-même. Son nom est en tête de la liste que voici.

— Alors, voilà votre projet d'enlèvement avorté.

— Qu'importe, puisque le marquis est à ma disposition ?

— C'est juste ; mais qu'allez-vous faire maintenant ?

— Comment, ce que je vais faire ! mais, parbleu, profiter de la bonne étoile qui m'amène M. de Saint-Acheul pour lui proposer de choisir entre la mission que je lui destine, ou la Bastille, que je lui réserve s'il refuse. Mais, d'ailleurs, prends ceci : c'est l'ordre de faire comparaître à l'instant le marquis devant moi ; fais-le tenir au plus vite à M. Hérault, et reviens ici ; tu resteras derrière la

tapisserie et tu seras témoin de l'entretien que j'aurai avec M. de Saint-Acheul.

— Je vous obéis, monseigneur ! répondit Barjac.

Et, prenant le papier que lui présentait le cardinal, il alla le porter à l'exempt en lui recommandant de faire diligence.

Le cardinal ne se sentait pas de joie.

La capture que venait de faire le lieutenant de police le réconciliait un peu avec lui.

S'emparer des chefs des convulsionnaires était la plus sûre façon de désorganiser le parti janséniste ; aussi était-ce là la recommandation qu'il ne cessait de faire à M. Hérault.

Jusqu'alors elle avait été faite en pure perte.

Le coup de filet si heureusement opéré remplissait ses vues admirablement, puisque non-seulement il frappait le parti janséniste, mais encore il lui procurait l'homme qu'il cherchait.

Donc, nous le répétons, Son Éminence le cardinal était d'excellente humeur ; et ce qui le prouve, c'est qu'après avoir lu et médité pendant une heure la dernière correspondance secrète qu'il entretenait avec l'ambassadeur anglais, il s'amusa, afin de passer le temps qui devait s'écouler entre le départ de l'exempt et l'arrivée du marquis de Saint-Acheul à Issy, il s'amusa, disons - nous, à sortir de dessous une liasse de papiers poudreux un énorme pantin en carton colorié, dont il tira gravement la ficelle, en riant des mouvements brusques et saccadés qu'il faisait exécuter à l'innocent jouet.

Qu'on ne s'étonne pas de cette singulière distraction.

Les pantins étaient alors dans toutes les mains, comme les tabatières pleines de tabac d'Espagne dans toutes les poches. Partout, au salon comme dans les rues, on ne voyait que gens, jeunes et vieux, leur pantin sous le bras, dans une poche de l'habit, ou tenu d'une main, tandis que l'autre agitait le fil destiné à les mettre en mouvement ; ce qui avait donné lieu à ce quatrain d'un émule de Stéphen :

> D'un peuple frivole et volage,
> Pantin est la divinité ;
> Faut-il être surpris s'il chérit tant l'image
> Dont il est la réalité ?

Or le cardinal ne faisait donc que sacrifier au goût commun en jouant du pantin.

Le marquis de Saint-Acheul et le comte Daverne montèrent dans un carrosse... (Page 42.)

Depuis un quart d'heure, il était plongé dans cette délicate occupation, lorsqu'il en fut distrait par l'arrivée d'un secrétaire qui lui remit une lettre sous enveloppe cachetée.

A l'aspect de l'empreinte qui scellait le cachet, il jeta loin de lui le pantin et déchira l'enveloppe.

C'était une lettre de Mᵐᵉ la princesse de Carignan.

Voici ce qu'il lut :

« Monseigneur,

» Sa Majesté s'est entretenue longuement avec M. le vicomte de Roncenelles d'une jeune fille dont elle est vivement éprise ; il paraît que c'est à la chasse qu'il en a fait connaissance ; il est question d'un mariage entre cette jeune personne et le vicomte, mariage qui n'aurait d'autre but que d'assurer au roi la libre possession de l'épousée, aux faveurs de laquelle le vicomte renoncerait à l'avance.

» M. de Roncenelles est l'ennemi incarné de Mᵐᵉ de Mailly ; elle se désole de la naissance de cette passion, qui menace de devenir sérieuse. Prenez des mesures, car il est à craindre que les gens qui cherchent à faire de cette femme une favorite ne veuillent que renverser Mᵐᵉ de Mailly.

» Elle se nomme Adrienne de Saint-Acheul.

» Agissez au plus vite ! »

— Allons, fit le cardinal avec colère, en voici bien d'une autre ! encore les Saint-Acheul. Ah ! morbleu ! il faudra bien qu'il parte !

## IX

### Comment se termina la détention de M. le marquis de Saint-Acheul à la Bastille.

Sur l'invitation du commissaire de police qui avait procédé à leur arrestation, le marquis de Saint-Acheul et le comte Daverne montèrent dans un carrosse de place qui stationnait devant la porte extérieure de la maison du Diable ; et, escortés d'exempts qui suivaient du regard leurs moindres mouvements, les deux gentilshommes durent se résigner à se laisser conduire où on les menait.

Il n'était pas douteux que ce ne fût à la Bastille.

Certes le marquis devait être familiarisé depuis longtemps avec la pensée d'aller un jour ou l'autre habiter cette triste demeure, la nature de ses relations et la part active qu'il prenait aux convulsions le mettant constamment en danger d'arrestation.

Mais ce qui lui eût paru, à tout autre moment, un échec facile à réparer, grâce à la protection dont le couvrait le duc de Bourbon, prenait alors à ses yeux un tout autre caractère de gravité.

Il ne s'agissait pas seulement de sa liberté qu'il avait exposée de gaieté de cœur en cent occasions, mais bien des suites que pouvait amener son arrestation, eu égard à la négociation qu'il laissait pendante entre le marinier Sulpice et Fanchette.

Il craignait que celui-ci, en voyant soudain disparaître l'homme qui devait lui compter vingt-cinq mille livres, ne s'empressât de tirer parti de l'écrit qu'il possédait en allant le vendre au baron de Montlieu.

Et si, comme il espérait, il parvenait à sortir sain et sauf de la Bastille, il aurait alors à se défendre de l'accusation d'assassinat que ne manquerait pas de porter contre lui le fils de sa victime.

Puis restait encore l'amour du roi pour sa fille et le mariage projeté de celle-ci avec le vicomte de Roncenelles.

Son emprisonnement n'allait-il pas laisser le champ libre aux complaisants familiers du monarque ?

Et si elle échappait aux entreprises hardies que ceux-ci pourraient diriger contre elle, ne serait-ce point pour retomber entre les mains de M. de Montlieu ?

Car Sulpice l'avait dit, de Montlieu aimait la jeune fille, et lui avait prédit qu'il vengerait, en déshonorant Adrienne, l'outrage fait par lui, de Saint-Acheul, au nom de Montlieu.

Toutes ces réflexions n'étaient pas de nature à tranquilliser le marquis, dont l'esprit se torturait à chercher comment il pourrait arriver à éviter le sort qui lui était réservé.

Son compagnon, le comte Daverne, président de la nouvelle secte fondée à l'effet de produire la Marjolaine, songeait, de son côté, à la scène ridicule qui s'était manifestée pendant la séance et à son triste dénouement.

Et ses pensées n'étaient guère plus gaies que celles de son complice.

Cependant la voiture roulait toujours.

Le trajet était long de la rue Saint-Lazare à la Bastille.

Enfin elle s'arrêta : on était arrivé.

La sentinelle de garde appela ; la porte fut ouverte, et le carrosse pénétra au pas dans la première cour extérieure, où se trouvaient les casernes des invalides, les écuries et les remises du gouverneur.

C'était alors M. Jourdan de Launey qui occupait ce poste depuis 1718.

Cette première cour franchie par une porte à côté de laquelle était un autre corps de garde, et par un fossé qu'on traversait sur un pont-levis, les prisonniers furent introduits dans l'hôtel du gouverneur et amenés dans la chambre du conseil.

Là, on leur fit mettre sur une table tout ce qu'ils avaient sur eux, tant en papiers, bijoux, or ou argent.

Cette mesure sembla péniblement affecter le marquis.

Quant au comte Daverne, il obéit machinalement, sans mot dire.

Un profond état d'abattement s'était emparé de son esprit et le rendait indifférent à tout ce qui se passait à l'entour de lui.

L'officier de garde, qui présidait à cette opération, fit alors l'inventaire des objets saisis, le signa concurremment avec les prisonniers, et donna l'ordre au porte-clefs de les enfermer, l'un dans la tour de la Bazinière, l'autre dans la tour de la Chapelle.

Le marquis suivit son geôlier dans cette dernière.

On le logea dans une calotte.

Les calottes étaient les chambres de l'étage le plus élevé, c'est-à-dire du cinquième.

Ici, nous demanderons au lecteur la permission d'ouvrir une parenthèse et de protester au nom de la vérité contre les descriptions fantaisistes que quelques écrivains ont cru pouvoir faire de la Bastille, cet épouvantail du XVIII$^e$ siècle, qui la représentaient tantôt sous l'aspect d'un assemblage de cachots et d'oubliettes servant de tombeau à tous ceux qui y entraient, tantôt comme un simple lieu de détention à l'usage exclusif des gens de qualité et des ennemis du roi.

La Bastille était malheureusement accessible à tout le monde, et, sous ses lourds verrous, les lignes de démarcation qui séparaient dans le monde les nobles, les bourgeois et les gens du peuple, se retrouvaient établies.

Elle pouvait contenir environ cinquante prisonniers logés séparément, et cent en réunissant plusieurs personnes dans la même chambre, ce qui, eu égard au nombre considérable de personnes envoyées à la Bastille par les lettres de cachet, ne permet pas de penser que la détention de chacun fût longue, à quelques exceptions près.

A l'époque où se passe ce récit, les prisonniers étaient répartis dans les six tours de la Liberté, de la Bertaudière, de la Bazinière, du Comté, du Trésor et de la Chapelle, élevées chacune de cinq étages.

Les trois premiers étaient réservés aux personnes de distinction et aux malades.

Au quatrième, on logeait les gens de tout état.

Au cinquième, le peuple.

Quant aux cachots, c'étaient des caves à six mètres de profondeur du niveau de la cour, et deux mètres au-dessous de celui du fossé, dans lesquelles on enfermait provisoirement tous ceux qu'on voulait faire parler à l'aide de la peur qu'inspiraient ces cloaques humides, privés d'air et peuplés d'animaux immondes. L'ameublement de ces horribles lieux consis-

tait en une énorme pierre qu'on couvrait de paille et qui servait de lit aux prisonniers.

Les chambres des gentilshommes, polygones irréguliers, de cinq à six mètres de diamètre et sept de hauteur, étaient garnies de poêles et avaient deux fenêtres.

Celles du quatrième, plus petites, à double plancher, n'avaient qu'une cheminée et une fenêtre grillée.

Enfin, au cinquième, les calottes, ainsi nommées parce qu'elles couronnaient pour ainsi dire l'édifice, étaient de véritables cellules.

Après les cachots, elles passaient pour être les plus malsaines et les plus inhabitables; en été, il y faisait une chaleur insupportable; en hiver, on y gelait. Un ancien créneau servait de fenêtre; pratiquée dans un mur de deux mètres d'épaisseur assez large en dedans, mais allant toujours en rétrécissant vers le dehors, de manière à n'avoir de jour sur les fossés que par une ouverture en forme de meurtrière, elle était en outre fermée, à son extrémité la plus étroite, par de grosses grilles de fer qui laissaient à peine une faible lumière.

Deux planchers, un en sapin, l'autre en chêne, empêchaient qu'aucun bruit des étages inférieurs ne vînt troubler le silence qui régnait dans ces étroites cellules, où il était à peu près impossible de faire du feu, et dont la cheminée, fermée dans le bas, était, de distance en distance, munie de barres de fer.

Quant au mobilier, il répondait au local.

Il se composait ordinairement d'un lit de serge verte avec rideaux, paillasse et matelas; d'une table, de deux cruches en grès, d'un chandelier en fer-blanc, d'une fourchette, d'une cuillère et d'un gobelet d'étain.

Deux chaises étaient accordées à chaque prisonnier, ainsi que l'assortiment d'un briquet; quelquefois, et par faveur, on y ajoutait des petites pincettes et une légère pelle à feu.

Quant aux murs, ils étaient absolument nus, seulement décorés çà et là par des noms de prisonniers, des dessins, des vers satiriques ou philosophiques, des sentences tracées au charbon ou à l'ocre par la main des divers habitants qui s'étaient succédé dans ces tristes demeures.

Rien que la vue d'une calotte faisait froid au cœur.

Le marquis de Saint - Acheul était un homme d'une grande énergie, et pourtant, lorsqu'il franchit le seuil de celle qui lui était destinée, il frissonna involontairement, et sa vanité se révolta en se voyant traité, lui prisonnier de qualité, comme un vulgaire et obscur criminel.

Une fois qu'il fut entré, le porte-clefs referma sur lui une première porte en chêne, puis une seconde doublée en fer à l'intérieur, qu'il cadenassa, et bientôt le bruit de ses pas s'affaiblit et finit par s'éteindre.

Le marquis était seul.

Le cœur douloureusement serré, il promena un regard rapide autour de lui : l'aspect de sa cellule n'avait rien de séduisant.

Il fit un geste de découragement et alla s'asseoir sur une chaise, en récapitulant les événements des derniers jours.

Deux heures se passèrent, pendant lesquelles le marquis demeura pensif, le front dans la main et le coude appuyé sur sa petite table.

Soudain il se leva.

— Allons, se dit-il, d'autres que moi sont entrés ici et en sont sortis ! J'en sortirai aussi ; mais, d'abord, il s'agit d'instruire M. le duc de Bourbon de mon arrestation ; nul doute qu'il ne s'empresse de me délivrer au plus vite ; d'ailleurs, s'il ne le fait pas, j'ai toujours un moyen de recouvrer ma liberté : je connais les noms de tous les chefs du parti janséniste, et je crois que M. le gouverneur de la Bastille ne serait pas fâché de m'ouvrir les portes de cette chambre si je consentais à les lui livrer. Voyons ! songeons un peu au meilleur parti à prendre pour quitter au plus tôt cette vilaine demeure.

Et il repassa dans sa tête les divers plans qu'il combinait depuis le moment de son arrestation. Une partie de la nuit se passa de la sorte ; cependant, vaincu par le sommeil et les fatigues de la soirée, il s'endormit.

Il fut éveillé aux premières lueurs du jour par des pas lourds qui retentirent sur les marches de l'escalier de pierre conduisant au calottes.

— Qu'est cela ? dit le marquis ; vient-on déjà pour me faire subir un interrogatoire ? Oh ! oh ! il paraît qu'on a hâte d'en finir avec moi ! Vive Dieu ! nous allons voir.

Et il écouta.

Bientôt une énorme clef introduite dans la serrure fit grincer le pêne avec un bruit d'enfer, et le porte-clefs montra son visage repoussant.

— Eh bien ! mon brave, que veux-tu ? lui demanda négligemment le marquis.

— Vous prier de me suivre, répondit le geôlier.

— Te suivre, et où ?

— Dans la chambre de M. l'officier de garde.

— Volontiers.

— Venez.

— Me voici.

Et le marquis, se hâtant d'abandonner le lit sur lequel il s'était jeté tout habillé, descendit les cinq étages, précédé de deux gardes qui marchaient devant lui.

On arriva chez l'officier.

Celui-ci salua le marquis.

— Monsieur le marquis, lui dit-il, voici les différents objets qui ont été saisis sur votre personne lors de votre entrée à la Bastille, vous les pouvez reprendre.

— Suis-je donc libre ? s'écria M. de Saint-Acheul avec un mouvement de joie.

— Pas encore, monsieur, répondit l'officier ; vous plaît-il de signer ceci ?

Et il lui présenta un billet de sortie ainsi conçu :

« Je, soussigné, marquis de Saint-Acheul, promets, conformément aux ordres du roi, de ne parler à qui que ce soit, d'aucune manière que ce puisse être, des prisonniers, ni autres choses concernant le château de la Bastille qui auraient pu parvenir à ma connaissance. Je reconnais, de plus, que l'on m'a rendu l'or, l'argent, papiers et bijoux que j'ai apportés avec moi audit château lors de mon arrestation. En foi de quoi, j'ai signé le présent pour servir et valoir ce que de raison. »

C'était ce qu'on appelait un billet de sortie ; chaque prisonnier mis en liberté en signait un semblable.

Le marquis ne douta pas qu'il ne fût libre, et signa.

— Conduisez ce gentilhomme au carrosse, dit l'officier en s'adressant à une sorte de commissaire qui se tenait immobile en attendant des ordres.

Celui-ci montra la porte au marquis.

M. de Saint-Acheul, au mot de carrosse,

trouva que l'on faisait bien les choses et que MM. les officiers de la Bastille étaient des gens qui savaient traiter les personnes de qualité avec les formes auxquelles elles avaient droit.

Le commissaire, le marquis et les gardes arrivèrent dans la cour.

Un carrosse de forme particulière était attelé.

— Montez, dit le commissaire.

Le marquis obéit.

Deux exempts se placèrent à ses côtés.

M. de Saint-Acheul remarqua cette attention et commença à croire qu'il pourrait bien s'être trompé en supposant qu'on le renvoyait à son hôtel.

Cependant il ne dit rien et attendit.

La voiture se mit en marche.

Le commissaire montra aux sentinelles un ordre portant le sceau et la signature du cardinal.

Bientôt les portes de la Bastille s'ouvrirent pour lui donner passage et se refermèrent aussitôt.

La détention du marquis avait duré six ou sept heures.

Le carrosse traversa la rue Saint-Antoine et se dirigea vers le quai ; les chevaux, excités par le fouet du cocher, coururent ventre à terre.

— Messieurs, dit enfin M. de Saint-Acheul aux gens qui l'accompagnaient, pouvez-vous me dire où l'on me conduit?

— Nous l'ignorons, monsieur, répondirent-ils.

Le marquis comprit qu'en insistant il n'en saurait probablement pas davantage, et il prit le parti de la patience.

Le lecteur a déjà deviné que c'était à Issy, devant M<sup>gr</sup> le cardinal Fleury, que le prisonnier était conduit.

Revenons à l'Éminence que nous avons laissée sous l'impression de la mauvaise humeur que lui causa la lecture de la lettre de M<sup>me</sup> la princesse de Carignan, et expliquons pourquoi le cardinal et M<sup>me</sup> de Carignan se montraient si fort contrariés que le roi pût préférer M<sup>lle</sup> de Saint-Acheul à M<sup>me</sup> de Mailly.

Nous avons dit plus haut que chacun à la cour faisait tous ses efforts pour engager le roi à se départir de sa fidélité conjugale.

Et ce mot *chacun* n'indique pas seulement les courtisans désireux de revoir fleurir sous Louis XV les beaux jours du règne des amours de Louis XIV.

Souvent le cardinal Fleury avait pensé que, si le roi pouvait oublier un peu, auprès des femmes, le pesant fardeau de la royauté, il pourrait, lui, gouverner exclusivement selon ses vues et ses désirs, et prendre dans l'État un pouvoir que ses mains débiles auraient encore la force de saisir.

Mais le goût que Louis XV avait pour la reine, sa femme, ne lui laissait que peu d'espoir de voir se réaliser ce rêve.

Et le pauvre cardinal en était réduit à déplorer cet état de choses si peu en harmonie avec les habitudes ordinaires des rois précédents, et la confidente de ses lamentations était M<sup>me</sup> la princesse de Carignan, qui possédait toutes les bonnes grâces du vieux ministre.

Celle-ci était une femme d'esprit qui avait profondément étudié le cœur humain, et qui savait par expérience que toutes les jeunes beautés qu'on plaçait sur le passage du roi ne parviendraient jamais à le faire dévier de la route d'honnêteté conjugale qu'il suivait.

Ce qu'il fallait trouver, c'était une femme assez osée pour aller droit au but, le roi étant d'un naturel trop timide pour attaquer : les rôles devaient être intervertis.

M<sup>me</sup> de Mailly, qui réunissait, selon l'opinion de M<sup>me</sup> de Carignan, toutes les conditions voulues pour forcer le roi dans ses derniers retranchements, fut donc présentée par elle au cardinal comme la seule personne capable de prétendre au titre de favorite.

Les circonstances étaient des plus favorables.

On sait que la reine, bonne et pieuse femme qui croyait être épouse irréprochable en se contentant d'être vertueuse, pressée par les exhortations d'un confesseur aux gages du cardinal, eut la faiblesse de penser que les joies du mariage devaient s'arrêter après les fruits dont le ciel avait béni son union, et qu'après avoir donné au roi un héritier et un certain nombre de princesses, il était temps de se vouer désormais à une continence absolue.

Fermement convaincue de la bonne foi de celui qui lui parlait de la sorte, la pauvre reine, dans l'espoir de faire son salut et celui de l'époux qu'elle aimait, promit de se conformer au sacrifice qu'on exigeait d'elle, et tint religieusement parole.

Ce fut alors que le cardinal et M<sup>me</sup> la princesse de Carignan produisirent M<sup>me</sup> de Mailly, qui, n'ayant d'autre ambition que celle d'être la maîtresse de Louis XV, consentit de grand cœur à ne viser qu'à l'amour du monarque, en laissant ses deux protecteurs se partager par avance la puissance qu'ils supposaient pouvoir retirer peu à peu des mains du roi pour se l'approprier.

Il est si facile de gouverner à la place du souverain lorsqu'il passe ses jours en fêtes et ses nuits en plaisirs !

Tout avait réussi au gré des deux vieillards ; depuis quelque temps, le nom de M<sup>me</sup> de Mailly circulait partout, chacun la saluait comme un astre qui se lève, et il était permis de supposer qu'avant peu elle régnerait par droit de conquête sur le cœur du monarque.

Et voilà que tout à coup ce cœur, qui jusqu'alors semblait si difficile à faire battre pour tout autre que pour la reine, se mettait à s'agiter tumultueusement pour une fille à laquelle personne ne songeait : incident imprévu qui pouvait amener de graves perturbations dans le programme du cardinal.

Aussi était-il bien naturel qu'il se montrât fort troublé en l'apprenant.

Il était encore sous le coup de la fâcheuse impression produite sur lui par la lettre de la princesse, lorsque Barjac reparut.

— Monseigneur, dit-il, le marquis est là.

— Qu'il entre sur-le-champ, répondit M<sup>gr</sup> de Fleury. Quant à toi, demeure sous la tapisserie.

Demeurer sous la tapisserie était la phrase habituelle dont se servait le cardinal pour enjoindre à son confident l'ordre de demeurer le témoin invisible des audiences qu'il accordait, ou des entretiens qu'il avait avec des gens dont les desseins ou la conversation lui inspiraient quelque défiance.

Barjac soulevait alors une portière masquant un passage qui communiquait à une salle d'attente, et, se glissant derrière, il restait là, immobile, sans mouvement, tout le temps que durait la visite ou l'entretien, gravant dans sa mémoire les moindres paroles qui étaient dites et se tenant prêt à se montrer si sa présence devenait utile.

Le cardinal ne cachait rien à Barjac ; il l'avait élevé du rang de simple valet à celui de confident, et, disons-le, il eût pu choisir un personnage peut-être plus propre à remplir un pareil emploi, mais il n'en eût pas trouvé qui en fût plus digne, car jamais celui-ci ne donna lieu à son maître d'avoir à se reprocher la confiance illimitée qu'il avait en lui.

C'était un homme honnête et dévoué, à qui il ne vint jamais la pensée de trahir les intérêts de celui qu'il servait pour sauvegarder les siens.

Donc Barjac s'empressa d'obéir et se rendit à son poste d'observation, après avoir donné à l'officier de service l'ordre d'introduire le marquis de Saint-Acheul.

Celui-ci, qui, inquiet en sortant de la Bastille, avait retrouvé toute sa présence d'esprit lorsqu'il reconnut qu'il était à la maison d'Issy, se présenta la tête haute et le regard calme devant le cardinal, qui, de son côté, se composa une physionomie impénétrable.

X

Du singulier moyen qu'emploie le cardinal pour amener la paix de l'Europe.

Sur l'invitation qui lui en fut faite par le cardinal, le marquis de Saint-Acheul s'assit sur une des chaises de jonc qui se trouvaient à sa portée, et attendit qu'on l'interrogeât.

Le ministre prit la parole.

— Monsieur le marquis, lui dit-il, vous avez été signalé à M. le lieutenant de police comme un des plus fermes soutiens des convulsionnaires, et on a même été jusqu'à prétendre que vous payiez de vos propres deniers les gens chargés de propager les dangereuses doctrines du jansénisme.

— Monsieur, répondit le marquis, il faut croire que je les paie fort mal, puisqu'ils préfèrent vendre le secret de leurs opérations aux agents de M. Hérault, que...

— Assez ! vous paraissez prendre cette grave affaire comme une peccadille, et il y va de la Bastille.

— J'en viens, monseigneur.

— Et vous y retournerez si vous ne répondez pas avec une entière franchise aux questions que je vais vous adresser.

— Je ferai en sorte d'éviter ce désagrément, Éminence !

— J'ai voulu, continua le ministre, vous interroger moi-même, au lieu de laisser cette besogne à M. Hérault, parce que je suis navré de voir que des gentilshommes aient à avouer qu'ils prennent part aux scandaleux excès que la religion et la morale réprouvent, et que je veux épargner à la noblesse française la honte de savoir que c'est parmi ses membres qu'il faut aller chercher des coupables ou des fous.

— Votre Éminence n'ignore pas que, parmi ces coupables ou ces fous, il est des gens dévoués au service de Sa Majesté.

— Non, monsieur, les ennemis de l'Église ne peuvent être de fidèles serviteurs du roi.

Le marquis cherchait en vain où tendait cet exorde ; il ne pouvait rien lire sur le visage terne et placide de son interrogateur ; cependant il devinait vaguement que le ministre se servait d'un biais pour arriver à une conclusion, et il pensait que cette conclusion pouvait bien être l'injonction de dévoiler le nom de ses complices.

Qu'offrirait-il en échange ? c'est ce qu'il allait probablement lapprendre ; toutefois il jugea prudent de voir venir, de rester sur la défensive et d'attendre, avant de s'engager, que la demande lui fût faite d'une manière catégorique.

— Voyons, poursuivit le cardinal, vous avez été arrêté au milieu d'une assemblée de convulsionnaires.

— J'essaierais en vain de le nier, monseigneur.

— Qu'alliez-vous faire là ?

— Satisfaire ma curiosité.

— Ceci pourrait être une excuse pour tout autre que pour vous ; mais il est démontré par les rapports qui sont parvenus à M. le lieutenant général de la police, que ce n'est pas en qualité de simple spectateur que vous assistiez à cette réunion illicite.

— Si les rapports le prétendent, monseigneur, les rapports doivent avoir raison ; quant à moi, je ne puis qu'opposer le motif que je viens d'invoquer.

— Mais ce n'est pas tout : vous n'êtes pas étranger à la rédaction des *Nouvelles ecclésiastiques*, qui circulent si effrontément dans Paris.

— Ah ! ceci, monseigneur, est une ruse de guerre des gazetiers, qui veulent faire croire que les gens de qualité s'entendent mieux à manier la plume que l'épée.

Le ton léger avec lequel le marquis faisait ses réponses contrariait le ministre, qui ne savait comment arriver au but ; il brusqua le dénouement.

— Enfin, monsieur, votre conduite n'est pas celle qui convient à un homme de votre rang ; vous avez des liaisons intimes avec des filles se disant convulsionnaires et qui sortent des basses classes du peuple.

— Elles sont jolies, monseigneur.

Le cardinal fit un mouvement d'impatience.

— Vous avez prêté votre concours à l'impression des *Nouvelles ecclésiastiques*, et vous vous êtes follement mis à la tête du parti janséniste ; c'est plus qu'il n'en faut pour avoir mérité de passer le reste de vos jours à la Bastille.

— On y est fort mal, monseigneur.

Le premier ministre s'attendait à ce que le prisonnier implorât sa liberté, ce qui lui eût permis de lui faire savoir à quelles conditions il entendait la lui rendre ; mais il perdait son temps, le marquis de Saint-Acheul savait par expérience qu'il est plus avantageux d'accepter que de demander ; force lui fut donc de s'expliquer nettement.

— Aussi, reprit-il, votre désir doit être d'en sortir au plus vite.

— Certes, monseigneur, répondit le marquis, qui voulait bien que le cardinal fît l'ouverture, mais qui ne vit aucun inconvénient à laisser voir le prix qu'il attachait à la liberté ; et s'il m'était possible de prouver à Votre Éminence combien elle se trompe en me croyant d'accord avec ses ennemis...

— Vraiment ! je crois que vous auriez de la peine à me persuader le contraire.

— Puis-je essayer, monseigneur ?

— Non ; d'ailleurs, en admettant que vous soyez innocent des faits dont on vous accuse, il n'en demeure pas moins établi que M. le lieutenant de police vous considère à juste titre comme un homme très-dangereux.

— M. le lieutenant général de la police me fait beaucoup d'honneur, mais il oublie que je suis gentilhomme et que les appréciations ne peuvent m'atteindre.

— Il ajoute même, continua le cardinal sans

s'arrêter à l'objection de son interlocuteur, que votre présence à Paris n'a pour but que de-propager les doctrines convulsionnaires.

— Monseigneur, dit hardiment le marquis, si Votre Éminence partage cette opinion, il ne tient qu'à elle de m'en éloigner.

. — Comment cela ?

— En me chargeant de quelque mission à l'étranger ; M. le cardinal Dubois et M. le duc de Bourbon ont bien voulu à plusieurs reprises me confier le soin de certaines ambassades assez délicates, et ils ont été satisfaits des résultats.

— C'est·votre avis ?

— Oui, monseigneur.

— Eh bien ! je vous avouerai que j'ai eu parfois la pensée de les imiter.

— Je m'en réjouis, monseigneur.

— Et que je pense aussi que vous vous êtes homme à vous en tirer avec honneur.

— C'est encore mon opinion, monseigneur.

— En ce cas, écoutez-moi.

— Je suis tout oreilles.

— Comme, après tout, il est regrettable qu'un homme de votre rang, un gentilhomme, fasse cause commune avec des misérables plus dignes, selon moi, d'être enfermés dans une maison d'aliénés qu'à la Bastille, je veux bien oublier la part active que vous avez prise à leurs écarts, à la condition toutefois que vous me promettrez de rompre toute relation avec le parti'janséniste, et que vous rentrerez dans la pratique d'un homme de votre condition.

— Je vous le promets, monseigneur.

— Bien ! mais cette promesse a besoin d'être appuyée autrement que par des paroles.

— Ordonnez, monseigneur, que faut-il faire ?

— Vous me parliez tout à l'heure de la possibilité de me prouver que vous ne faisiez pas cause commune avec les ennemis de Sa Majesté, car les seuls ennemis de Sa Majesté sont les miens, je vais vous en fournir le moyen.

— Je suis prêt à l'accepter.

— Attendez ; vous n'ignorez pas que M. le garde des sceaux Chauvelin a des intelligences secrètes avec Mᵐᵉ la duchesse de Bourbon et son fils, M. le duc, dont vous avez la réputation d'être le protégé.

— M. le duc a bien voulu venir à mon aide. ·

— En vous ouvrant sa bourse, je le sais ; mais vous n'aviez qu'à vous adresser à moi, la mienne vous l'eût été.

— Croyez, monseigneur, que si j'eusse pu prévoir les excellentes intentions de Votre Éminence à mon égard, je serais venu sans hésiter mettre mes faibles talents diplomatiques à votre disposition ; quant aux relations qui existent entre M. le duc et M. Chauvelin, j'en suis instruit à ce point que je comptais obtenir ma liberté en priant M. le garde des sceaux de me faire ouvrir les portes de la Bastille.

Le cardinal fit un mouvement et regarda le marquis en face.

Celui-ci ne sourcilla pas : il avait jugé qu'en se donnant l'importance d'un homme en possession des secrets de la politique de M. Chauvelin, il devenait impossible au cardinal de ne pas mettre un haut prix aux services qu'il attendait de lui.

Toutefois, disons que rien n'était moins vrai que la prétendue connaissance qu'il se vantait d'avoir des choses dont l'entretenait le cardinal, et qu'il eût été bien en peine de s'expliquer à ce sujet ; mais, comme il pensait bien, celui-ci le crut sur parole et le mit immédiatement au fait sans s'apercevoir de tout ce qu'il ignorait.

Il lui parla de la guerre d'Italie et des conditions de la paix proposée, conditions que le lecteur connaît et qui, ostensiblement acceptées par les parties intéressées, ne pouvaient cependant arriver à être ratifiées.

Il lui dit également le motif du mécontentement de l'Espagne et finit par lui faire part de la proposition que lui avait faite l'ambassadeur d'Angleterre.

— Voici, dit-il, ce dont il s'agit : M. Chauvelin a correspondu, le fait n'est pas douteux, avec don Joseph Patino, le premier ministre de Sa Majesté Catholique, et, bien que tous les efforts que j'ai tentés pour m'emparer de quelques-unes des lettres qu'il envoyait en Espagne, et dans lesquelles j'aurais trouvé la preuve de sa trahison, soient restés infructueux, j'ai pu cependant acquérir la conviction que M. Chauvelin, qui a toujours eu son intérêt particulier à faire la guerre, a donné secrètement à M. le marquis de Vaugremont, notre ambassadeur en Espagne, des instructions tout à fait différentes de celles qu'il lui envoyait officiellement.

— Diable! ceci est grave.

— Oui; mais malheureusement ce sont ces instructions qu'il faudrait que j'eusse en ma possession pour confondre M. Chauvelin.

Ici le cardinal s'arrêta et jeta un regard sur le visage du marquis.

Celui-ci fit un léger mouvement.

— Sans doute; mais comment faire?

— Il n'y a qu'un moyen, c'est celui de se les procurer.

— J'entends; mais la chose parait scabreuse; d'abord il faudrait être bien certain qu'elles existent.

— J'en suis sûr, et M. l'ambassadeur d'Angleterre l'est aussi, il me l'a affirmé par sa dernière lettre. Or don Joseph Patino vient de mourir, et savez-vous quelles furent ses dernières paroles?

— Non, Éminence.

— Eh bien! sachez donc qu'il a fait venir dans sa chambre LL. MM. le roi et la reine d'Espagne, et qu'à son lit de mort il leur a dit: « Je n'ai pas d'autres conseils à vous donner que de faire présentement la paix telle qu'elle a été arrêtée; j'avais d'autres desseins, mais, moi mort, tout est mort, et personne n'est ici capable d'exécuter mes projets. »

— En ce cas, rien ne s'opposera plus maintenant, monseigneur, à la conclusion de la paix que désire Votre Éminence.

— Si; le successeur de Patino parait vouloir s'entendre avec M. Chauvelin comme l'a fait son prédécesseur, et il faut absolument que j'aie la correspondance du garde des sceaux.

— Monseigneur, croyez que mon zèle...

— J'ai fait prendre des informations précises sur l'endroit où M. de Vaugremont serre la cassette où les lettres qu'il reçoit de M. Chauvelin sont enfermées, et un homme habile qui saurait s'introduire chez lui sans éveiller les soupçons pourrait facilement s'emparer de cette précieuse cassette. Voulez-vous être cet homme-là?

— Ma foi, monseigneur, on ne peut plus franchement entamer les choses que ne vient de le faire Votre Éminence.

— Vous le voyez, monsieur, reprit le cardinal, c'est une mission grave et en même temps des plus importantes, puisqu'il ne s'agit rien de moins que d'assurer la paix de l'Europe et d'empêcher M. Chauvelin de suivre la voie déplorable dans laquelle il marche, et qui tend à faire perdre à la France le fruit d'une politique prudente et réservée.

— J'en conviens, monseigneur; mais, en cas d'insuccès, il y va de la tête.

— Aimez-vous mieux être reconduit à la Bastille pour n'en plus sortir?

— L'alternative n'est pas brillante, dit en lui-même le marquis en faisant une légère grimace; mais il réfléchit qu'il valait encore mieux courir la chance de reconquérir sa liberté en risquant sa tête, que de se laisser niaisement enfermer à la Bastille, où il se pouvait faire qu'il restât; et puis, d'ailleurs, il avait tout à gagner à accepter; outre sa liberté, il devenait ce qu'il avait déjà été en d'autres temps, un homme indispensable au premier ministre; il recevait probablement quelque bonne somme, et puis enfin, si tout cela ne lui convenait pas, une fois à Madrid, qui l'empêcherait de laisser là sa mission et d'y vivre tranquillement à sa guise? N'était-il pas homme à se trouver bien partout? Sa patrie, à lui, c'était le pays où il pouvait jouir de l'existence et se livrer à tous ses goûts de dépense et de désordre.

Autant en Espagne qu'ailleurs.

Il ne lui fallut qu'une seconde pour peser le pour et le contre dans l'affaire qui lui était proposée; lorsque le cardinal lui demanda s'il était décidé à partir, il répondit affirmativement.

— Voici, dit le cardinal en signant un papier, l'ordre de mettre à votre disposition les fonds et les chevaux nécessaires à votre voyage; vous trouverez tout ce qu'il vous faut dans les villes où vous vous arrêterez; à votre arrivée à Madrid, vous toucherez trente mille livres; trente mille vous attendent à votre retour si vous réussissez.

— Merci, monseigneur! je ferai en sorte de les gagner; il ne me reste plus qu'à vous demander quand je dois me mettre en route.

Le cardinal frappa dans ses mains.

La tapisserie qui cachait la porte de fond du cabinet s'agita et Barjac apparut.

Il échangea à voix basse quelques mots avec le cardinal, puis ressortit.

— Dans une demi-heure vous partirez, répondit l'Éminence, en s'adressant au marquis après que Barjac l'eut laissé seul avec lui.

— Quoi, monseigneur, vous voulez...

— Il le faut.

— Mais, monseigneur, pardonnez-moi si j'insiste, j'ai une fille que je voudrais embrasser avant mon départ, quelques dispositions à prendre...

— Nous veillerons à ce que rien de fâcheux ne survienne à M^lle de Saint-Acheul, répondit le cardinal.

Le marquis était tout interdit. Quitter Paris au moment où sa présence était si nécessaire aux projets qu'il méditait, le contrariait fort.

— Il vous faut opter entre Madrid ou la Bastille, fit le premier ministre d'un ton qui n'admettait pas de réplique.

M. de Saint-Acheul s'inclina.

— J'obéis, dit-il.

Et, sous la conduite d'un garde du cardinal, il se retira dans la salle d'attente, en attendant que tout fût disposé pour son départ.

Une heure plus tard, il roulait sur la route d'Espagne, escorté de deux hommes qui avaient mission de l'accompagner jusqu'au premier relais.

A peine eut-il quitté la maison de retraite du cardinal, que celui-ci appela Barjac.

— Il est parti, lui dit-il.

— Bravo, monseigneur ! vous voilà satisfait, répondit le confident, qui se permettait volontiers une certaine familiarité de langage.

— Oui ; mais ce n'est pas tout, je n'ai pas encore fini avec les Saint-Acheul.

— Comment cela ?

— Tiens, lis.

Et il lui remit la lettre qu'il avait reçue de M^me de Carignan.

— Peste ! fit Barjac après avoir lue, l'affaire est grave ! Mais, j'y pense, qui vous a empêché d'ordonner au marquis d'emmener sa fille ?

Le cardinal sourit.

— Barjac, mon ami, décidément je ne reconnais plus ta sagesse ordinaire ; le mar-

quis, libre à l'étranger et accompagné de la seule personne à laquelle il porte de l'affection, irait-il de gaieté de cœur et pour l'appât de quelques mille livres, risquer sa tête ? En vérité, ce serait le supposer bien simple et bien niais ; mais sa fille est un otage entre mes mains qui me répond de son obéissance passive à mes ordres.

— Certes, je comprends ; mais si le roi est réellement épris de M^lle de Saint-Acheul, ne craignez-vous pas qu'il délaisse M^me de Mailly ?

— Si le roi est réellement épris de M^lle de Saint-Acheul, la faire disparaître brusquement serait s'exposer à ce que Sa Majesté se fâchât et fît retomber sur moi tout le poids de sa colère, et, d'ailleurs, la jeune fille n'est à redouter qu'autant qu'elle serait guidée par le marquis, qui lui seul a probablement conduit les fils de cette intrigue ; si elle me gêne, j'appelle M. de Montlieu à mon aide, et c'est lui qui se chargera de mettre celle qu'il aime en sûreté.

— Ah ! monseigneur ! il faut avouer qu'il n'y a que Votre Éminence capable d'imaginer un pareil expédient !

— Ainsi, reprit le cardinal avec une certaine suffisance, ton avis est que j'ai bien pris mes mesures ?

— Mon avis, monseigneur, est que quiconque oserait lutter avec vous est vaincu d'avance.

— Un moment, Barjac ! Souviens-toi qu'il ne faut chanter victoire qu'après le triomphe ; mais laissons cela, il s'agit maintenant de montrer au roi que je fais rendre justice à qui le sert fidèlement. C'est à moi qu'il appartient de lui recommander M. Hérault.

Et le premier ministre, satisfait de l'emploi de sa matinée, donna immédiatement l'ordre de le conduire à Versailles.

— Allons, dit-il en se parlant à lui-même, lorsqu'il se fut commodément installé dans le lourd carrosse qui servait habituellement à transporter sa personne d'Issy à Versailles, je crois qu'avant peu il y aura du nouveau à la cour.

Et, fermant les yeux, il se laissa aller à une douce somnolence, qui, sans cependant lui ôter la faculté de penser, plongeait son esprit dans une indolente rêverie et le reposait des soucis que lui causait son infatigable désir de conserver son pouvoir, en dépit de la convoitise de ceux qui ne cherchaient qu'à l'amoindrir.

## XI

*Des preuves de dévouement que M. [le vicomte de Roncenelles offrit au roi, et de la surprise qu'il éprouva.*

On se rappelle qu'à la suite de la conversation qu'avait eue le marquis avec M. le vicomte de Roncenelles, celui-ci, pénétrant les secrets desseins de M. de Saint-Acheul, s'était retiré singulièrement troublé par le semblant d'ouverture que celui-ci lui avait fait touchant la possibilité d'une union entre lui et sa fille.

Union dont le but inqualifiable dénotait l'indignité de celui qui la proposait et que tout homme de cœur eût refusée sans hésiter, mais que M. le vicomte de Roncenelles, avec l'incroyable élasticité de principe particulière aux courtisans de la cour de Louis XV, avait tout simplement considérée comme la chose du monde la plus naturelle.

Seulement, avant de se prononcer, ou plutôt de s'engager d'une manière définitive avec le marquis, il avait voulu savoir jusqu'à quel point le roi était amoureux d'Adrienne, et si l'aventure de la forêt de Senart avait laissé d'assez profonds souvenirs dans l'esprit du monarque pour que les adroites manœuvres et les attraits de M^me de Mailly eussent été impuissants à les effacer.

Le roi, il est vrai, avait paru sincèrement épris, et il était certainement de bonne foi lorsqu'il en avait, pour ainsi dire, fait l'aveu à M. de Roncenelles ; mais l'était-il encore ? Là était toute la question.

Le meilleur moyen de le savoir était de s'en informer.

C'est ce que fit le vicomte.

Il lui fut facile d'amener la conversation sur ce chapitre.

Le roi ne pensait qu'à Adrienne.

Rentré au château après la chasse, il avait raconté à plusieurs personnes l'épisode qui l'avait signalée, et les termes dont il se servit pour dépeindre M^lle de Saint-Acheul laissaient clairement voir ce qui se passait dans le cœur de l'amoureux Louis XV.

Lorsqu'après son entrevue avec le mar-quis, le vicomte se présenta à Choisy, ce fut le sourire aux lèvres que le roi le reçut.

Jamais Sa Majesté n'avait paru de meilleure humeur.

Il est vrai qu'elle venait de passer trois heures consécutives enfermée dans son cabinet de travail, ou plutôt dans une petite pièce qu'on appelait la *chambre du Tour* et qui lui servait d'atelier.

Car Louis XV et son infortuné petit-fils Louis XVI ne se contentaient pas d'exercer le pénible métier de roi, ils y joignaient encore la pratique d'une profession manuelle dans laquelle l'un et l'autre excellaient.

On sait que le roi Louis XVI était un serrurier habile.

Louis XV était un tourneur de distinction, — comme il était cuisinier de mérite, — et ses contemporains ont prétendu qu'il eût pu gagner au moins trois livres par jour chez un tourneur de Paris !

Mais il ne tirait aucun profit de cette utile distraction, et, s'il passait parfois des demi-journées entières à confectionner de ravissantes tabatières, à peu près semblables à celles qu'on trouve de nos jours chez les étalagistes de marchandises à *quinze centimes la pièce*, il ne tournait que par amour de l'art, et plus d'un gentilhomme reçut en cadeau un morceau de rondin encore couvert de son écorce, habilement disposé en tabatière, et tourné par les royales mains qui l'offraient.

Cette innocente manie absorbait à ce point le roi que, lorsqu'il s'y livrait, il lui était impossible de songer à autre chose ; c'est peut-être pour cela que, lorsque des peines d'une certaine gravité ou des ennuis passagers l'assiégeaient, il courait à la chambre du Tour, d'où il sortait habituellement le regard calme et le front serein.

Or, depuis qu'il avait entrevu M^lle de Saint-Acheul, il n'avait songé qu'à elle, nous l'avons dit, et, pour ne pas laisser voir à M^me la duchesse de Mailly la préoccupation qui tenait son esprit captif, il s'était réfugié dans la chambre du Tour où, tout en travaillant le bois, il avait pu rêver tout à son aise à la jeune fille.

Le moment était on ne peut mieux choisi pour donner l'occasion au vicomte de l'interroger adroitement sur ses sentiments.

Il n'eut pas même besoin de chercher un

expédient pour arriver à ses fins, le roi alla au-devant de ses désirs.

— Eh bien! monsieur le vicomte, lui dit-il, avez-vous à me donner des nouvelles de M<sup>lle</sup> de Saint-Acheul?

— Oui, Sire!

— Elle ne s'est pas ressentie de sa chute de cheval?

— Non, Sire, et j'ai eu l'honneur de faire une visite au marquis, qui s'est montré fort touché des marques d'intérêt que Votre Majesté avait daigné accorder à sa fille.

—Vous avez bien fait, monsieur le vicomte; mais ne vous avais-je pas dit que je désirais que le marquis fût présenté?

— En effet, Sire, mais j'ai eu l'honneur de répondre à Votre Majesté qu'il n'était pourvu d'aucune charge.

— Vraiment! Nous y pourvoirons, car la place de M<sup>lle</sup> de Saint-Acheul est à la cour.

— Sire, observa le vicomte, l'intention du marquis est certainement conforme à la pensée de Votre Majesté, et c'est probablement au désir qu'il a de voir sa fille obtenir l'honneur d'être présentée qu'il a songé à la marier.

— A la marier! fit vivement le roi.

Et soudain ses sourcils se contractèrent, tandis qu'une expression de mauvaise humeur voilait son front et que ses regards se chargeaient d'une flamme de dépit.

Il garda un moment le silence; puis, maîtrisant son émotion, il reprit d'un ton de voix qu'il s'efforça de rendre indifférent :

— Et savez-vous aussi qui elle épouse?

— Un ami de son père, Sire, répondit le vicomte en s'inclinant.

— Ah!

— Un homme dont l'âge double le sien.

— En vérité?

— Oui, Sire, c'est une dette de reconnaissance, tout simplement; et, en revanche, l'époux, qui ne veut, en épousant cette jeune fille, que lui assurer un protecteur et qui sait qu'à son âge on ne peut inspirer d'amour, cet époux, qui ne lui demandera que le privilége de lui donner son nom, la laissera d'ailleurs complétement maîtresse de ses actions.

Louis XV tressaillit légèrement et regarda fixement son interlocuteur.

— Et quel est cet époux? demanda-t-il.

— Un gentilhomme entièrement dévoué à Votre Majesté, et qui la supplie très-humble-ment de vouloir bien consentir à ce mariage, qui ne peut se faire qu'avec son agrément.

— Mais enfin, dit le roi surpris de ce langage, me direz-vous le nom de ce gentilhomme?

— Sire, ne l'avez-vous point déjà deviné, et quel autre que moi pourrait...

— Vous?

— Que Votre Majesté me pardonne, mais le marquis de Saint-Acheul est un homme ombrageux, qui aime sa fille en égoïste et veut la cacher à tous les yeux, surtout à ceux de la cour, qu'il considère comme un séjour de perdition pour les femmes, et j'ai pensé, en acceptant l'alliance qu'il m'a proposée, être agréable à Votre Majesté, qui m'a paru désireuse de voir M<sup>lle</sup> de Saint-Acheul augmenter le nombre des séduisantes personnes qui peuplent sa cour.

— Comment! s'écria le roi, c'est dans ce but que vous vous proposez d'épouser M<sup>lle</sup> de Saint-Acheul?

—Oui, Sire, et Votre Majesté peut compter sur mon entière soumission à ses ordres; heureux si, en m'imposant l'obligation de renoncer, aussitôt mon mariage, aux droits...

— Assez! monsieur! assez! s'écria le roi, je ne puis souffrir un pareil langage!

Et il fit mine de briser la conversation.

Mais on voyait qu'il était en proie à une certaine agitation et que des sentiments divers se croisaient en son âme.

— Sire, je supplie Votre Majesté de considérer la grandeur du sacrifice.

Le roi fit un mouvement d'épaules; le vicomte continua :

— Votre Majesté peut-elle me blâmer de ne songer qu'au désir de lui plaire? En agissant comme je le fais, je sauve M<sup>lle</sup> de Saint-Acheul du danger qu'elle court en suivant l'impulsion de son cœur, car elle aime Votre Majesté.

— Que dites-vous? s'écria tout à coup Louis XV, dont le regard s'éclaircit. Elle m'aime!

— Oui, Sire, et elle-même me l'a avoué lorsqu'il a été question de mariage entre nous.

— Elle m'aime! répéta le roi, qui oubliait tout ce que venait de lui dire le vicomte pour ne se souvenir que de ces paroles; oh! combien je suis heureux! car moi aussi je l'aime, je...; mais Dieu me garde de vouloir abuser de la naïveté et de la jeunesse de cette enfant !

— En ce cas, Sire, consentez à l'union dont j'ai eu l'honneur de vous entretenir.

— Encore ! mais c'est impossible !

— Qui vous en empêche, Sire ?

— Mais, ma conscience ! Oh ! continua le roi en marchant à grands pas dans le cabinet où il se trouvait seul avec le vicomte, je ne sais si j'aurai toujours la force de vous résister ; mais ce sont vos pernicieux conseils , à vous tous qui m'entourez , qui me font faire ces folies dont je me. repens aussitôt après les avoir commises !

— Sire ! oubliez-vous que notre personne , nos biens et tout ce qui est à nous vous appartiennent ?

— Mais enfin je ne puis accepter un semblable dévouement sans le récompenser, et je ne vois pas comment payer…

— Oh ! Sire, n'est-ce point assez de conserver les bonnes grâces de Votre Majesté ? répondit le vicomte avec un élan qui semblait partir du cœur.

— Eh bien ! soit, j'y consens, dit enfin le roi, en prenant vivement un parti extrême comme un homme qui a hâte d'en finir ; vous épouserez M<sup>lle</sup> de Saint-Acheul, mais c'est à une condition…

— Que Votre Majesté daigne me la faire connaitre.

— C'est que vous partirez, aussitôt après la cérémonie, pour Bourges, dont je vous donne le gouvernement.

— Oh ! Sire, que de bontés !

— Et vous ne rentrerez à Paris que lorsque je vous y ferai rappeler.

— Sire ! et le marquis de Saint-Acheul ?

— Ah ! c'est juste. M<sup>gr</sup> le cardinal m'a parlé hier de la nécessité de créer une nouvelle charge de lieutenant de fauconnerie : j'y songerai en sa faveur.

— Oh ! Sire ! croyez que ma reconnaissance…

— C'est bien, fit le roi.

Et , sans attendre les nouvelles protestations du vicomte, il le congédia pour recevoir M. le garde des sceaux Chauvelin, qui venait travailler avec lui.

Louis XV n'avait pas encore pris l'habitude de sacrifier les affaires de l'État aux siennes propres ; il fit un bienveillant accueil à l'homme d'État , et se mit en devoir d'écouter les rapports et les plans que celui-ci avait à lui faire ou à lui proposer.

Pendant ce temps, M. de Roncenelles était sorti du château, et , montant dans son carrosse, il avait donné ordre au cocher de le conduire vivement à l'hôtel de Saint-Acheul.

Le marquis l'attendait.

Il lui fit part des excellentes dispositions dans lesquelles était le roi, et du consentement qu'il voulait bien donner au mariage projeté.

— Cela va bien, lui dit-il, Sa Majesté approuve tout, et bientôt nous n'aurons qu'à nous applaudir des suites de l'accident de la forêt de Sénart.

Le marquis l'écoutait avec attention, mais il ne répondait pas.

Étonné de ce silence, le vicomte l'interrogea sur son mutisme.

— A quoi donc pensez-vous , mon cher marquis ? N'êtes-vous point satisfait de la tournure que prennent les choses ? Peste ! vous seriez bien difficile : vous allez être lieutenant de fauconnerie ; moi, gouverneur de Bourges ; quant à la charmante Adrienne…

— C'est justement à propos d'elle que je réfléchis, dit enfin M. de Saint-Acheul.

— Comment cela ?,

— Je crains que vous n'ayez commis une imprudence en vous empressant de parler de tout ceci à Sa Majesté avant que je vous aie présenté à Adrienne comme son futur mari.

— Allons donc ! qu'avez-vous à craindre ? n'êtes-vous pas le maître de disposer à votre gré de la main de votre fille ?

— Certes, mais c'est que je dois vous prévenir d'un fait qui peut, sinon devenir un obstacle à nos projets, du moins nous créer quelques difficultés.

— Expliquez-vous.

— Mon cher vicomte, vous le savez, s'il est un trésor difficile à soustraire à la convoitise et contre lequel toutes les mesures de précaution sont souvent inutiles, c'est assurément le cœur d'une jeune fille ; donc, malgré l'isolement dans lequel j'ai renfermé Adrienne, malgré la fidélité éprouvée des gens que j'ai placés auprès d'elle, afin d'être sans cesse informé de ses moindres actions, ma prudence a été mise en défaut.

— Ciel ! vous m'effrayez.

— Rassurez-vous, j'ai l'intime conviction qu'Adrienne n'a jamais cessé d'être pure; mais je crains qu'elle ne se soit follement engagée dans une de ces passions romanesques qui n'offrent aucun danger sérieux, j'en conviens, mais qui suffisent pour tourner la tête aux jeunes filles et leur donner des idées de rébellion.

— Que vous n'êtes pas homme à souffrir ni à subir, je le sais; aussi, malgré ce que vous venez de me faire l'honneur de me dire, je conserve une parfaite sécurité sur le résultat que j'attends, et, si vous m'en croyez, vous me présenterez aujourd'hui même à M<sup>lle</sup> de Saint-Acheul.

— Je le veux bien, mais vous êtes prévenu; n'attribuez donc son refus, si toutefois elle refusait, qu'à l'existence de la belle passion dont je viens de vous parler, et qui, d'ailleurs, ne saurait en aucune façon m'empêcher de donner suite au mariage convenu.

— A la bonne heure! et, de mon côté, rien ne saura non plus me dégager de la parole que je vous donne.

A l'issue de cet entretien, Adrienne avait été mandée par son père, et avait appris de sa bouche l'annonce de son prochain mariage avec M. le vicomte de Roncenelles.

On pense l'effet que dut produire cette nouvelle sur l'esprit de la jeune fille.

Elle y était si peu préparée, qu'elle ne trouva pas un mot pour exprimer la stupéfaction qu'elle lui causait.

Du reste, habituée dès l'enfance à une obéissance passive aux volontés de son père, elle eût été bien inhabile à élever la moindre objection, et, tandis que les mots de mariage et d'époux résonnaient comme un glas funèbre à ses oreilles, elle s'inclina et se tut, le cœur brisé par le terrible arrêt de son père, qui disposait d'elle en maître absolu.

Le vicomte n'en demandait pas davantage.

Peu lui importait que celle à laquelle il devait donner son nom l'acceptât de gaieté de cœur ou par force : l'important était d'obtenir un consentement oral ou tacite.

Il l'avait, cela le satisfaisait pleinement.

Il ne s'occupa plus que de se préparer à l'union arrêtée et d'en presser la conclusion.

Tout marcha au gré de ses vœux.

Les habits de fête furent commandés, les cadeaux achetés, — et ce fut le roi qui les voulut payer. — Bref, les choses allaient pour le mieux.

Mais voilà que tout à coup un événement inattendu vint menacer de bouleverser l'échafaudage qu'il avait construit.

C'était peu de jours avant celui où il devait, en échange de sa renonciation anticipée à ses droits d'époux, recevoir sa nomination de gouverneur de la ville de Bourges; il se rendait à Versailles où se trouvait la cour, qui venait de quitter Choisy, lorsqu'en arrivant à l'Œil-de-Bœuf, il remarqua une agitation extraordinaire.

L'Œil-de-Bœuf, on le sait, était le rendez-vous, ou plutôt le lieu de réunion de tous les courtisans empressés à venir chaque jour offrir leurs hommages au roi, et qui, en attendant qu'il pût les recevoir, s'amusaient à converser entre eux, c'est-à-dire à médire des absents et à raconter les mille et une aventures scandaleuses dont le récit servait à égayer la cour et la ville.

Cette pièce communiquait d'un côté, par une porte en glace, à la grande galerie; de l'autre, à la chambre du roi.

Ce n'était, dans le principe, qu'une antichambre éclairée par un œil-de-bœuf; quand Louis XIV eut transporté son salon de réception, des grands appartements où il était, dans cette grande chambre qui donne sur la cour de marbre, il fit abattre la cloison qui séparait l'antichambre du cabinet, et cette pièce, qu'on désignait d'abord sous le nom de grande antichambre du roi, prit peu à peu et garda le nom d'Œil-de-Bœuf.

Vaste, elle était souvent pleine de gentilshommes, les uns ayant réellement besoin de voir le roi ou de lui parler, pour lui demander quelque grâce ou quelque distinction, les autres y venant pour le seul plaisir de s'y montrer et d'y raconter ou entendre les nouvelles du jour.

Donc, lorsque le vicomte de Roncenelles s'y présenta, on y entendait un bourdonnement confus qui témoignait de l'entrain des conversations engagées.

Il s'approcha d'un groupe au milieu duquel pérorait M. de Souvré.

A sa vue, celui-ci fit un mouvement.

— Eh! parbleu, messieurs, dit-il en s'adressant à ses compagnons, voici M. de Roncenelles qui va probablement nous renseigner sur ce point; de grâce, mon cher vicomte, dites-nous ce que vous savez?

— Mais, sur quoi? demanda le nouvel arrivant, qui ignorait le sujet de l'entretien des courtisans.

— Eh! parbleu, sur l'événement de la nuit.

— Quel événement?

— Comment! vous arrivez de Paris et vous ignorez la nouvelle que tout Versailles connaît déjà : l'arrestation du marquis de Saint-Acheul, du comte Daverne, de l'abbé de Saubrun !

Aux premiers mots de M. de Souvré, le vicomte resta stupéfait.

Ce qu'il apprenait le surprenait si fort, qu'il se fit répéter deux fois les noms des personnes dont on lui annonçait l'arrestation.

Loin de donner des renseignements sur cette aventure qui bouleversait tous ses projets, il avoua sa complète ignorance des faits qui s'étaient passés, et pria M. de Souvré de vouloir bien lui raconter ce qu'il savait touchant les motifs qui avaient amené les arrestations.

On le mit au courant de l'affaire.

Cela changeait singulièrement la physionomie des choses.

Et il se demanda comment le roi allait l'envisager.

— Palsambleu! fit-il, pourvu que mon gouvernement de Berry n'aille pas sombrer dans ce naufrage!

Et il se composa une figure de circonstance pour aborder Sa Majesté; mais il ne put savoir à quoi s'en tenir sur ce que pensait le roi, celui-ci n'ayant pas jugé à propos de recevoir personne.

Fort inquiet, il reprit le chemin de Paris, afin d'y chercher des informations précises.

## XII

De l'aveu que M<sup>lle</sup> de Saint-Acheul fit au vicomte de Ronconelles, et de la façon dont il fut reçu.

Il était neuf heures du matin; M<sup>lle</sup> Adrienne de Saint-Acheul venait de se lever, et, selon sa coutume, de descendre au jardin, en attendant qu'il fit jour chez son père qu'elle n'avait pas vu depuis l'avant-veille; et, quoiqu'elle fût accoutumée à ces absences, ce n'était pas pas sans inquiétude qu'elle demeurait au logis les jours où le marquis n'y paraissait pas.

M. de Saint-Acheul passait, on le sait, la plupart de ses nuits hors de l'hôtel, soit qu'il les occupât à surveiller l'impression des *Nouvelles ecclésiastiques*, soit qu'il présidât les assemblées convulsionnaires, soit enfin, ce qui lui arrivait souvent, qu'il employât les heures ordinairement consacrées au sommeil aux plaisirs sensuels, qu'il affectionnait d'une façon toute particulière, et à la pratique desquels il se livrait avec toute l'ardeur et la fougue d'un homme de trente ans.

Tout autre que lui eût succombé aux excès de toute espèce qu'il accomplissait; mais sa nature de fer résistait vaillamment à la fatigue des veilles et des orgies, et, plus d'une fois, valeureux champion des tristes luttes de petits soupers et de débauches, que la régence avait mis jadis à la mode et dont il semblait avoir pris à tâche de perpétuer la tradition, on le vit rester seul, le verre en main, et railler ses compagnons de table vaincus par l'ivresse et accablés par la lassitude.

Au sortir de ces folles nuits, le marquis rentrait chez lui, et, à l'heure où chacun se levait, il se mettait au lit, afin de réparer, par quelques heures d'un sommeil fiévreux, les forces vitales qu'il consumait avec tant d'insouciance au feu de ses passions.

Et, tandis que le marquis, oublieux de ses devoirs de père, dissipait de la sorte les dernières années de son âge mûr, sa fille, douce et naïve enfant au cœur chaste et pur, sommeillait doucement, après avoir donné chaque soir son âme à Dieu et prié pour sa mère, noble femme, dont la vie conjugale n'avait été qu'une longue douleur, et qui s'était lentement éteinte dans les larmes, après avoir prodigué toute la tendresse dont son cœur débordait à l'enfant qu'elle laissait orpheline.

Oh ! les derniers moments de la pauvre femme avaient été bien tristes et bien navrants, non qu'elle regrettât la vie, car son époux, qu'elle aimait comme s'il eût été digne d'elle, la lui avait faite trop aride et trop pleine de poignantes désillusions, mais parce qu'en songeant à l'isolement qui attendait sa fille bien-aimée, elle avait mesuré toute l'étendue des dangers qu'elle courait lorsque, parvenue à l'âge d'aimer, elle demeurerait livrée aux seules inspirations de son cœur.

Et cet âge-là était arrivé.

Aussi, quand nous disons qu'Adrienne s'endormait pieusement chaque soir en pensant à sa mère, nous devons ajouter que, depuis le jour où elle avait rencontre le regard de Frédéric doucement attaché sur le sien, plus d'une fois les blanches visions qui lui apparaissaient pendant son sommeil et semblaient déployer au-dessus de ses paupières closes leurs ailes diaphanes, s'étaient peu à peu transfigurées, et que c'était maintenant l'image du jeune homme qui flottait indécise au milieu de ses rêves.

L'amour va vite dans le cœur d'une jeune fille.

Et la scène du jardin, dans laquelle Frédéric lui avait juré de n'avoir jamais d'autre femme qu'elle, était sans cesse présente à sa mémoire.

Cependant, lorsque, le surlendemain de l'arrestation du marquis, Adrienne quitta sa chambre pour aller respirer au dehors l'air embaumé du matin, son front était brûlant et un cercle de léger bistre entourait ses beaux yeux bleus, dont l'éclat accoutumé était voilé sous un nuage de vague tristesse.

Il est des heures dans la vie où l'âme, merveilleusement préparée aux sensations extérieures, semble être douée d'une extrême sensibilité, tandis que l'esprit élucidé perçoit avec une rare facilité et parait lire dans les arcanes de l'invisible.

C'est ce qu'on est convenu d'appeler des pressentiments.

On ne sait ce qu'on éprouve; rien dans ce qui nous entoure ne nous offre le sujet de nous alarmer, et cependant un malaise moral pèse sur tout notre être, une instinctive appréhension nous étreint, on sent pour ainsi dire l'approche d'un danger, comme les fleurs sentent longtemps à l'avance l'approche de l'orage qui doit les faire plier sur leurs faibles tiges ou les briser sans pitié.

Adrienne était descendue au jardin, et il lui sembla que le feuillage des arbres était plus sombre qu'à l'ordinaire; elle regarda le ciel, et sa teinte grise uniforme attrista son regard.

Elle marcha dans les allées, et le bruit du sable criant sous ses pas ressemblait à un gémissement plaintif.

Son cœur se serra, ses yeux se mouillèrent de larmes, et elle alla s'asseoir sous la charmille, témoin du dernier entretien qu'elle avait eu avec le baron de Montlieu.

Elle ne devait plus songer à lui.

Car un événement inattendu était venu, depuis lors, mettre un puissant obstacle à l'amour qu'elle nourrissait en son sein pour le jeune homme.

Elle était en quelque sorte fiancée au vicomte de Roncenelles, à un homme qu'elle détestait du fond de son âme, et dont la vue seule lui était odieuse.

Malgré ses larmes, malgré l'aversion instinctive qu'elle portait au vicomte et qu'elle avait avouée à son père, il fallait qu'elle s'accoutumât à la pensée de devenir sa femme.

En vain elle avait dit au marquis qu'elle préférait entrer pour jamais au couvent, que d'associer son sort à celui du vicomte; en vain elle avait prié, supplié.

Le marquis était resté impassible; bien plus, il l'avait raillée sur ce qu'il appelait son enfantillage, en lui disant que toutes les jeunes filles pleuraient lorsqu'on leur parlait de mariage, ce qui n'empêchait nullement que plus tard elles ne s'estimassent fort heureuses d'être en ménage.

A cela, la pauvre Adrienne avait été sur le point de répondre à son père que, s'il lui plaisait de lui donner Frédéric pour époux, bien loin de pleurer, elle serait la première à l'en remercier; mais elle n'osa pas : elle connaissait le caractère prompt et emporté de son père, elle savait que ses désirs étaient des volontés invariables; elle ne put que baisser la tête en sanglotant et invoquer tout bas le nom de sa mère.

Oh! comme elle sentit alors combien la privation de cette mère lui était fatale!

Si elle eût été là auprès d'elle, elle se fût jetée à ses genoux, elle lui eût fait l'aveu de l'amour vrai qu'elle ressentait pour Frédéric; elle l'eût conjurée de prendre cet amour en pitié et de ne pas lui briser le cœur en la forçant d'être la femme du vicomte, et, comme une mère ne peut voir souffrir son enfant sans être attendrie, nul doute que celle-ci n'eût employé toute son influence d'épouse sur le cœur du marquis, pour l'engager à changer de résolution.

Mais son souvenir seul était présent, et la

Dites plutôt que vous aimez M. de Ronconelles. (Page 62.)

pauvre Adrienne n'avait personne qui pût venir à son aide.

Personne, disons-nous, et Frédéric ?

Frédéric, hélas! pouvait gémir avec elle, se désoler avec elle, mais c'était tout ; il ne pouvait même plus venir ranimer son courage ou fortifier ses pensées de résistance, car la porte du jardin, hermétiquement fermée depuis le soir où le marquis avait été accosté par Sulpice, ne s'ouvrait plus pour lui donner accès dans ce jardin, qui semblait maintenant à la jeune fille froid et solitaire comme une tombe.

— Oh! mon Dieu, dit-elle en s'asseyant sur le banc où, quelques jours auparavant, s'était assis Frédéric, qui m'eût dit, quand M. de Montlieu était là près de moi, que sa main pressait les miennes, que ses lèvres me juraient un amour éternel, qui m'eût dit que je serais forcée d'oublier soudain jusqu'au souvenir de ses paroles, que je devrais renoncer à l'espoir d'être un jour à lui, pour devenir la femme d'un homme que je ne puis aimer, d'un vieillard presque, dont chaque sourire grimace une ride, et dont chaque mot de tendresse me fait froid au cœur ! Oh ! ma mère ! ma mère! que je voudrais aller vous rejoindre au ciel! priez Dieu qu'il me rappelle bien vite à lui, car je souffre trop!

Et, cachant son visage dans ses mains, elle pleura ses illusions perdues et ses beaux rêves évanouis.

Cependant, au bout d'un moment, elle essuya ses larmes et se leva.

Non! dit-elle avec résolution, mon père ne peut m'obliger à épouser le vicomte sans que j'y consente, et rien ne m'arrachera ce fatal consentement! Oh! c'est assez pleurer, c'est de la faiblesse que de ne pas oser parler : je vais aller trouver mon père, et je lui dirai que je ne veux pas être la femme de M. de Roncenelles, que j'aime M. de Montlieu, que j'ai juré de n'avoir pas d'autre époux que lui, et il faudra bien qu'il m'entende! Oh! je le sais, il me repoussera, il me maudira peut-être; mais n'importe, dussé-je être chassée de sa présence, dussé-je être maudite, j'irai...

Et, le regard étincelant, les joues empourprées par la fièvre, Adrienne fit un pas; tout à coup elle s'arrêta.

— Mais, j'y pense, fit-elle, pourquoi, au lieu d'implorer mon père, qui refusera de m'écouter, pourquoi ne pas m'adresser directement à M. de Roncenelles? Oui, il veut m'épouser, mais il ne sait peut-être pas que j'en aime un autre que lui. Oh! non, sans cela il eût abandonné son projet de mariage, et, quand je lui aurai appris l'amour que j'ai pour Frédéric, il renoncera bien sûr à ma main! Car, après tout, M. le vicomte de Roncenelles est gentilhomme, et il ne peut vouloir me forcer à l'épouser si mon cœur ne lui appartient pas! Oh! mon Dieu! pourquoi n'ai-je pas eu cette pensée plus tôt?

Et la jeune fille, heureuse d'avoir imaginé, pour sortir d'embarras, un moyen qu'elle croyait infaillible, sourit naïvement sous ses larmes enfantines, qui, semblables à la rosée que la nuit répand sur les fleurs, n'avaient besoin que d'un rayon de soleil pour être taries.

Et l'espérance qui venait de se glisser dans son cœur n'était-elle pas ce rayon de soleil?

Donc, après avoir activé sa promenade quotidienne par deux ou trois tours de jardin qu'elle fit encore, elle se disposa à rentrer dans l'intérieur de l'hôtel; mais, au moment où elle se dirigeait vers la porte qui conduisait aux appartements, elle aperçut M. de Roncenelles qui venait à elle.

La présence du vicomte, à pareille heure, était inexplicable.

Cependant Adrienne la considéra comme un bienfait de la Providence, qui la mettait à même de pouvoir immédiatement avoir avec lui l'entretien qu'elle désirait.

Car, jusqu'alors, elle n'avait jamais vu le vicomte qu'en présence de son père, et un tête-à-tête était indispensable pour la mise à exécution de son projet.

Lorsqu'il fut arrivé près d'elle, elle sentit son cœur battre avec violence; mais, s'efforçant d'être calme, elle voulut parler.

Soudain elle considéra le visage de l'homme qui devait être son époux et tressaillit.

Une agitation extraordinaire se peignait sur les traits ordinairement placides du vicomte, et ses regards effarés, la négligence de sa toilette, tout annonçait qu'il se passait en lui quelque chose d'anormal.

Toutefois, à la vue d'Adrienne, il parut faire un effort sur lui-même, et ce fut avec une certaine grâce qu'il salua celle qu'il considérait déjà comme sa femme.

Adrienne lui rendit son salut.

— Mademoiselle! dit le vicomte.

— Monsieur!

— Veuillez me pardonner de me présenter, à cette heure matinale, devant vous; mais, lorsque vous en connaîtrez le motif, vous excuserez sans doute cette infraction aux lois des convenances : il fallait absolument que je vous visse, l'amitié que je vous porte me faisait un devoir de vous avertir.

M. de Roncenelles cherchait péniblement les mots; on voyait qu'il avait le désir de parler, mais qu'il n'osait le faire.

La jeune fille vint à son secours.

— Oh! monsieur, lui dit-elle, quelle que soit la cause de votre présence ici, je m'en applaudis, car moi aussi j'ai une confidence..., un secret à vous communiquer.

— Un secret! dites, mademoiselle.

— Mon Dieu, monsieur le vicomte, je ne sais comment m'expliquer, et cependant il s'agit d'une chose sérieuse.

— Achevez, de grâce.

— Oui, votre bienveillance m'encourage, et je vais... mais d'abord, je vous en prie, croyez bien que c'est moi seule qui, jusqu'à ce jour, ai été coupable en ne vous révélant pas...

— Que voulez-vous dire ?

— Oh ! oui, monsieur, continua Adrienne, mon père ignorait...

— Oh ! puissiez-vous dire vrai ! car sans cela Dieu sait ce qu'il peut résulter de tout ceci ! Oh ! si j'avais pu prévoir la part qu'il prenait à ces folies...

— Monsieur !

— Oh ! pardon, continuez ; voyons, mon enfant, quelle que soit la gravité de l'affaire, il est peut-être temps encore d'agir ; soyez certaine que de mon côté je ferai tout ce qui dépendra de moi...

— Oh ! merci, monsieur, je savais bien que je ne m'abusais pas en comptant sur votre générosité ; aussi je vais tout vous avouer.

— J'écoute.

— Monsieur le vicomte, reprit Adrienne en baissant modestement les yeux, lorsque, dans le dessein d'honorer notre maison, vous avez bien voulu adresser à mon père la demande de ma main, vous ne pouviez savoir que déjà mon cœur ne m'appartenait plus.

— Comment !

— Oh ! je vous en prie, monsieur, laissez-moi continuer si vous voulez que j'ose vous exposer bien franchement toute la vérité. Oui, monsieur le vicomte, j'avais promis... à quelqu'un que j'aimais... que j'aime encore, de n'être jamais à d'autre qu'à lui ; mais, je vous le jure, mon père ne soupçonnait pas l'existence de cet amour, car je le lui avais soigneusement caché, comme j'essayais de me le cacher à moi-même, et voilà pourquoi il n'a su que vous remercier de l'honneur que vous lui faisiez de l'accepter.

— Mais... essaya de dire le comte.

— Oh ! c'était à moi, je le sais, de vous dire alors que je ne pouvais être votre femme, mais il eût fallu que je donnasse à mon père le motif de ce refus que rien ne semblait justifier, et lui avouer la vérité. Oui, vous avez raison ; mais je n'ai pas osé le faire, la crainte de lui déplaire a paralysé mes lèvres, et j'ai remis à un autre moment cet aveu, espérant toujours que j'aurais assez de courage pour parler..., et j'ai tardé jusqu'à présent ; mais, maintenant que vous savez tout, maintenant que je vous ai dit que j'aimais quelqu'un, oh ! pardonnez-moi de vous avoir trompé, par-

donnez-moi, et soyez assez généreux pour renoncer à moi, si vous ne voulez pas que je devienne parjure.

Et la pauvre jeune fille, dont chaque parole sortait du cœur, enveloppa le vicomte d'un regard plein de supplications.

Celui-ci paraissait de plus en plus embarrassé ; toutefois il crut devoir se montrer surpris de ce qu'il venait d'entendre ; et, quelque peu mortifié :

— Mademoiselle, répondit-il, j'étais loin de m'attendre à une semblable confidence, et j'avoue qu'elle a lieu de m'étonner ; cependant je vous remercie de me l'avoir faite, et, bien que je ne puisse sur-le-champ prendre une détermination, il se pourrait que les projets que j'avais formés se trouvassent changés.

— Oh ! monsieur !

Le vicomte disait vrai ; une grande perturbation s'était jetée au milieu de ses idées de mariage.

Mais ce n'était pas à la conversation qu'il venait d'avoir avec la jeune fille qu'il fallait en attribuer la cause.

Un autre motif l'avait produite.

Aussi, changeant subitement de ton, il parut tout à coup s'armer de courage.

— Mademoiselle, s'écria-t-il, permettez-moi de prendre le temps de réfléchir à ce que je viens d'entendre ; j'y songerai ; mais c'était pour vous entretenir d'une chose plus grave, peut-être, que j'étais venu, et les premières paroles que vous avez prononcées m'avaient fait supposer que vous en étiez instruite.

— Une chose grave !

— Oui, un événement que je voudrais inutilement vous cacher, mais qu'il faut absolument que vous sachiez.

— Oh ! mon Dieu, mais de quoi s'agit-il ?

— De M. le marquis votre père.

— De mon père ! Ciel ! que lui est-il arrivé ? Parlez, monsieur, mais parlez vite.

— Il a été arrêté et conduit à la Bastille.

— A la Bastille !

Et un cri de douleur s'échappa du sein d'Adrienne.

— Oh ! venez ! de grâce, ne restez pas ici, dans ce jardin ; rentrons, fit le comte.

Et, offrant son bras à la jeune fille, dont le visage s'était soudain couvert d'une pâleur mortelle, il la conduisit dans le salon, où elle se laissa tomber plutôt qu'elle ne s'assit sur un sopha.

Il se plaça auprès d'elle.

— Mon Dieu, calmez-vous, mademoiselle.

— A la Bastille ! répéta Adrienne.

Et un torrent de larmes s'échappa de ses yeux.

— Oh ! je ne m'étais pas trompée, continuat-elle, j'avais bien le pressentiment qu'il m'arriverait quelque malheur !

M. de Roncenelles osait à peine parler ; la douleur de la jeune fille était si vraie et si naturelle, qu'il comprenait que ce n'était pas avec des lieux communs et des banalités qu'il parviendrait à détruire le fâcheux effet que l'annonce du malheur qui frappait son père causait sur elle.

— Mon Dieu, mademoiselle, lui dit-il, la pâleur de votre visage m'effraie, vos lèvres tremblent, je vais appeler.

Et il fit mine d'agiter le cordon d'une sonnette. Adrienne l'en empêcha.

— Non ! c'est inutile ; je souffre, il est vrai, mais je veux connaître les détails de ce terrible événement ; car enfin mon père est un gentilhomme, et il ne peut avoir mérité un pareil traitement ; est-ce que le roi peut faire emprisonner un gentilhomme, monsieur le vicomte ?

L'orgueil de race se réveillait fier dans ce cœur naïf et ignorant.

— Oui, certes, répondit M. de Roncenelles, et plus d'un gentilhomme de haute maison y est allé ; mais ce n'est pas Sa Majesté qui a ordonné l'arrestation de M. de Saint-Acheul.

— Mais alors, qui donc a osé ?...

— L'un de ses ennemis probablement, M. le lieutenant général de la police Hérault, qui...

— Oh ! c'est impossible !

— Non ; malheureusement cela est, et on ne parle que de cette affaire partout.

— Oh ! mon Dieu ! fit la jeune fille avec un geste de désespoir ; mais enfin qu'a-t-il fait ? que lui reproche-t-on ?

Le vicomte ne pouvait donner à Adrienne tous les détails qu'il avait recueillis sur l'événement ; il eût fallu pour cela lui dévoiler l'histoire des convulsionnaires et de leurs folies ; il se contenta de lui dire que le marquis s'était affilié à une secte de gens dont la politique était opposée à celle de M<sup>gr</sup> le car-

dinal, et qu'on désignait sous le nom des *Compagnons de la Marjolaine.*

— Oh ! n'importe, dit la jeune fille, qui n'était guère plus instruite par cette réponse, j'irai me jeter aux genoux de Sa Majesté, et je la conjurerai de me rendre mon père, et le roi me le rendra, car il est juste et bon, le roi, je le connais, je l'ai vu dans la forêt de Senart, plein de courtoisie et de bienveillance pour moi, et il ne voudra pas me priver de mon père ; d'ailleurs, il n'est pas coupable, n'est-ce pas ?

— Je le suppose, mais en tout cas votre idée est bonne ; il est certain que le roi, prié par vous, ne pourra vous refuser la grâce du marquis, et c'était justement pour vous engager à faire cette démarche que je suis venu.

— Oh ! alors, conduisez-moi vite vers lui, il ne faut pas perdre de temps.

— Un moment, le roi est encore sous le coup de la fâcheuse impression que cette affaire lui a procurée, et le solliciter maintenant serait s'exposer à ne rien obtenir ; attendez un jour ou deux.

— Attendre, dites-vous, quand mon père gémit à la Bastille !

— Il le faut, Adrienne ; croyez-moi, c'est par prudence que je vous conseille d'agir de la sorte ; fiez-vous à moi, et vous verrez plus tard que l'avis que je vous donne est bon.

— Mais enfin...

— Adrienne, il s'agit de sauver votre père ; et, je vous le répète, pour cela il faut que vous m'obéissiez aveuglément : le voulez-vous ?

— Pardonnez-moi, monsieur le vicomte, je ne suis qu'une pauvre fille, et vous êtes l'ami de mon père, ordonnez, j'obéirai.

— Bien ; en ce cas, ne vous alarmez pas, séchez vos larmes et laissez-moi faire ; je cours trouver le roi afin de connaître ses véritables intentions, et je reviens pour vous indiquer la marche à suivre ; en attendant mon retour, prenez courage et soyez bien persuadée que je mettrai tout en œuvre pour rendre le marquis à la liberté.

— Oh ! allez, et que Dieu vous soit en aide ! répondit Adrienne.

Et le vicomte partit, laissant la jeune fille toute consternée par ce qu'elle venait d'apprendre.

### XIII

*Où M. de Montlieu montre qu'il n'est pas homme à se payer de mauvaises raisons.*

Après le départ du vicomte, Adrienne, qui avait fait tous ses efforts pour lui cacher l'immense douleur que lui causait l'événement dont il s'était fait le messager, Adrienne, disons-nous, se laissa aller sans contrainte à l'affliction la plus sincère.

Bien qu'elle ne crût en aucune façon à la culpabilité de son père, quel que fût le crime dont on l'accusât, elle se rappela l'agitation qu'elle avait vue parfois sur ses traits, les absences nocturnes qui lui avaient été signalées par Frédéric, et elle eut peur.

Mais l'arrestation dont l'avait entretenue le vicomte lui semblait une chose si insolite, qu'elle ne pouvait encore y croire, et, soudain, elle songea que le vicomte avait bien pu se faire l'écho d'un faux bruit.

Et tout à coup elle eut la pensée que son père reposait tranquillement dans sa chambre à coucher.

— Oui ! dit-elle, il ne sera peut-être rentré à l'hôtel que ce matin, et il dort. Oh ! je veux m'en assurer.

Et, s'élançant avec impétuosité vers l'appartement du marquis, elle alla frapper discrètement à sa porte, et prêta l'oreille.

Aucun bruit ne se fit entendre.

Elle frappa plus fort, mais le silence continua.

— Non ! fit-elle en laissant tomber avec découragement sa tête sur sa poitrine, le vicomte disait vrai, il n'y est pas.

Et l'éclair d'espérance qui était venu se glisser dans son âme disparut pour faire place à un complet abattement.

Sans force, et les yeux baignés de pleurs, elle s'agenouilla devant son prie-Dieu, et, du fond de son cœur, elle adressa au ciel une prière sainte comme la pensée qui l'inspirait et qui dut monter vers Dieu, comme la fumée de l'encens, pleine de suavité et de parfum.

Lorsque sa prière fut achevée, elle se sentit plus résignée.

La prière console et fortifie.

Et elle avait besoin d'être consolée, le malheur qui la frappait la laissait seule en butte à l'amour du vicomte.

Elle réfléchit à cet isolement, et le nom de Frédéric vint errer sur ses lèvres.

Soudain Francine vint la prévenir que le baron de Montlieu sollicitait la faveur de se présenter devant elle.

— Lui ! s'écria la jeune fille dont la joue s'empourpra.

Et elle resta un moment sans répondre.

Certes, la présence de celui qu'elle aimait ne pouvait qu'apporter un rayon de joie au fond de son cœur, et cependant elle hésitait à donner l'ordre de l'introduire : il lui semblait que profiter de l'événement qui mettait son père dans l'impossibilité de s'opposer à ce qu'elle vît le jeune homme était mal faire ; la désobéissance dans une semblable circonstance devenait un crime ; puis elle songea au retour du vicomte, qui, d'un instant à l'autre, pouvait revenir à l'hôtel, et elle eut peur. Elle allait refuser impitoyablement la porte, mais bientôt sa pensée changea de cours ; elle se dit que, si le baron osait en plein jour demander à la voir, c'est qu'il savait que le marquis était arrêté, et qu'il venait, non pour parler d'amour, elle lui supposait trop de délicatesse pour cela, mais peut-être pour lui apporter quelque meilleure nouvelle ou lui donner le moyen de rendre le marquis à la liberté.

Et elle commanda à Francine de le faire entrer.

Frédéric parut.

Son visage exprimait la tristesse et le découragement. Adrienne leva les yeux sur lui, et elle fut touchée de sa pâleur.

— Mademoiselle, dit le jeune homme après l'avoir saluée, pardonnez-moi si j'affronte le risque de vous déplaire en venant ici sans y être appelé.

— Oh ! je vous pardonne, et je vous remercie d'être venu, car je vous attendais ; vous venez me parler de mon père, n'est-ce pas ?

— Quoi ! vous savez ?...

— Oui ! je sais qu'il a des ennemis puissants, m'a-t-on dit, et qu'il est à la Bastille ; mais vous, que savez-vous ? Oh ! de grâce, ne me cachez rien.

Le jeune homme regarda fixement Adrienne ; il ne lui fut pas difficile de reconnaître, à l'air de franchise qui brillait dans son regard, qu'elle ignorait dans quelles circonstances le marquis avait été arrêté et qu'elle était tout à fait étrangère aux menées des convulsionnaires.

Pas plus que M. de Roncenelles, il ne jugea à propos de l'instruire de ce qu'elle ignorait, et il se garda bien de lui révéler les turpitudes dont il avait été témoin dans la maison du Diable.

— Je crois, lui dit-il, qu'il s'agit d'une chose peu importante ; d'ailleurs, un duel, une querelle, le moindre incident peuvent amener l'arrestation d'un gentilhomme ; mais, après quelques jours de captivité, les portes s'ouvrent habituellement, et si M. le marquis, votre père, a des ennemis, il a aussi des amis, et nul doute qu'avant peu il n'ait recouvré sa liberté.

— Oh ! oui, n'est-ce pas ?

— Et lorsqu'il sera revenu, rien ne s'opposera plus à ce que votre mariage se fasse avec l'époux qu'il vous a choisi.

— Mon mariage... oh ! taisez-vous !

— Pourquoi me tairais-je ? n'est-ce point une chose convenue ? Vous voyez bien que je ne vous fais aucun reproche.

— Oh ! mon Dieu ! exclama la jeune fille.

— Seulement, avant de quitter Paris, où je n'ai plus ni joie ni bonheur à espérer, avant de vous dire un éternel adieu, j'ai voulu vous voir une dernière fois, avant de vous rendre cette croix que vous m'aviez donnée comme un gage de la sincérité de vos serments, cette croix que je portais pieusement sur mon cœur et que je vous restitue, car elle me brûle la poitrine.

Et il présenta à Adrienne la petite croix d'or qu'elle lui avait remise lors de leur entrevue dans le jardin de l'hôtel.

— Frédéric, dit-elle en baissant la tête, vous êtes cruel !

— Ainsi, fit le jeune homme avec accablement, il est donc vrai ! on ne m'avait pas trompé ! vous en épousez un autre, et c'est vous qui m'appelez cruel ! Oh ! tenez, j'étais bien naïf, je l'avoue, mais je ne voulais pas croire à une semblable perfidie, et il a fallu que vos lèvres me l'annonçassent pour que je fusse certain que cela était.

— Frédéric, de grâce...

— Mais alors, reprit le jeune homme en s'animant, puisque votre cœur était déjà donné à un autre, pourquoi m'avoir laissé entrevoir un bonheur que vous deviez me refuser plus tard ? pourquoi m'avoir permis de vous dire : je vous aime, pour me briser le cœur ensuite ? Mais vous ne comprenez donc pas que cet amour que vous avez allumé dans mon âme est de ceux qui dévorent et qui tuent !

— Oh ! mon Dieu ! mon Dieu ! fit la jeune fille dont les yeux se baignèrent de larmes. Mais est-ce ma faute, à moi, si la volonté de mon père m'oblige à lui obéir ; il m'a dit qu'il voulait que le vicomte de Roncenelles fût mon époux, et je n'ai su que pleurer.

— Quoi ! après m'avoir juré un amour éternel, vous n'avez pas trouvé une parole pour apprendre à votre père que vous ne pouviez être la femme de cet homme ! vous n'avez pas trouvé un geste pour le supplier...

— Non ! car j'avais peur !

— Dites plutôt que vous aimez M. de Roncenelles ! Oh ! mais, c'est sur lui que je me vengerai ! Ah ! vous avez cru qu'après m'avoir montré le ciel, il suffirait de me dire oubliez-moi, pour que je consente à vous céder à un autre ; non pas : cet autre, je le tuerai !

— Que dites-vous, Frédéric ? Mon ami, écoutez-moi ; tout espoir n'est peut-être pas perdu, et vous savez bien que c'est vous seul que j'aime.

— Oui ! ce qui ne vous empêche pas d'accepter la main de M. de Roncenelles !

— Frédéric, reprit Adrienne en donnant à sa voix une certaine expression de gravité, tout à l'heure j'ai écouté vos reproches, et Dieu sait si je les mérite. Vous m'avez fait bien souffrir ! cependant je vous pardonne, parce que je crois que vous m'aimez ! Mais pouvez-vous me faire un crime d'obéir à mon père et de n'avoir que des larmes à lui opposer ? Quoi ! c'est lorsque vous me voyez triste et désolée, qu'au lieu de me plaindre et de chercher à calmer mes inquiétudes, vous m'accablez !

— N'ai-je pas le droit d'être surpris ?

— Vous vous étonnez de ce que je n'ai pas fait à mon père l'aveu de notre amour ; j'ai fait plus, et ce matin même j'ai appris à M. le vicomte de Roncenelles...

— Il est ici ? interrompit brusquement Frédéric.

— Non, répondit la jeune fille avec calme, mais il y est venu : je lui ai appris, dis-je, l'amour qui nous unissait, j'ai fait appel à sa loyauté de gentilhomme, et je lui ai dit que j'avais juré de n'être jamais à d'autre qu'à vous.

— Il se pourrait ?

— Oh ! croyez-le, Frédéric, mon cœur battait bien fort tandis que je lui parlais ; j'avais bien peur de ne pas oser aller jusqu'au bout, mais Dieu m'a donné du courage, car je pensais à vous, à vous qui ne savez que me gronder, comme si vous vouliez me punir de vous aimer.

— Adrienne, pardon ! oui, vous avez raison, j'ai tort et je devrais tomber à vos genoux et vous bénir, car vous êtes un ange ; mais je crains tant de vous perdre, que la douleur m'égare ! Oh ! puisque voue m'aimez assez pour me pardonner, je suis heureux, je... Voyez, Adrienne, c'est moi qui pleure maintenant ! c'est moi qui vous prie. Adrienne, je vous aime.

Et Frédéric prit les mains de la jeune fille, les baisa et se laissa aller à tous les transports de la passion.

Adrienne, le sein bondissant, la poitrine haletante, sentait peu à peu son cœur s'embraser au contact des chauds baisers du jeune homme.

Soudain celui-ci releva sa tête.

— Adrienne, dit-il, ce que vous avez fait témoigne de la sincérité de votre amour ; mais, croyez-le, cela ne saurait empêcher que l'union projetée par votre père ne s'accomplisse. Qu'a dit le vicomte en réponse à vos paroles ?

— Il a paru mécontent.

— Je le pense, mais il ne vous a pas dit qu'il renonçait à vous ! Oh non ! croyez-moi, cet hommé-là ne peut vous aimer ; il vous épouse, parce que ce mariage favorise peut-être ses vues ambitieuses. Que lui importe que votre cœur soit à moi, si vous lui appartenez ? C'est une femme jeune, noble, enviée, qu'il veut, non pour en être aimé, car il sait bien que cela est impossible, mais pour satisfaire son amour-propre de vieillard, et voilà pourquoi il a jeté les yeux sur vous.

— Quoi ! il sait que je ne l'aime pas, et cela ne l'empêcherait pas de m'épouser ?

— Non ! il traitera votre amour de chimère ; il vous dira que l'on peut étouffer les battements de son cœur sous les dentelles et les diamants, que l'or qu'il prodiguera pour vous donner des fêtes ramènera le sourire sur vos lèvres et le calme sur votre front, et votre père pensera comme lui, parce que l'amour est pour eux une flamme éteinte.

— Oh ! mon Dieu ! Mais alors que faire ?

— Que faire ? je vais vous le dire : il faut vous soustraire à cet hymen fatal qui sera le tombeau de votre jeunesse et de votre beauté ; il faut, si vous m'aimez, avoir confiance en moi et me laisser vous arracher des bras qui s'entr'ouvrent pour vous saisir. Adrienne, je possède à quinze lieues de Paris une terre, dans un pays perdu au milieu des bois : consentez à m'y suivre, et je vous réponds que nul ne saura nous y venir chercher. Réfugiés là tous deux, vivant l'un pour l'autre, sans nul souci que celui de nous aimer, nous n'aurons rien à craindre du vicomte. Adrienne, je vous en conjure, fuyez avec moi ; plus tard, lorsque M. de Roncenelles aura compris que c'est folie à lui de vouloir prétendre à l'honneur de votre main, nous reviendrons.

Le jeune homme parlait encore qu'Adrienne, stupéfaite de la hardiesse de la proposition, s'était levée avec un mouvement de frayeur.

— Monsieur le baron ! s'écria-t-elle, c'est vous qui osez me proposer de quitter mon père, de fuir ?...

— Je vous aime, répondit Frédéric avec fermeté, je vous aime et je veux vous disputer à celui qui veut m'enlever votre amour.

— Mais vous n'y songez pas ! partir avec vous serait un crime.

— Un crime, dites-vous ! Est-ce un crime que de suivre l'époux que son cœur a choisi ? Adrienne, pensez-vous que j'en veuille à votre honneur ? J'ai juré devant Dieu que vous seriez ma femme, et c'est ma femme que je veux préserver. Chère Adrienne, au nom du ciel, ne me refusez pas ; venez avec moi, et Dieu m'est témoin que, tant qu'il me restera un souffle de vie, ce sera pour le consacrer à vous aimer, à vous chérir, à vous défendre.

— Non, taisez-vous. Oh ! c'est mal ce que vous faites, car vous savez bien que je ne saurais lutter contre vous ; mais, au nom de votre mère, ne me forcez pas de devenir coupable, laissez-moi !

— Mais si vous ne voulez consentir à ce que je vous demande, dans quelques jours peut-être vous serez la femme de M. de Roncenelles.

— Assez ! s'écria impétueusement Adrienne. Hier, j'eusse pu vous écouter et vous suivre, parce qu'hier je n'eusse fait, en vous écoutant, que désobéir à mon père ; aujourd'hui, je le trahirais lâchement. Oh ! encore une fois, taisez-vous, Frédéric. Est-il possible que je songe à quitter la maison de mon père quand il gémit dans les cachots de la Bastille ? Mais vous voulez donc que tous les malheurs le frappent à la fois !

— Votre père, dites-vous ! Eh bien ! reprit Frédéric en changeant de ton, puisque vous m'y forcez, je vais vous dire toute la vérité et vous apprendre comment la fuite que je vous propose a non-seulement pour but de vous débarrasser des assiduités du vicomte, mais encore de vous mettre à l'abri d'un danger que je redoute pour vous et dont vous ne soupçonnez pas même l'existence.

— Que signifie ?...

— Tout à l'heure je vous ai dit que M. le marquis de Saint-Acheul était à la Bastille pour un motif frivole sans doute et qui ne pouvait amener une détention prolongée.

— Eh bien ?

— Eh bien ! je vous ai trompée, et les causes qui ont motivé son arrestation sont de nature à attirer sur lui toute la colère de Sa Majesté.

— Quoi ! vous les connaissez, et vous me laissez dans l'inquiétude et l'anxiété !

— Oui, je voulais vous épargner la connaissance de ce fatal secret ; mais maintenant je dois tout vous dire, et vous verrez si j'ai raison de penser qu'il faut que vous quittiez au plus vite Paris.

Adrienne, que ce début était loin de rassurer, pria Frédéric de s'expliquer.

Alors celui-ci lui raconta ce qu'il savait touchant le rôle que le marquis de Saint-Acheul jouait parmi les convulsionnaires, en ayant soin, toutefois, de passer sous silence le détail des cérémonies qu'il présidait et en lui présentant les compagnons de la Marjolaine comme une réunion de jansénistes, d'ennemis du roi.

Adrienne, très-peu versée dans ces sortes de matières, ne retint de ce récit qu'une chose : c'est que son père était un des chefs de ces compagnons, et que, comme tel, il était plus exposé que les autres.

— J'assistais à cette séance, continua Frédéric ; je sais que des recherches actives doivent être faites par M. le lieutenant de police pour découvrir les affiliés aux diverses sectes de convulsionnaires ; déjà ce matin plusieurs personnes, parents ou alliés des sectaires, ont été arrêtées comme suspectes de jansénisme ; d'un moment à l'autre vous pouvez l'être.

— Moi ! mais qu'ai-je fait ?

— Vous êtes la fille de M. le marquis de Saint-Acheul, et cela peut suffire. Oh ! vous ne savez pas jusqu'où va le zèle de M. le lieutenant de police ! Sur un simple soupçon, sur la plus légère présomption, les perquisitions s'opèrent et les prisons s'ouvrent ; aussi, je vous en conjure, n'attendez pas qu'un événement de ce genre arrive. Croyez-moi, laissez-vous conduire en lieu sûr ; et, puisque la protection d'un père vous manque, acceptez celle que vous offre l'homme qui vous aime plus que qui que ce soit au monde, et qui donnerait pour vous son sang et sa vie. Dites un mot, faites un signe qui me fasse comprendre que vous consentez, et nous partons.

Et le jeune homme, les yeux ardemment fixés sur ceux de M^lle de Saint-Acheul, attendait sa réponse ; mais celle-ci, bouleversée par tout ce qu'elle venait d'entendre, cherchait à coordonner dans sa mémoire les différentes raisons que Frédéric alléguait pour la décider à s'enfuir avec lui, et nous devons dire qu'elle était en proie à une grande irrésolution. Une pareille détermination demandait au moins le temps de la réflexion. Donc elle réfléchissait. Soudain l'entrée de Francine vint de nouveau l'empêcher de prendre une décision. Elle venait annoncer M. le vicomte de Roncenelles.

— Lui ! s'écria Frédéric. Et il porta la main à la garde de son épée.

Adrienne avait retrouvé tout son sang-froid.

— Frédéric, lui dit-elle, quelle que soit la légitimité du motif qui vous porte à haïr M. de Roncenelles, vous devez songer qu'il vient ici avec l'agrément de mon père, qui voit en lui mon futur époux ; je ne puis donc me dispenser de le recevoir, et il ne faut pas qu'il vous voie.

— Comment ! vous me chassez !

— Non, reprit la jeune fille en souriant, je veux que vous restiez et que vous soyez témoin de l'entrevue que nous allons avoir. Entrez donc là, et promettez-moi que vous n'en sortirez pas avant que je vous appelle.

Et, soulevant une portière, elle lui montra un cabinet ou plutôt une serre dans laquelle elle l'engagea à entrer.

— Vous le voulez, dit-il, j'obéis.

— Merci, lui répondit-elle.

Et elle laissa retomber la tapisserie. A peine le jeune homme était-il disparu, que le vicomte entra.

Nous l'avons laissé partant de Versailles pour revenir à Paris savoir exactement la cause de l'incarcération du marquis, afin de régler sa conduite à tenir sur ce qu'il apprendrait.

Car, comme on le pense bien, il n'était pas homme à épouser Adrienne si l'affaire de M. de Saint-Acheul était de nature à empêcher le roi de donner suite aux projets qu'il avait.

Et il était bien permis à lui de craindre que Louis XV, tout amoureux qu'il fût de la jeune fille, n'osât pas la désirer, tant il professait d'aversion pour les convulsionnaires, que M. le cardinal Fleury ne cessait de lui représenter comme les implacables ennemis de la religion.

A Paris, on ne s'occupait pas moins qu'à Versailles de la capture opérée dans la *maison du Diable*.

C'était l'événement du jour.

Le nombre des gens arrêtés, le nom des principaux inculpés, tout semblait donner à cette affaire une importance que grossissaient encore et à plaisir tous les gens qui, se disant bien informés, donnaient les détails les plus circonstanciés sur la façon dont elle avait eu lieu.

Et, comme toujours, les avis étaient partagés.

Le menu peuple blâmait, comme d'ordinaire, l'action de la justice, prétendant que chacun devait être libre de se procurer des convulsions, si bon lui semblait, et tout au moins d'assister à des séances, si fécondes en scènes curieuses et pleines d'attraits pour les spectateurs.

Les bourgeois applaudissaient de grand cœur à la mesure de rigueur, sans même prendre la peine de s'enquérir de ce qui l'avait motivée.

Quant aux gens de qualité, ils s'indignaient que des gentilshommes, tels que M. le marquis de Saint-Acheul et le comte Daverne, se fussent compromis de la sorte dans la société de gens sans aveu et de misérables qui formaient le public habituel des réunions convulsionnistes.

Mais, au milieu de ces bruits divers, le vicomte, sans pouvoir se créer une conviction, acquit cependant la certitude que le roi était étranger à l'arrestation du marquis et que le coup venait directement du lieutenant général de police.

Et soudain il songea que M<sup>me</sup> de Mailly pouvait bien y être pour quelque chose. N'avait-elle pas tout intérêt à perdre sa rivale dans l'esprit du roi ? M. de Roncenelles connaissait à fond toutes les roueries de cour. Il s'arrêta à cette pensée, et, ne voulant pas rester plus longtemps dans l'incertitude, il prit le parti de retourner à Versailles et de faire en sorte d'avoir un entretien avec le roi.

— Qui sait? dit-il, loin d'avoir perdu la partie, je suis peut-être maintenant assuré de la gagner.

Et, remontant en carrosse, il se mit en route.

## XIV

Où il sera facile de reconnaître que M. le vicomte de Roncenelles est bien ce que le baron de Montlieu pense.

Bien qu'il eût eu tout le temps de ruminer, pendant le trajet qui sépare Paris de Versailles, ce qu'il devait dire au roi, ce ne fut pas sans une certaine appréhension que le vicomte se présenta devant lui.

Le front du monarque était soucieux.

Il s'entretenait avec M. Chauvelin des affaires d'Espagne, et les nouvelles qu'il recevait du garde des sceaux ne le satisfaisaient pas.

A cette époque, le roi, qui avait une profonde aversion pour ce qu'on est convenu d'appeler la diplomatie, et qui voulait qu'en toutes choses on marchât droit au but, le roi, disons-nous, commençait à s'impatienter des lenteurs sans fin que ses agents ou ministres apportaient dans la conclusion du traité de paix, et, comme jusqu'alors il avait dû laisser au cardinal et au garde des sceaux le soin de terminer au plus vite le différend qui retardait la solution espérée, il ne pouvait guère rien faire sans eux ; mais, quoiqu'il eût une grande confiance en leur capacité réciproque, il regrettait, dans son for intérieur, de ne pas avoir le moyen de s'affranchir de toutes les minuties qui entravaient sa volonté, en obligeant l'Espagne à se prononcer d'une manière franche et définitive.

Mais, pour cela, il eût été nécessaire qu'il prît en main l'examen des questions depuis le commencement des pourparlers, et, quoiqu'il ne manquât pas d'une certaine énergie et d'une grande bonne volonté, il reculait devant le monceau de mémoires, de lettres et de documents qu'il aurait fallu qu'il compulsât afin d'agir avec connaissance de cause.

Car c'était une tâche ardue que celle-là.

Et, tout en essayant de se rendre compte de la valeur des raisons que le garde des sceaux invoquait à l'appui de ses dires, il ne pouvait réprimer les bâillements qui de temps à autre s'échappaient malgré lui de ses lèvres.

A la vue du vicomte, il brusqua la fin de la conversation entamée, congédia le ministre, et, lorsque celui-ci fut éloigné, s'empressa de faire signe à M. de Roncenelles d'approcher.

— Ah ! c'est vous, monsieur, lui dit-il.

Le vicomte redoutait une explosion de colère.

Il s'inclina jusqu'à terre.

— Sire ! fit-il.

— Vous connaissez probablement, reprit le roi, la sotte aventure qui est arrivée à M. le marquis de Saint-Acheul ?

— Je viens seulement de l'apprendre, Sire.

— Eh bien ! que pensez-vous de ceci ?

— Sire, je ne puis que déplorer cet événement.

— Oui ! vous ne m'aviez pas prévenu que M. de Saint-Acheul fût un janséniste.

— Que Votre Majesté me pardonne ; mais je l'ignorais.

— Vraiment, c'est à n'y pas croire ! un gentilhomme donner dans de pareils travers !

L'excuser eût été s'exposer à augmenter la mauvaise humeur du monarque ; le vicomte ajouta :

— Sire, vous m'en voyez peiné au delà de toute expression.

— Mais, reprit le roi, il faut qu'un exemple de sévérité fasse justice de ces excès déplorables.

— Sire, répéta une troisième fois le vicomte, Votre Majesté voit combien je suis désolé que M. le marquis de Saint-Acheul se soit mis dans le cas de lui déplaire ; il est bien coupable.

— Oui, certes.

— Mais je supplie Votre Majesté de croire que je ne connaissais nullement l'existence des criminelles relations qu'il entretenait avec les convulsionnaires.

— Lui ! fit le roi en se promenant à grands pas comme un homme visiblement contrarié ; un homme de qualité ! continua-t-il en se parlant à lui-même ; un père de famille !

— Le père d'une jeune fille vertueuse autant que belle ! hasarda timidement M. de Roncenelles, qui avait cru deviner la pensée du roi.

— Oui, n'est-ce pas, dit vivement Louis XV, M<sup>lle</sup> de Saint-Acheul est restée en dehors de tout ceci ?

— Oh ! Sire, la pauvre enfant ne se doute même pas qu'il y ait des jansénistes.

— Vraiment ! j'en suis ravi ; et, bien que je veuille que la justice sévisse contre le marquis, j'aurai soin qu'Adrienne... C'est Adrienne qu'elle se nomme, je crois ?

— Oui, Sire.

— J'aurai soin, dis-je, que cette pauvre enfant ne soit pas victime des erreurs de son père.

— Oh ! Votre Majesté acquerra, en faisant cela, de nouveaux droits à la reconnaissance de M<sup>lle</sup> de Saint-Acheul, si désireuse déjà de la prouver...

— En effet, vous m'aviez dit, ce me semble, qu'elle était animée des meilleurs sentiments...

— Elle savait que Votre Majesté approuvait mon mariage avec elle.

Le roi ne répondit pas.

— Et voilà ce mariage manqué..., poursuivit de Roncenelles.

— Et votre gouvernement perdu..., répliqua le roi.

— Oh ! Sire, hasarda le vicomte, qui vit que le marquis seul était en défaveur, il y aurait peut-être un moyen de tout réparer.

— Lequel ?

— Je devais avoir l'honneur de présenter M<sup>me</sup> la vicomtesse de Roncenelles à Votre Majesté aussitôt après mon mariage ; mais, si l'arrestation du marquis me prive de cet honneur, il est de mon devoir de conduire M<sup>lle</sup> de Saint-Acheul aux pieds du roi.

— Que dites-vous ?

Et Louis XV surpris regarda fixement le vicomte, qui poursuivit avec une parfaite aisance.

— Sire, le marquis est prisonnier : n'est-il pas tout naturel que sa fille vienne solliciter sa grâce ?

— Mais cette grâce, je ne puis l'accorder !

— Que Votre Majesté permette à M<sup>lle</sup> de Saint-Acheul de venir la lui demander. Si elle la lui refuse, c'est qu'elle sera restée insensible aux larmes et à la beauté de celle qui l'aura implorée.

Le roi ne répondit pas.

Il semblait mal à l'aise ; on voyait qu'un combat se livrait dans son esprit.

M. de Roncenelles épiait un indice sur sa physionomie.

— Mais d'ailleurs, reprit le roi, cherchant un faux-fuyant, comment engager cette jeune fille à venir ?...

— Votre Majesté donne un bal à Versailles, un bal masqué.

L'image d'Adrienne passa rapidement devant les yeux du roi, et il laissa échapper un signe d'assentiment. Ce fut assez pour que le vicomte, enhardi, lui exposât le plan qu'il avait conçu ; il lui détailla tout, jusqu'au costume sous lequel il introduirait la pauvre Adrienne.

— Soit, dit enfin le roi, j'y consens ; mais pas de contrainte, je n'en veux point, et, s'il arrive quelque fâcheuse affaire, c'est à vous seul que je m'en prendrai.

— Sire, Votre Majesté oublie que M<sup>lle</sup> de Saint-Acheul l'aime, insinua adroitement le vicomte.

Et, dans la crainte que le roi ne revînt sur sa détermination, il se hâta de prendre congé de lui.

Louis XV, en songeant au rôle odieux que jouait cet homme, eut honte d'avoir cédé à ses perfides conseils, et fut sur le point de donner des ordres pour qu'on le rappelât ; mais il réfléchit qu'il lui serait toujours loisible de se conduire vis-à-vis de M<sup>lle</sup> de Saint-Acheul comme bon lui semblerait, et bientôt, malgré ce bon mouvement, il ne tarda pas à souhaiter de tout son cœur que la jeune fille vînt lui demander la grâce du marquis.

Quant au vicomte, il s'était immédiatement dirigé sur Paris.

Nous le retrouvons au moment où il était entré dans le salon de l'hôtel de Saint-Acheul, tandis que Frédéric s'était blotti dans l'endroit d'où il pouvait entendre la conversation de son rival avec Adrienne.

Celle-ci reçut M. de Roncenelles avec un calme apparent qui contrastait fort avec le trouble intérieur qui agitait son cœur.

— Monsieur le vicomte, lui dit-elle, vous revenez sans doute m'apporter des nouvelles de mon père ?

— Je viens de Versailles, mademoiselle, et j'ai eu l'honneur de voir Sa Majesté, qui, vous le savez, a daigné approuver notre prochain mariage.

— Monsieur le vicomte, de grâce ! parlez de mon père ; d'ailleurs, il me semble, après la confidence que vous avez reçue de moi, que cette union est impossible.

— Impossible ! et pourquoi ? Retardée, peut-être.

— Mais ne vous ai-je pas dit que j'aimais quelqu'un ?

— Oui ! oui ! c'est convenu, fit le vicomte en souriant ; mais, soyez tranquille, cet amour-là s'en ira.

— Jamais, monsieur ! répondit la jeune fille interdite.

La façon cavalière dont M. de Roncenelles traitait la passion qu'elle avait au cœur pour Frédéric la révoltait, et, à partir de ce moment, l'éloignement et l'aversion qu'elle ressentait à son égard se changèrent en mépris.

Elle fut sur le point de laisser éclater son indignation ; mais elle se contint, se rappelant les droits que M. de Roncenelles tenait de son père, et elle ne fit que ramener le cours de la conversation à son point de départ, c'est-à-dire aux nouvelles du marquis.

— Mademoiselle, lui dit le vicomte, loin de moi la pensée de vouloir vous alarmer ; mais je dois vous faire savoir que M. votre père est plus gravement compromis que je ne le pensais.

— Ciel!

— Sa Majesté est très-courroucée contre lui.

— Oh! mon Dieu! Mais alors il est perdu!

Et la jeune fille, sérieusement affligée, fit un geste de désespoir.

— Non. Il est un moyen de le sauver; ce moyen dépend uniquement de vous.

— De moi?

— Oui. J'ai parlé de vous au roi; je lui ai dépeint le chagrin dans lequel vous plongeait l'arrestation de M. de Saint-Acheul, en le conjurant d'avoir égard à l'isolement auquel cet événement vous condamnait, et mes instantes prières ont fini par le fléchir.

— Vous avez obtenu sa grâce? interrompit vivement Adrienne.

— Non; mais Sa Majesté m'a laissé entrevoir qu'elle ne la refuserait pas, demandée par vous.

— Par moi! Comment?

— Je vais vous le dire. Il y a bal à la cour après-demain, un bal costumé auquel paraîtra Sa Majesté. Vous irez à ce bal.

— Quoi! vous voulez que j'assiste à un bal, à une fête, quand mon père...

— Il le faut, interrompit vivement le vicomte. Vous vous tiendrez prête, ici, à neuf heures du soir; mon carrosse viendra vous prendre, et c'est moi-même qui vous mènerai à Versailles auprès du roi.

— Oh! mon Dieu! Mais que lui dirai-je? Je ne saurai...

— N'ayez aucune inquiétude à cet égard: le roi vous connaît; il vous a déjà vue, m'a-t-il dit, dans la forêt de Sénart, et vous avez fait sur son esprit une impression des plus favorables; vous n'aurez qu'à lui rappeler cette particularité pour qu'il vous accueille avec bienveillance. D'ailleurs, je vous le répète, il est disposé à vous accorder ce que vous lui demanderez.

Adrienne regarda le vicomte avec étonnement; elle crut voir sur son visage une expression singulière; toutefois elle le remercia de la démarche qu'il avait faite et de l'espoir qu'il lui apportait, mais elle lui fit part en même temps de son hésitation à consentir à son désir.

L'idée de se trouver seule en présence du roi, bien qu'elle ne soupçonnât pas la nature du danger qu'elle pouvait courir, l'effrayait.

Le vicomte la railla légèrement sur ses puériles appréhensions, et lui rappela que de l'exécution de ce plan dépendait la mise en liberté de son père.

Il n'en fallait pas davantage pour que la jeune fille se résignât à suivre ponctuellement les instructions qu'elle recevait.

Elle promit donc une obéissance aveugle aux volontés du vicomte, qui lui dicta minutieusement ce qu'elle avait à faire pour se faire reconnaître du roi, et se retira en emportant l'assurance que les choses s'effectueraient ainsi qu'il le désirait.

— Frédéric! s'écria-t-elle aussitôt que M. de Roncenelles fut parti, Frédéric!

Le jeune homme répondit à cet appel en se montrant.

Son front était sombre et son regard sévère.

— Vous l'avez entendu, lui dit Adrienne: je puis sauver mon père, je n'ai qu'à aller demander sa grâce au roi!

Frédéric resta muet.

— Eh bien! qu'avez-vous donc? vous ne répondez pas.

— Je vais vous répondre: l'homme qui sort d'ici est un misérable!

— M. de Montlieu!

— A votre tour, continua le jeune homme, je vous demanderai si vous avez entendu comment il a envisagé l'amour que vous lui avez avoué ressentir pour un autre que pour lui... Or, je vous le dis, tout homme qui consent à épouser une femme alors qu'il sait que le cœur de cette femme ne sera jamais à lui, est un misérable! Oui, M. le vicomte de Roncenelles veut votre main, non parce qu'il vous aime, mais parce que ce mariage sert quelque secret dessein. Oh! vous n'avez pas remarqué, vous, avec quel son de voix perfide il vous a parlé du roi. Dieu veuille que je m'abuse! mais il me semble que je suis sur la trace de quelque lâche machination. Et d'abord, vous n'irez pas à ce bal, n'est-ce pas?

— Ne pas y aller! mais pourquoi?

— Pourquoi?... Mon Dieu, je l'ignore; mais j'ai le pressentiment qu'il vous sera fatal. Adrienne, au nom de notre amour, n'écoutez pas cet homme et venez avec moi. Tout à l'heure, je vous ai proposé de fuir en Normandie; si vous le voulez, nous quitterons

la France, l'Europe ; mais, je vous en conjure...

— Frédéric, dit la jeune fille en l'interrompant, plus je vous écoute, et plus je reconnais la sincérité de votre amour, qui vous
rend jaloux et soupçonneux ; j'ai avoué à
M. de Roncenelles que je vous aimais : c'est
vous dire que maintenant je préférerais mourir que d'être sa femme, et, puisqu'il est instruit de mes véritables sentiments, il faudra
bien qu'il renonce à m'épouser. Comptez sur
moi, et vous verrez que j'aurai du courage
jusqu'au bout. Mais, en ce moment, ce n'est
pas de notre amour qu'il s'agit, c'est de la liberté de mon père. Je puis le sauver, et vous
voulez que je ne le fasse pas ; le roi veut bien
me permettre d'aller implorer sa clémence,
et vous me conseillez de ne pas le faire ! Frédéric, est-ce bien vous qui parlez ?

— Adrienne, vous vous méprenez sur le
sens de mes paroles, et Dieu m'est témoin
que je serais le premier à vous exhorter à
vous rendre auprès du roi, s'il était vrai qu'il
n'eût d'autre pensée que celle de vous rendre
votre père ; mais qui vous dit que tout ceci
ne cache pas un piége dans lequel vous pousse
M. de Roncenelles ?

— Oh ! Frédéric, ne croyez pas cela ! Mais
qui vous fait supposer une pareille trahison
de la part d'un homme qui n'a d'autre tort
que d'être votre rival, et un rival que je
n'aime pas ? Vous le savez bien, d'ailleurs ;
souvenez-vous-en, M. de Roncenelles est
l'ami de mon père, et, à ce titre, il doit être à
l'abri de toute fâcheuse conjecture.

— Oui, je le reconnais, ce que vous dites
est raisonnable et sensé, et pourtant j'insiste ;
une voix secrète me crie que cet homme-là
veut vous tromper, qu'il veut votre perte.
Adrienne, une dernière fois, n'allez pas à ce
bal !

— Ce que vous me demandez là est chose
impossible, répondit celle-ci avec fermeté ; je
vous le répète, M. de Roncenelles m'a dit que
la grâce de mon père était à ce prix, et, quoi
qu'il arrive, j'irai, parce que c'est mon devoir,
et que rien ne doit m'empêcher de l'accomplir.

— Eh bien ! soit, allez-y ; mais moi aussi,
j'irai.

— Vous ! Et comment ferez-vous ?

— Je l'ignore ; mais, je vous le jure, dussé-je
m'y présenter sous un autre nom que le mien,

dussé-je pour cela emprunter les habits et le
visage d'un autre, j'irai, et je vous y protégerai malgré vous.

— Frédéric ! mon Dieu ! vous me faites peur !
Frédéric, rassurez-vous, je n'ai rien à craindre. Dieu permettrait-il que je fusse si calme
auprès de vous s'il y avait danger pour moi ?

— Je ne sais, mais il m'inspirera pour vous
soustraire aux projets de ceux qui veulent
vous perdre.

— Apportez-moi la preuve de ces projets, et
je vous obéirai, dit la jeune fille en lui tendant
la main ; mais, d'ici là, laissez-moi espérer
que bientôt mon père sera libre et qu'il ne le
devra qu'à moi, et alors... est-ce qu'il pourra
me refuser l'époux de mon choix ?

Frédéric n'avait rien à répondre à cela ; il
se retira.

Une heure plus tard, il était sur la route
d'Issy.

Le cardinal n'était-il pas le seul homme qui
pût lui donner la facilité d'entrer à ce bal où
devait assister Adrienne ?

Du moins il le pensait, et c'était en vue
d'obtenir cette faveur qu'il se rendait à la
maison de travail de l'Éminence.

Le jeune homme cheminait tristement, et,
tandis que son cheval, la bride sur le cou,
allongeait ou ralentissait le pas à sa guise, il
repassait dans sa tête tous les événements
qui s'étaient accomplis depuis le jour de sa
première rencontre avec Adrienne sous les
ombrages du cours, réfléchissant aux singuliers incidents qui s'étaient produits depuis
peu autour de lui.

L'affiliation du marquis de Saint-Acheul à
une secte de convulsionnaires, l'éloignement que celui-ci semblait lui témoigner, son
arrestation, tout cela tourbillonnait devant
lui comme une fantasmagorie ; puis c'était le
souvenir des scènes terribles dont il avait
été témoin dans la maison du Diable qui re-
venait à sa pensée, et toujours les paroles du
vicomte de Roncenelles qui vibraient à ses
oreilles comme un bruit sinistre.

Puis il se demandait comment le marquis
de Saint-Acheul avait pu consentir à accepter
un pareil homme pour gendre, et, en remontant aux causes pour expliquer l'effet, il se
prit à penser, ce qu'il n'avait pas encore fait
jusqu'alors, que le marquis pourrait bien être

moins honorable que sa qualité et son rang semblaient le comporter.

Les différentes circonstances dans lesquelles il l'avait vu à plusieurs reprises n'étaient guère, en effet, de nature à donner une haute opinion de lui : tantôt c'était en compagnie de coureurs de nuit et de gazetiers suspects ; une autre fois, c'était au milieu d'une troupe de prétendus convulsionnaires, gens de mince valeur et appartenant pour la plupart aux basses classes du peuple, ou bien encore en dispute avec un manant qui le menaçait et contre lequel il n'avait pas osé sévir.

En vérité, tout cela était étrange.

Or, au moment où il faisait ces réflexions, son cheval s'arrêta court ; soudain il releva la tête comme s'il s'éveillait, et regarda autour de lui tout en pressant les flancs de son cheval pour lui faire continuer sa route.

Mais une expression d'étonnement éclaira son visage : il remarqua qu'il était sur le quai de la Grenouillère, à peu près à l'endroit où, lors du retour de sa première visite au cardinal, il avait sauvé la vie au chevalier de la Feuillée.

Alors il tourna bride, et, remontant un peu en arrière, il chercha à reconnaître le cabaret où il avait transporté le poète agonisant.

Son regard tomba sur le marinier-cabaretier Sulpice, qui se tenait immobile sur le seuil de la porte de son établissement enfumé.

— C'est lui ! s'écria Frédéric, l'homme qui a menacé le marquis, celui qui était, l'autre soir, mêlé aux agents du lieutenant de police ; avant de continuer mon chemin, il faut que je m'arrête ici ; qui sait ? peut-être y trouverai-je le mot de l'énigme que je cherche.

Et, sans plus tarder, il traversa le quai et vint mettre pied à terre devant l'entrée du cabaret de la *Pêche-Miraculeuse*.

## XV

Comment le cardinal Fleury et le marinier Sulpice semblent être tout à fait dévoués aux intérêts de M. le baron de Montlieu.

M. Hérault était rayonnant.

Il s'était promis de traquer sans relâche et d'anéantir jusqu'au dernier des disciples du diacre Pâris ; le succès de son expédition l'encouragea à redoubler de surveillance et de sévérité.

Des perquisitions furent ordonnées chez toutes les personnes suspectées d'être en relation avec les différentes sectes pourchassées ; des récompenses furent offertes à celles placées sous la main de la justice afin de les engager à révéler les noms de leurs cosectaires, et plusieurs, dans l'espoir de recouvrer leur liberté, ne craignirent pas de dénoncer des innocents qui furent préventivement jetés à la Bastille, bientôt exclusivement habitée par des convulsionnaires et des distributeurs de *Nouvelles ecclésiastiques*.

Sulpice avait reçu de vives félicitations pour l'adresse qu'il avait déployée dans toute cette affaire.

Mais le marinier n'était pas complétement satisfait.

Les paroles qu'il avait échangées avec le marquis au moment où il l'avait arrêté le plongeaient dans une grande perplexité d'esprit, et il eut peur, en obéissant au premier mouvement de colère qui l'avait porté à se venger immédiatement de lui, d'avoir commis une étourderie.

Et quoique sa ferme intention eût été de perdre Fanchette en même temps que M. de Saint-Acheul, et qu'il eût tout d'abord éprouvé un vif sentiment de dépit en voyant celle-ci s'échapper du coup de filet qu'il avait jeté au milieu de l'assemblée des secouristes, il ne tarda pas à changer d'opinion et à se réjouir de cette circonstance qui lui permettait d'aller s'informer auprès d'elle de l'usage qu'elle avait fait du papier qu'elle lui avait dérobé.

Lorsqu'il se présenta à cet effet, rue Coquillière, au domicile de la convulsionnaire, il apprit que depuis l'avant-veille elle n'était pas rentrée chez elle.

Il revint tout pensif chez lui, puis, quelques heures plus tard, il s'achemina vers le bureau de police où ses affaires l'appelaient.

Nous venons de dire que M. le lieutenant général de la police était fier de la capture importante qu'il avait faite dans la maison du Diable par l'intermédiaire de ses agents ; son premier soin fut, dès le lendemain matin, d'aller trouver M. Chauvelin et de l'instruire de ce qui s'était passé.

Le garde des sceaux, qui l'avait fait nommer au poste élevé qu'il occupait et qui le tenait en estime profonde, le reçut avec une bienveillance marquée et le félicita du résultat qu'il avait obtenu.

M. Hérault se montra fort sensible à ces louanges, mais il déclara à M. Chauvelin qu'il ne se trouverait satisfait que lorsqu'il serait parvenu à s'emparer de la femme qui exerçait sur les convulsionnaires un ascendant tel que son nom était devenu le drapeau d'une secte ; de la Marjolaine enfin, qui avait échappé, on ne savait comment, aux gens chargés d'opérer son arrestation.

Le garde des sceaux l'encouragea à poursuivre la tâche qu'il s'était donnée, en l'assurant qu'il verrait avec grande joie les prisons s'ouvrir pour y recevoir tous les disciples du diacre Pâris.

Fort de cet appui, M. le lieutenant général de la police se retira en se promettant de redoubler de sévérité et de tracasseries envers les gens qu'on lui signalerait, à tort ou à raison, comme convulsionnaires.

Mais il l'avait dit, ce qu'il lui fallait à tout prix, c'était la Marjolaine.

Naturellement, Sulpice, qui avait fait opérer l'arrestation de la majeure partie des compagnons, fut l'homme sur lequel compta M. Hérault pour l'aider dans cette affaire.

L'amour-propre du marinier devait être piqué au jeu.

La capture qu'il avait fait faire lui avait valu de l'avancement dans le corps respectable des agents secrets ; on lui fit entendre que s'il réussissait, il pouvait en espérer encore.

Et, pour lui faciliter les moyens d'arriver au but, M. Hérault lui fit donner toutes les indications qu'il possédait et qu'il tenait du comte Daverne, qui, dans son premier interrogatoire, avait fourni des renseignements précieux.

Ainsi, il sut que la Marjolaine était une jeune fille née à la ferme des Coudriers, et qui avait été enlevée de la ferme par les convulsionnaires qui l'avaient conduite à Paris.

Jamais homme n'écouta avec plus d'attention les instructions qu'on lui donna que ne le fit Sulpice, en entendant ces particularités.

Il marchait de surprise en surprise.

Le signalement qu'on lui donnait était trop exact pour qu'il lui fût impossible de ne pas reconnaître à l'instant, dans la jeune fille dont on lui traçait le portrait, l'enfant qu'il avait vue naître la veille de son départ de la ferme de M^me Simonne.

Il resta stupéfait à la découverte de cette nouvelle.

Et il ne douta pas, muni des renseignements qu'il possédait personnellement, du succès des recherches qu'il allait entreprendre.

Soudain il crut avoir trouvé, avant même de faire aucune démarche ; voici comment :

Le hasard lui avait appris d'abord l'existence de M. de Montlieu, ensuite celle du marquis de Saint-Acheul, c'est-à-dire du comte de Blancheroy. Or, puisque M. de Blancheroy avait une fille, il était logique de supposer que cette fille fût une convulsionnaire comme l'était son père ; et, en se rappelant quelques lambeaux de la conversation qu'il avait entendue le soir où le marquis de Saint-Acheul et ses acolytes étaient venus chez lui en sortant d'imprimer les *Nouvelles ecclésiastiques*, il s'imagina que la prétendue Marjolaine n'était autre que M^lle de Saint-Acheul.

Cette supposition n'avait rien d'impossible : il avait vu la Marjolaine à la maison du Diable, et il avait cru voir sur son visage quelques traits de ressemblance avec ceux de M. de Saint-Acheul, et, par contre, s'il connaissait l'existence d'Adrienne, il ne l'avait jamais vue ; donc, et en résumé, pour lui la Marjolaine et Adrienne ne faisaient qu'une seule et même personne, laquelle personne était l'enfant née de M^me de Montlieu à la ferme des Coudriers.

Une fois ceci établi, il lui était facile de contenter le désir de M. le lieutenant de police en procédant immédiatement à l'arrestation de la jeune fille ; mais, on l'a déjà vu dans le cours de ce récit, Sulpice, avant d'accomplir une action quelconque, cherchait toujours à se rendre compte du bénéfice qu'elle lui rapporterait et de celui qu'il aurait à ne la pas commettre.

Et, cette fois encore, il crut trouver son intérêt à ne pas précipiter les choses et à attendre, afin de voir s'il n'y aurait pas plus de profit pour lui à s'entendre auparavant avec M. de Montlieu, qui devait ignorer tout cela, et surtout à retrouver Fanchette et à la forcer soit à restituer le papier qu'elle lui avait volé, soit à l'associer à ses desseins.

Ce fut sous l'empire de ces pensées qu'il vit tout à coup le baron de Montlieu descendre de cheval et s'apprêter à entrer chez lui.

Un éclair de joie brilla sur sa physionomie sournoise.

— Allons, se dit-il, c'est le ciel qui l'envoie !

Mais déjà le baron était entré, avait demandé une bouteille et deux verres, et, surmontant la répugnance que lui inspirait le misérable cabaretier, il l'avait engagé à s'asseoir en face de lui et à vider, en sa compagnie, le vin demandé.

Sulpice n'avait garde de refuser un pareil honneur ; il obéit.

— L'ami, lui dit le baron en entamant franchement la conversation, me reconnaissez-vous ?

— Je crois que oui, répondit Sulpice en hésitant.

— Bien ; cependant je vais vous dire mon nom, que vous avez peut-être oublié : je suis le baron Frédéric de Montlieu.

Sulpice salua.

— Une fois, déjà, je me suis assis à cette table avec le chevalier Stéphen de la Feuillée, un brave gentilhomme, que certaine personne de votre connaissance avait fait tout simplement jeter à l'eau.

— M^lle Fanchette, une coquine !

— Ah ! vous avez la mémoire bonne, à ce qu'il paraît ; mais cependant je dois vous faire observer que ce n'est pas M^lle Fanchette qui a ordonné ce bain forcé, mais un homme, encore de votre connaissance, je crois.

— C'est possible ; peut-être bien avez-vous raison.

— Bon ! Une autre fois j'ai eu l'avantage de vous menacer de vous passer mon épée au travers du corps à la suite d'une querelle que vous aviez, si je ne me trompe, avec ce même gentilhomme, car n'est-ce pas un gentilhomme ?

— Qu'on appelle M. le marquis de Saint-Acheul : vous avez encore raison.

— Ah ! je vous remercie ; en me disant son nom vous m'épargnez la moitié du chemin, et je vais maintenant droit au but. C'est vous qui avez fait surprendre les *Compagnons de la Marjolaine*, jeudi, à la réunion de la maison du Diable ?

— Oh ! oh ! je crois plutôt qu'il faut en accuser cette misérable Fanchette.

— Il paraît que vous avez des griefs contre cette honnête personne, mais cela m'importe peu ; ce que je désire savoir, c'est si, en agissant comme vous l'avez fait, vous vouliez frapper les *Compagnons de la Marjolaine* ou seulement M. le marquis de Saint-Acheul.

— Monsieur le baron, fit Sulpice, jusqu'à présent j'ai répondu sans hésiter aux questions qu'il vous a plu de m'adresser ; puis-je savoir, à mon tour, dans quel but vous m'interrogez et ce qui m'arriverait si je ne continuais pas à répondre ?

— C'est juste, je dois, de mon côté, vous donner les explications que vous me demandez. Je vous questionne parce que je veux savoir quelles sont les relations mystérieuses qui existent entre vous, un cabaretier du quai de la Grenouillère, et M. le marquis de Saint-Acheul. Ou je me trompe fort, ou il y a entre vous deux quelque lien ténébreux que je veux connaître.

— Avant que d'épouser M^lle de Saint-Acheul ? Je comprends cela.

Frédéric tressaillit légèrement ; il continua :

— Vous êtes bien instruit, je le vois, mais dépêchons. Je vous ai dit le motif de l'entretien que j'ai en ce moment avec vous ; j'ajouterai que si vous refusiez de continuer à répondre avec la franchise que vous avez apportée jusqu'alors, M. le marquis de Saint-Acheul ne viendra pas aujourd'hui se placer entre vous et mon épée ; tandis que, dans le cas contraire, comme je sais reconnaître un bon office, voici une bourse qui contient cinq cents livres, et que je suis prêt à vous remettre en échange de la vérité.

— Monseigneur, fit Sulpice d'un air parfaitement dégagé, voilà qui est parlé. Quant à votre épée, elle aurait peut-être peine à percer la peau d'un vieux marinier comme moi, et il ne faut pas vous exposer à la casser inutilement.

Frédéric fronça le sourcil avec colère.

— Ne vous fâchez pas, mon gentilhomme ; d'ailleurs, je suis tout disposé à vous servir. Vous, m'offrir cinq cents livres, peste ! voilà qui prouve que vous êtes généreux ; mais gardez votre or, et plus tard nous verrons ; il existe, en effet, un secret entre le marquis

Je lui dis que s'il faisait un pas de plus, j'allais m'y élancer. (Page 79.)

et moi, que je vous révélerai bientôt ; mais il faut pour cela que je retrouve M^lle Fanchette.

— Fanchette ! mais qu'a de commun cette fille... ?

Elle a en main ce qu'il me manque pour vous donner des preuves qu'il me faudra vous fournir, et sans lesquelles je ne puis parler.

— Voyons, trêve à toutes ces réticences : c'est de l'argent qu'il te faut, n'est-ce pas ? s'écria impétueusement Frédéric, plus que je ne t'en ai offert ; eh bien ! fixe toi-même la somme que tu désires, et tu l'auras.

Sulpice hésita un moment.

— Non, fit-il, je vous l'ai dit, tant que je n'aurai pas revu Fanchette, c'est impossible ; aidez-moi à la retrouver, et je vous promets ensuite de tout vous faire connaître.

— Mais, fit le jeune homme en se frappant le front, attends donc, mais oui, je sais où elle est.

— Vous le savez ?

— Oui !

— Alors, dites-le-moi.

Le baron allait lui indiquer l'adresse de Stéphen ; mais il se rappela que son ami avait aussi recueilli chez lui la Marjolaine ; il craignit que ce ne fût un piége ; il reprit :

— C'est-à-dire que je puis le savoir aujourd'hui même, je m'en informerai, et je vous ferai prévenir par mon laquais.

— Comme il vous plaira, mon gentilhomme; mais, en attendant, permettez-moi de vous donner un bon conseil.

— Quel est-il?

— Vous aimez M<sup>lle</sup> de Saint-Acheul...

— Mais qui a pu vous instruire?...

— Qu'importe? puisque je dis vrai..., et M<sup>lle</sup> de Saint-Acheul vous aime; donc vous devez veiller à ce qu'il ne lui arrive pas malheur.

— Que voulez-vous dire?

— Que vous ferez sagement de prendre garde à ce qu'elle ne vous fût enlevée, si, comme je le suppose, le signalement que j'ai se rapporte à elle. Elle est blonde, n'est-il pas vrai? ses yeux sont bleus; elle est grande, pâle...

— Oui! oui! répondit Frédéric atterré. Mais, au nom du ciel! que veut-on faire d'elle?

— Probablement l'envoyer rejoindre son père à la Bastille.

— Elle! mais pour quel motif?

— N'est-elle pas la fille d'un chef de convulsionnaires?

— Sans doute, mais elle n'a pris aucune part aux extravagances de son père.

Frédéric, tout en essayant de se persuader qu'Adrienne ne courait aucun danger, était loin d'être rassuré; ce que lui apprenait le marinier, il l'avait prévu, on le sait, puisqu'il en avait prévenu Adrienne.

Cependant il voulut tâcher d'être plus amplement renseigné, et il demanda au marinier ce qui lui faisait penser qu'on en voulût à la liberté de la jeune fille.

— Ah! ceci, mon gentilhomme, se rattache encore au secret dont nous parlions tout à l'heure; mais, je vous le répète, veillez sur elle, croyez-moi, monsieur le baron; bien que mes paroles et ma conduite doivent vous surprendre, ne voyez en moi qu'un homme tout dévoué au fils du baron Julien de Montlieu.

— Quoi! vous savez aussi le nom de mon père!

— Oui!

Surpris au delà de toute expression, le jeune homme tenta de nouveau de faire parler plus clairement Sulpice, mais ce fut en vain : prières, menaces, supplications, tout fut inu-

tile, et il le quitta plus bouleversé que jamais par les quelques mots qu'il lui avait dits, et qui le plongeaient dans un dédale inextricable de conjectures.

Mais il n'avait pu se défendre d'un certain sentiment de reconnaissance envers l'homme qui paraissait réellement dévoué à ses intérêts, et il lui promit de l'envoyer chercher dès le lendemain pour lui donner l'adresse de Fanchette, et en même temps pour s'entretenir avec lui de M<sup>lle</sup> de Saint-Acheul.

C'était tout ce que voulait Sulpice.

En sachant où le jeune homme cacherait celle qu'il prenait pour la Marjolaine, il lui restait toujours la facilité de s'emparer d'elle quand bon lui semblerait, et personne autre, parmi les agents de M. Hérault, ne pourrait lui couper l'herbe sous le pied.

Frédéric, agité de façons diverses et pressé de voir Stéphen, ne fit qu'une traite du quai de la Grenouillère à Issy, où il était important qu'il se rendît avant tout, et pour avoir des nouvelles de M. de Saint-Acheul, et pour aviser au moyen d'aller au bal de la cour, s'il ne pouvait parvenir à empêcher qu'Adrienne y assistât.

Il fut reçu par Son Éminence comme un homme qu'on attendait.

Aux premiers mots qu'il prononça, le cardinal l'interrompit pour lui demander s'il était toujours amoureux de M<sup>lle</sup> de Saint-Acheul.

— Oh! monseigneur, répondit-il, puis-je la rendre responsable des fautes de son père, et n'est-ce pas maintenant qu'elle est seule et sans appui que mon amour doit se doubler?

— Mais vous avez un rival, reprit le cardinal.

— Oui, monseigneur, le vicomte de Roncenelles.

Et il lui raconta ce qu'il savait touchant les projets d'union arrêtés entre ce dernier et le marquis de Saint-Acheul, la conversation qui avait eu lieu entre le vicomte et Adrienne, conversation qu'il avait entendue et dans laquelle M. de Roncenelles avait persuadé à la jeune fille qu'il suffirait qu'elle allât demander au roi la grâce de son père pour l'obtenir, et il termina en suppliant le ministre de lui procurer une entrée au bal où la jeune fille devait voir le roi, de façon qu'il pût ne pas perdre de vue M. de Roncenelles, qu'il soupçonnait de méchant dessein, peut-être même d'enlèvement, dit-il, en songeant aux paroles de Sulpice.

Le cardinal lui signa un papier qui devait lui donner libre accès au palais.

— Oh ! merci, monseigneur, fit le jeune homme ivre de joie, et maintenant, si ce rival maudit médite quelque perfidie, malheur à lui !

Le cardinal sourit.

— Ce n'est pas celui-là qu'il faut craindre ; dit-il, mais il en est un autre beaucoup plus dangereux pour vos amours.

Frédéric regarda le vieillard en ouvrant de grands yeux. Quel pouvait donc être ce second rival dont il ne soupçonnait pas même l'existence ?

Le ministre prit la lettre de la princesse de Carignan et la lui donna à lire.

Le visage du jeune homme devint pâle comme un suaire.

— Oh ! mon Dieu, s'écria-t-il, je devine tout, l'insistance du vicomte pour qu'elle aille à ce bal... Oh ! c'est infâme ! mais que faire ?

— Quoi ! vous voilà déjà désespéré ?

— Mais puis-je lutter contre le roi ?

— De ruse, oui. Qui vous empêche de mettre celle que vous aimez à l'abri des entreprises de ceux qui voudraient en faire une favorite ?

— J'y avais déjà songé, monseigneur.

— Eh bien ! faites-le.

— Mais elle refuse, elle !

— Ah ! serait-elle ambitieuse ?

— Oh ! ne le pensez pas, monseigneur, et lorsqu'elle connaîtra le piége creusé sous ses pas, nul doute qu'elle ne consente à me suivre ; d'ailleurs, ajouta-t-il, je saurai bien l'y obliger.

— A la bonne heure !

— Et lorsque M. le vicomte de Roncenelles viendra chercher M<sup>lle</sup> de Saint-Acheul pour la conduire à Versailles, il y aura longtemps que l'hôtel sera vide.

Certes, prendre l'avance et fuir au plus vite, c'était bien ; mais le cardinal avait d'autres vues, et ce qu'il voulait surtout, c'était punir le vicomte de l'intention qu'il avait d'opposer à M<sup>me</sup> de Mailly une femme destinée à lui enlever le cœur du roi, et, pour cela, il exposa au jeune homme un plan qui secondait merveilleusement ce dessein.

Ce plan était fort simple.

Il s'agissait de substituer une autre personne à M<sup>lle</sup> de Saint-Acheul sans que le vicomte s'en aperçût, de façon que celui-ci la présentât à son lieu et place au roi, qui ne manquerait pas d'être transporté de colère et de disgracier le vicomte.

Frédéric accepta avec empressement ce projet qui lui souriait doublement, en ce sens qu'il était conseillé par le ministre, ce qui le mettait à couvert des suites de cet événement, et qu'il lui donnait l'occasion de se venger de son rival.

Il ne lui restait plus qu'à s'enquérir des détails et des moyens d'exécution ; le cardinal prescrivit tout, détermina l'heure exacte à laquelle, on saura bientôt pourquoi, un carrosse envoyé par lui et destiné à emmener les fugitifs devait se trouver, non devant la porte principale de l'hôtel, mais devant celle du jardin ; enfin il promit au jeune homme toute sa protection dans le cas où quelque incident non prévu se produirait ; mais il lui recommanda de la façon la plus formelle de ne rien changer aux choses convenues.

Frédéric n'avait garde de mécontenter Son Éminence.

Il lui promit de lui obéir en tous points.

Restait à trouver une jeune fille qui consentît à prendre la place de M<sup>lle</sup> de Saint-Acheul, et qui voulût bien s'exposer à jouer un rôle de nature à la conduire tout droit à la Bastille.

Cela devait être assez difficile.

Mais Frédéric, en sa qualité d'amoureux, ne doutait de rien, et il ne connaissait pas d'obstacles invincibles ; donc, après avoir remercié le cardinal de la bonté qu'il avait de le seconder dans une semblable entreprise, il le quitta en lui réitérant la promesse qu'à l'heure dite la remplaçante de M<sup>lle</sup> de Saint-Acheul serait prête à monter dans le carrosse qu'il avait la complaisance de mettre à sa disposition.

## XVI

Où l'on voit les principaux personnages de cette histoire puiser leurs inspirations dans l'amour qu'ils ressentent.

Nous avons laissé le chevalier Stéphen en compagnie de la Marjolaine et de Fanchette, assez embarrassé d'ailleurs de savoir ce qu'il allait pouvoir faire de ces deux jeunes filles qui étaient venues l'une et l'autre lui demander aide et protection.

La vue de la Marjolaine avait éveillé en lui le souvenir de l'amour qu'elle lui avait témoigné alors qu'il habitait le château de la Feuillée, et il brûlait du désir d'apprendre de sa bouche le motif de sa présence parmi les convulsionnaires, alors qu'il la croyait vivant tranquillement auprès de la fermière Simonne.

Aux quelques mots que la pauvre fille avait prononcés, Stéphen avait pu se convaincre qu'il était toujours aimé, et cependant l'influence que le comte Daverne avait sur elle semblait accuser un lien étroit entre elle et cet homme.

Et c'était justement tout cela qui préoccupait fort le chevalier.

Enfin on arriva au domicile du jeune homme.

Les deux convulsionnaires étaient en sûreté.

Stéphen donna immédiatement à son laquais l'ordre d'allumer un bon feu et de dresser une table abondamment pourvue de tout ce qui pouvait être nécessaire pour remettre les jeunes filles des émotions de la soirée.

Fanchette se restaura volontiers.

Quant à la Marjolaine, elle se sentait trop impressionnée pour y songer.

Mais cela ne faisait pas l'affaire du chevalier, qui, lui-même, tout bouleversé par le spectacle des scènes étranges qui s'étaient passées devant lui, et par les singulières rencontres qu'il avait faites dans la maison du Diable, avait besoin, afin de mettre un peu d'ordre dans ses idées, de quelque réconfortant.

Donc il obligea Antoinette à prendre un doigt ou deux d'un excellent bordeaux et quelques pâtisseries, et se versa une copieuse rasade qu'il absorba ; après quoi, attaquant vigoureusement une volaille froide, il montra qu'il était homme à savoir faire honneur à un souper.

Après avoir bu et mangé pendant quelques instants en silence, il repoussa soudain son assiette et son verre loin de lui, et s'écria :

— Morbleu, la Marjolaine ! puisque je t'ai retrouvée, je veux que tu reprennes tes belles couleurs d'autrefois,

Tes lèvres, mon Amaryllis,
Ton teint de rose et puis de lis.

— Ah çà, mais, par Jupin ! m'expliqueras-tu enfin comment de pauvre paysanne tu t'es tout à coup transformée en prophétesse de ce bon M. Pâris ?

Antoinette ne répondit pas, mais elle leva ses beaux yeux sur Stéphen, et celui-ci y vit briller une larme.

— Marjolaine, je t'ai froissée, mon enfant : pardonne-moi.

Et il prit les mains de la jeune fille, qu'il serra dans les siennes.

Celle-ci jeta un regard sur Fanchette, qui soupait...

Le jeune homme commença à comprendre que la présence d'une femme, et surtout d'une femme jolie comme l'était Antoinette, ne pouvait qu'animer et réjouir son habitation solitaire, mais que celle de deux femmes pouvait être fort gênante.

Cependant l'aiguille de la pendule marquait une heure du matin ; il ne pouvait songer à renvoyer Fanchette, et d'ailleurs, quels que fussent les griefs qu'il avait contre elle, la jeune fille l'avait supplié de lui donner asile pour la sauver de la Bastille : il fallait bien qu'il la supportât, mais il désira que ce fût le moins longtemps possible.

Donc, respectant les scrupules d'Antoinette, qui paraissait ne se résoudre qu'avec peine à parler devant Fanchette, il s'adressa à celle-ci :

— Ma belle enfant, lui dit-il, maintenant que vous voici en sûreté et que vous me semblez à peu près remise de votre chute, puis-je vous demander si vous supposez que j'aie oublié la façon exécutive dont vous avez conseillé à M. le marquis de Saint-Acheul de se débarrasser de moi, lorsque, pour vous rejoindre, je suis monté à bord du *Parisien ?*

— Oh ! monsieur, croyez-le bien, répondit Fanchette en rougissant légèrement, ce n'est pas moi qui lui ai suggéré cette mauvaise pensée, je n'ai été coupable que de vous avoir abandonné dans l'île aux Cygnes.

— Hum ! ne parlons pas de cela, interrompit soudain le jeune homme, qui ne tenait

pas à ce qu'elle racontât sa ridicule odyssée
devant la Marjolaine ; mais vous allez me
dire quels sont, puisque le conseil ne venait
pas de vous, ceux qui m'ont jeté à l'eau sur
l'ordre que leur en a donné le marquis, afin
que, si plus tard je les rencontre, je leur fasse
faire connaissance avec la pointe de mon
épée.

— Hélas ! monsieur le chevalier, ils sont
peut-être maintenant à la Bastille ; cependant je crois que ce fut M. de Romany, aidé
d'un autre gentilhomme dont j'ignore le nom.

— Des gentilshommes, palsambleu ! Oui,
M. de Romany, il me semble que j'ai entendu
prononcer ce nom-là ! Ah ! si je le retrouve,
celui-là, il saura ce qu'il en coûte à jouer de
pareils tours ! Mais causons un peu de vous :
qu'allez - vous faire si vous craignez de retourner chez vous ?

— Oh ! je vous en prie, monsieur le chevalier, protégez-moi pendant quelques jours seulement, car j'ai peur de la Bastille ; oh ! oui,
j'ai peur, et je vous promets de ne jamais retourner aux assemblées.

Fanchette disait vrai en avouant qu'elle
avait peur, car rien qu'en prononçant ce mot
de Bastille elle frissonna et pâlit.

Stéphen n'osait pas insister pour lui faire
comprendre qu'il ne pouvait la garder indé-
finiment auprès de lui.

Mais la jeune fille sentit ce qui se passait
dans l'esprit du chevalier, et ses alarmes re-
doublèrent.

On s'étonnera peut-être du changement
qui s'était opéré dans le caractère gai et in-
souciant de la convulsionnaire que l'on a vue
jusqu'alors mêlée aux intrigues des uns et
des autres, et qui ne manquait ni d'audace ni
de rouerie ; mais il faut dire que, cédant un peu
à son goût pour les aventures, elle avait toujours vu, dans le rôle de convulsionnaire, un
divertissement et peut-être bien un prétexte
aux galanteries, et elle avait joué avec le
danger, se fiant toujours sur son habileté
féminine et sur les ressources de son esprit
inventif pour l'éviter ; mais, lorsqu'elle s'était
vue sur le point d'être arrêtée et jetée en
prison, peut-être pour n'en plus sortir, elle
avait, en un clin d'œil, fait un tel retour sur
elle-même, qu'elle avait juré, si elle se tirait
de là, non-seulement de ne plus s'embarquer
dans de pareilles entreprises, mais encore de

rompre toute relation avec ses frères en convulsions.

Elle n'avait plus qu'un désir, celui de quitter Paris au plus vite, afin d'être tout à fait
hors des atteintes des gens qui pouvaient la
signaler à la justice comme l'une des plus
habiles distributrices des *Nouvelles ecclésiastiques*.

Quant au papier qu'elle avait si adroitement soustrait à Sulpice, elle regrettait bien
de ne pas l'avoir donné au marquis en échange
des mille livres convenues ; mais elle ne songeait en aucune façon à en tirer profit, tant
elle craignait de se compromettre en attirant
sur elle la vengeance de qui que ce soit.

Lorsque Stéphen eut parlé de départ, elle
le conjura de lui permettre de demeurer chez
lui jusqu'à ce qu'elle eût la certitude qu'elle
n'était pas poursuivie ; et comme Stéphen lui
observait la difficulté qu'il avait déjà à offrir
à la Marjolaine une retraite, Fanchette lui
déclara que, loin de prétendre aux mêmes
égards que la Marjolaine, elle ne demandait
pour toute faveur que d'être admise à lui
servir de femme de chambre.

Il n'était pas possible de lui refuser cela,
d'abord parce que c'était se contenter de peu,
et ensuite parce qu'il était à craindre que, si
Stéphen l'eût renvoyée chez elle, elle ne se
fût vengée de lui en dénonçant la Marjolaine,
qui, selon toute probabilité, devait être acti-
vement recherchée par les agents de M. Hérault.

Donc elle put se considérer comme faisant
partie de la maison du jeune homme, qui
donna les ordres nécessaires pour qu'un lit
lui fût préparé et qui resta enfin seul avec
Antoinette.

Ce fut alors que Stéphen put remarquer
toute l'étendue de la transformation qui avait
eu lieu en elle.

Il avait quitté une pauvre paysanne niaise
et naïve, il retrouvait une femme jeune, belle,
séduisante, dont le langage comme les façons,
et nous pouvons dire la physionomie, s'é-
taient transfigurés.

Oh ! alors ce fut à Stéphen de se réjouir et
de se féliciter du hasard qui l'avait rapproché
d'elle.

— Marjolaine, ou plutôt, non, Antoinette,
s'écria-t-il en s'asseyant auprès d'elle, car
je ne veux plus vous donner ce vilain nom

qui me rappelle les horribles scènes dont j'ai été le témoin ! Antoinette, mais dites-moi donc comment il se peut faire que vous soyez là près de moi, que votre main touche la mienne ?

— Monseigneur, répondit modestement Antoinette, ne m'aviez-vous pas dit, la dernière fois que je vous vis dans le bois des Coudriers, que vous m'attendiez à la cépée ?

— Oh ! Antoinette, ne m'accusez pas ! Oui, ma conduite a dû vous paraître étrange ; vous m'aviez dit : je vous aime, et j'ai fui loin de vous ; mais, croyez-moi, en agissant comme je l'ai fait, j'obéissais à la voix de l'honneur, je vous le jure.

— Je vous crois, car vous êtes un bon et noble gentilhomme, vous ! Oh ! mais combien j'ai souffert, combien j'ai versé de larmes !

— Chère Antoinette !

— Et, pour vous rejoindre, j'ai quitté ma bonne mère Simonne, j'ai abandonné la ferme, j'ai suivi cet homme qui m'a dit venir de votre part, et qui m'a tant fait faire de chemin ! Oh ! mais vous ne m'en voudrez pas, n'est-ce pas ? car maintenant, depuis que je vous ai revu, j'ai toute ma raison. Mais je me souviens…, oui, là-bas à la ferme, on disait que j'étais folle, folle ! parce que je croyais toujours vous voir revenir, et qu'en vous attendant, je ne faisais que pleurer ; folle parce que, pour être belle à vos yeux, je cherchais tout le jour des fleurs que vous aimiez et que j'en parais mes cheveux !

— Pauvre enfant !

— Folle ! il le disait aussi, lui ; cependant il me forçait à montrer cette folie à tous ces gens qui me regardaient, qui m'écoutaient, qui me faisaient peur, et, quand je refusais d'y aller, il me disait que je n'aimais plus le chevalier Stéphen de la Feuillée, et que les compagnons le feraient mourir !

Tout en parlant, les lèvres de la jeune fille frémissaient, son regard se voilait, son front pâlissait.

Stéphen crut reconnaître les symptômes qui s'étaient produits chez les convulsionnaires de la maison du Diable, alors qu'ils étaient sur le point de tomber en pamoison.

Il eut peur, mais la Marjolaine laissa errer son regard sur lui, et un doux sourire éclaira soudain son visage.

— Oh ! ne craignez rien ! je suis heureuse maintenant et je ne suis plus folle.

Stéphen était ému jusqu'au fond de l'âme, et, chose singulière, lui si audacieux habituellement auprès des femmes, si perpétuellement disposé à cueillir un baiser ou à débiter un compliment, il restait là immobile devant cette jeune fille, seule avec lui, au milieu de la nuit, et c'est à peine s'il osait s'approcher d'elle.

On eût dit que l'abandon et la confiance que celle-ci montrait ne faisaient qu'augmenter le respect qu'il avait instinctivement pour elle, car Antoinette ne cachait en aucune façon la joie qu'elle éprouvait d'être réunie à lui ; elle le lui disait, mais absolument avec la même sincérité que si elle eût parlé à son frère.

Et le poëte licencieux, le coureur de ruelles, le gentilhomme ami du plaisir et de l'amour facile, ne savait aussi trouver que des caresses fraternelles pour exprimer ce qu'il ressentait.

Mais il avait hâte de connaître tous les détails de l'existence qu'avait menée la jeune fille depuis le jour où il l'avait laissée à la Feuillée, et il la pria de les lui raconter.

Antoinette ne demanda pas mieux, et, avec une entière franchise, elle fit la narration fidèle de sa douleur passée, de son entretien avec le curé Blondel et la Simonne, de son départ de la ferme, et enfin des pérégrinations que lui avait fait faire le comte Daverne, sous prétexte de la mener à Paris auprès de Stéphen !

Celui-ci écouta ce récit avec un vif intérêt, et plusieurs fois il l'interrompit pour témoigner à la jeune fille de la part qu'il prenait aux dures épreuves qu'elle avait eu à traverser.

Lorsqu'elle eut fini, il fut tenté de se jeter à ses genoux pour lui demander pardon d'avoir été la cause de toutes ses infortunes.

— Oh ! Antoinette, s'écria-t-il, c'est Dieu qui a voulu que je vous retrouvasse pour que je connusse l'amour. Antoinette, je vous aime, car vous êtes un ange !

A ce moment, certes, il disait vrai ; car il aimait véritablement, et jamais il ne s'était senti si profondément ému auprès d'une femme qu'il l'était.

Et cependant c'était un terrible coureur d'aventures que M. le chevalier de la Feuillée !

Mais jusqu'alors, tout en offrant son cœur et ses vers à toutes les jolies personnes qu'il rencontrait sur son chemin, il n'avait fait qu'obéir aux capricieux désirs que la vue de deux beaux yeux avait toujours le privilége d'allumer en son âme. Antoinette lui inspirait un sentiment tout différent et tout nouveau.

Nous l'avons dit, la Marjolaine n'était plus cette paysanne ingénue d'autrefois ; le peu d'éducation qu'elle avait reçue depuis, et peut-être plus encore les circonstances singulières dans lesquelles elle s'était trouvée, avaient fait d'elle une femme séduisante et bien capable d'inspirer une sérieuse passion.

Et d'ailleurs Stéphen n'avait qu'à mettre en regard de la frivolité de la plupart des femmes qu'il avait cru aimer, la sincérité et la réalité de l'amour de la jeune fille, pour se convaincre de la différence qui existait en sa faveur.

N'était-il pas naturel qu'il fût touché des peines qu'elle avait endurées et supportées sans se plaindre pour se rapprocher de lui ?

Donc, absorbé dans la contemplation de la jeune fille, il s'enivrait du son de sa voix et des lueurs de son regard.

Soudain il tressaillit comme s'il eût été mordu par une vipère.

Une pensée rapide, froide comme l'acier, aiguë comme la pointe d'un stylet, venait de sourdre en son cœur.

— Mais, Antoinette, lui dit-il en pâlissant, cet homme, ce comte Daverne, il vous aimait, lui ?

Et, anxieux, il attendait la réponse de la jeune fille.

— Non, dit-elle.

Ce non, quelque accentué qu'il fût, ne put chasser complétement le soupçon qui s'était glissé dans l'esprit du chevalier.

Un nuage assombrissait son front.

— Ainsi, reprit-il, pendant tout le temps que vous êtes restée avec le comte, il n'a jamais tenté d'être pour vous autre chose qu'un étranger ?

— Non ! il savait bien que je vous aimais.

Le chevalier se disait à lui-même qu'à la place du comte une pareille raison ne l'eût guère intimidé, mais, en songeant à la franchise de la jeune fille, il sentit peu à peu

s'évanouir le doute qu'il avait formé ; toutefois il continua encore, afin de n'avoir plus pour l'avenir à revenir sur ce sujet, à lui adresser quelques questions qui devaient le fixer définitivement.

— Je me rappelle, lui dit enfin la Marjolaine, qu'un soir, avant de se retirer dans l'appartement qu'il occupait, il me demanda la permission de m'embrasser. Je ne voulus pas ; alors...

— Alors ?... fit vivement Stéphen qui était redevenu soucieux.

— Alors il s'avança comme pour m'embrasser malgré moi.

— Misérable ! fit Stéphen.

— Mais je lui montrai la fenêtre toute grande ouverte et je lui dis que, s'il faisait un pas de plus, j'allais m'y élancer ; il vit que je n'hésiterais pas, et il se retira. Depuis ce jour, jamais il ne chercha à renouveler sa tentative.

Chacune des paroles d'Antoinette, empreinte d'un cachet de vérité qu'il était impossible de méconnaître, ramenait la sérénité sur le front du jeune homme, qui bientôt eut honte d'avoir pu soupçonner un seul instant la noble et candide personne dont il avait tant de preuves d'amour.

Depuis longtemps le feu qu'on avait allumé dans la cheminée s'était éteint, l'aube commençait à blanchir les vitres, que les deux jeunes gens causaient encore. Pour la dixième fois, la Marjolaine racontait le mystère de sa naissance, les deux morts qui l'avaient suivie, et Stéphen, le front dans la main, restait pensif et rêveur.

— C'est étrange ! s'écria-t-il en considérant le médaillon que la Marjolaine portait toujours suspendu à son cou, ce doux visage, le vôtre, Antoinette, car la ressemblance est frappante, ce visage-là m'est connu. Où l'ai-je vu ? je l'ignore ; mais, sur mon âme, il a déjà frappé mes regards.

Et le jeune homme interrogeait vainement ses souvenirs.

Enfin la nuit se passa.

Dès le matin, Stéphen sortit et loua à l'hôtel de la *Croix-de-Fer*, situé à quelques pas de chez lui, un petit appartement qu'il devait habiter, afin de laisser à la Marjolaine la possession de son appartement de garçon.

Mais revenons aux autres personnages de ce récit.

Le premier soin de Frédéric, lorsqu'il quitta le cardinal, fut de retourner à l'hôtel de Saint-Acheul, afin d'instruire Adrienne des projets qu'on avait sur elle.

Il lui fit part de sa visite au cardinal et lui montra l'invitation qu'il tenait de lui.

— Vous voyez bien que je n'ai rien à redouter en allant à ce bal, lui dit en souriant la jeune fille, puisque vous y serez !

— Écoutez-moi d'abord, repartit Frédéric en l'interrompant, vous verrez ensuite si j'avais raison de me défier de M. le vicomte de Roncenelles, votre futur époux.

Et, d'une voix tremblante de colère et d'indignation, le jeune homme lui rapporta mot pour mot l'entretien qu'il avait eu avec l'Éminence, en lui répétant les termes de la lettre que ce dernier lui avait communiquée.

— Ainsi, vous le voyez, ce qu'ils veulent, c'est vous livrer sans défense, c'est...

— Assez ! s'écria Adrienne. Oh ! c'est lâche et infâme ! Mais, mon Dieu ! que faire ? Et mon père ! que va-t-il devenir ?

— Prenez courage ; avec l'aide de M#gr# le cardinal, il sortira, je l'espère, de la Bastille ; mais qui sait si son arrestation n'a pas été faite dans le but de vous laisser seule et sans défense, afin que personne ne pût s'opposer aux desseins du vicomte ?

— Oui, vous avez raison, fit Adrienne. Oh ! mais vous êtes là, vous Frédéric ; vous me protégerez. De grâce ! parlez, et je vous écouterai ; ordonnez, et je vous obéirai.

— Merci, mon Adrienne aimée, merci d'avoir foi en mon amour ; oui, je vous protégerai, et, avant que le vicomte soit parvenu à servir complaisamment les amours du roi, vous serez loin de ces lieux.

— Ciel ! fuir !

— Fuir, non, mais simplement vous mettre en sûreté contre les tentatives qui pourraient être faites, car...

Et il allait aussi lui confier ce qu'il tenait de Sulpice, mais il s'arrêta court en songeant que la jeune fille avait déjà assez d'inquiétude sans l'augmenter encore en lui signalant l'existence de nouveaux dangers.

Il ne s'occupa que de lui transmettre les instructions que lui avait données le cardinal.

C'était le lendemain, à neuf heures du soir,

qu'Adrienne devait être conduite à Versailles ; il n'y avait pas de temps à perdre.

Donc, il lui expliqua en peu de mots le plan conçu par M. de Fleury, sans lui dire toutefois la véritable raison qui le lui avait fait adopter de préférence à tous autres.

Adrienne fut tout oreilles.

— Vous vous habillerez de la même façon que si vous alliez à ce bal, lui dit-il, c'est-à-dire que vous mettrez le domino vert qui doit vous faire reconnaître du roi.

— Comment ! fit la jeune fille surprise, vous voulez...

— Oui, c'est indispensable ; vous recevrez M. de Roncenelles lorsqu'il viendra pour vous chercher ; mais, au moment de partir, vous prétexterez le besoin d'aller chercher quelque objet de toilette oublié, pour rentrer dans votre chambre, où vous quitterez votre domino contre un manteau de voyage ; puis, traversant le jardin, vous sortirez de l'hôtel par la petite porte, dont vous aurez soin aujourd'hui de vous procurer la clef, et vous monterez dans le carrosse qui vous attendra ; vous m'y trouverez, et nous prendrons le chemin de la Normandie.

— Mais, M. de Roncenelles ?

— Au moment où vous rentrerez dans votre chambre, une jeune fille exactement costumée comme vous devez l'être, et masquée, en sortira ; trompé par la ressemblance, le vicomte croira vous voir, et, tandis qu'il montera avec elle dans la voiture qui les emmènera à Versailles, la nôtre nous emportera loin de ce Paris que j'abhorre.

Tout cela était parfaitement imaginé ; mais Adrienne pensait avec raison qu'il eût été beaucoup plus simple, — puisqu'elle se décidait à partir avec Frédéric, — de monter immédiatement en carrosse et de gagner le lieu de retraite que lui avait choisi le jeune homme, que d'attendre la venue de M. de Roncenelles pour partir ; elle objecta que la moindre maladresse commise par celle qui devait prendre sa place pouvait encore renverser le bel échafaudage construit par M. le cardinal. Bref, elle n'approuvait pas du tout cette tortueuse façon d'agir ; mais Frédéric avait donné sa parole à M. de Fleury, et, après avoir mis celui-ci dans le secret et du départ et de la résidence, il se dit qu'il serait dangereux de vouloir aller contre ses avis, et il persista à suivre la marche qu'il avait adoptée.

— Mais enfin, reprit Adrienne, cette jeune fille dont vous parlez, quelle est-elle ? où est-elle ?

— Soyez sans inquiétude, répondit le baron, je vous l'amènerai, je...

— Mon Dieu ! interrompit M<sup>lle</sup> de Saint-Acheul, on peut remarquer la fréquence de vos visites à l'hôtel..., le vicomte peut s'y trouver lorsque vous y viendrez...

— Rassurez-vous, il est un moyen de me prévenir des moments où je ne devrai pas me présenter ici : les fenêtres de ce salon donnent sur la rue du Chemin-du-Rempart, les volets fermés à l'une d'elles m'avertiraient de la présence du vicomte. Voyons, Adrienne, je vous en prie, fiez-vous à moi et ne cherchez pas à m'inspirer des craintes puériles, car, je vous le dis, j'ai besoin de tout mon sang-froid et de toute ma présence d'esprit pour mener à bonne fin l'entreprise que je médite.

— Parlez, j'écouterai ; ordonnez, j'obéirai, vous ai-je dit ; faites donc comme vous avez résolu de faire, et que Dieu nous protége !

— Oui, il nous protégera, car il sait bien qu'en vous exhortant à fuir la maison de votre père, ce n'est pas pour braver l'autorité de l'homme à qui vous devez le jour, mais c'est afin de vous arracher à un péril qu'il ne soupçonne pas ; et, croyez-le, malgré l'éloignement qu'il a pour moi, un jour il me remerciera.

Et, rappelant à Adrienne les moindres détails de leur projet de départ, il prit congé d'elle pour voler chez Stéphen, car si, d'un côté, il était vivement préoccupé du désir de sauver celle qu'il aimait, de l'autre il n'était pas moins impatient de connaître le véritable sens des paroles du marinier Sulpice.

## XVII

**Du vilain air qui accompagna une chanson faite
par le poète Stéphen.**

Le chevalier de la Feuillée n'était pas un égoïste, et la joie qu'il ressentait auprès d'Antoinette ne l'empêchait pas de songer aux ennuis que devait éprouver son ami de Montlieu, sur le point de voir celle qu'il aimait l'épouse d'un autre ; mais il désirait fort

savoir quelle influence avait pu avoir sur les amours du jeune homme l'arrestation du marquis de Saint-Acheul.

— Est-il possible, se disait-il, que Frédéric puisse avoir des pensées de mariage pour la fille d'un pareil homme, un chef de convulsionnaires ! un homme qui se fait fourrer à la Bastille pour un tel motif ! Hum ! la Bastille ! Par Jupiter, m'est avis que nous l'avons échappé belle, Frédéric et moi ! Ah ! quelle singulière aventure ! je m'en souviendrai longtemps. Tiens, dit-il soudain en tâtant les poches de l'habit qu'il portait l'avant-veille, est-ce que, dans la bagarre, j'aurais perdu mes couplets ? Oui ! je ne les retrouve plus ! Ah ! palsambleu ! voilà qui est maladroit de ma part ! Où diable aussi ai-je été garder sur moi de pareils vers pour aller là ?

Et il chercha de nouveau, sans rien trouver.

— Allons, je les ai bien perdus ! Mordieu ! des couplets signés, dont le plus innocent suffirait pour m'envoyer rejoindre M. de Saint-Acheul !...

Il fut interrompu dans ses réflexions par un coup de sonnette qui retentit.

Un moment plus tard, Frédéric était devant lui.

— Ah ! c'est vous, mon cher baron, dit le poète en lui tendant la main, j'en suis charmé. Corbleu ! auriez-vous trouvé ma chanson ?

— Une chanson ! fit de Montlieu avec un sourire, non, ma foi ! et je n'ai guère souci de chanson pour le moment.

— Peste ! moi, je vous assure que je suis loin de traiter la chose si cavalièrement.

— Baste ! vous en ferez une autre.

— Eh ! mon cher, c'est que si elle tombe en de mauvaises mains, je suis perdu.

— Hein ! vous m'effrayez ; mais quelle est donc cette chanson ?

— Je vais vous le dire : il y a quelques jours, me trouvant chez M<sup>me</sup> de Villiers, où l'on plaisantait sur la fidélité conjugale de notre bien-aimé monarque, qui se trouve, prétend-on, sur le point de s'envoler dans les bras de M<sup>me</sup> de Mailly, j'ai promis de faire quelques couplets ayant trait à la façon dont le roi se dédommage de la continence absolue de la reine.

— Vous avez eu tort.

— Le tort n'est pas de les avoir faits, car je vous assure qu'ils étaient parfaitement réussis ; mais figurez-vous qu'après les avoir écrits, je les ai mis dans une lettre que j'avais dessein d'envoyer hier à M<sup>me</sup> de Villiers ; or, je ne sais qui m'en a empêché, mais enfin j'ai fourré cette lettre dans la poche de mon habit, et je l'avais sur moi lorsque je vous accompagnai à la maison du Diable ; et je ne l'ai plus. Je l'aurai perdue soit chez les convulsionnaires, soit dans le parcours du chemin que nous avons fait ensemble ; toujours est-il que celui qui l'a trouvée sait que je suis l'auteur d'une satire dont les termes sont malheureusement assez crus : vous voyez que j'ai quelque raison de m'en inquiéter ! Mais enfin laissons cela. Il faut espérer qu'il n'en surviendra rien de fâcheux ; d'ailleurs, je la retrouverai peut-être dans quelque coin, et parlons de vous. Comment vont vos amours ? Avez-vous pu voir M<sup>lle</sup> de Saint-Acheul depuis avant-hier ?

— Oui, et tout à l'heure je vous ferai part d'un projet pour l'exécution duquel j'aurai peut-être besoin de votre aide.

— Et vous pouvez compter qu'il ne vous fera pas défaut.

— Merci ; mais d'abord un mot, s'il vous plaît ! Que sont devenues les deux jeunes filles que vous avez ramenées de la maison du Diable ?

— Elles sont ici. Oh ! mon ami, si vous saviez comme je suis heureux ! C'était bien elle ! elle qui, pour se rapprocher de moi, a bravé toutes les fatigues, a affronté tous les dangers.

— Mais qui, elle ?

— La Marjolaine ! Vous rappelez-vous qu'un jour je vous ai parlé d'une jeune fille qui m'aimait, et qu'après avoir obtenu d'elle un rendez-vous, j'avais préféré quitter la Feuillée que de profiter de son inexpérience pour la séduire ?

— Oui, en effet, et je me rappelle aussi que de ce jour-là je suis demeuré convaincu que vous étiez un gentilhomme plein de droiture et de noblesse du cœur, car, en agissant de la sorte, vous avez fait une action méritoire.

— Eh bien ! cette jeune fille, c'est elle, la Marjolaine ! une pauvre enfant que les misérables convulsionnaires voulaient perdre, en l'obligeant à se mêler à leurs infâmes pratiques et que j'ai eu le bonheur de sauver.

— Vraiment ! fit Frédéric.

— Oui ; mais venez, vous allez la voir : je veux que vous la connaissiez et que vous vous joigniez à moi pour flétrir ceux qui n'avaient pas craint de choisir une si douce et si charmante créature pour en faire l'instrument de leurs coupables manœuvres.

Et Stéphen, ouvrant une porte de communication, mit en présence Frédéric et Antoinette.

Le baron avait déjà vu la jeune fille à la maison du Diable ; mais alors, l'esprit occupé par le spectacle des scènes étranges qui se passaient devant lui, il n'avait fait que jeter un regard sur elle.

D'ailleurs, à ce moment, la Marjolaine était elle-même en proie à l'émotion qui précédait habituellement ses attaques nerveuses, et son visage pâle, contracté, était loin de ressembler à la douce physionomie que Frédéric avait maintenant devant les yeux.

Celui-ci ne put se défendre d'un certain mouvement de surprise.

— Oh ! c'est étrange, murmura-t-il en regardant fixement la jeune fille.

— Eh bien ! qu'avez-vous donc ?

— Rien ! Une vague ressemblance... Oh ! mais non ! c'est une illusion.

Et il adressa quelques mots pleins de courtoisie à la Marjolaine, qui, de son côté, semblait le considérer avec attention.

— Antoinette, dit Stéphen en désignant le baron, vous voyez ce gentilhomme : eh bien ! sans lui je serais depuis longtemps couché au fond de la Seine. Et il raconta dans quelles circonstances M. de Montlieu lui avait sauvé la vie.

Frédéric le laissa dire, il ne pouvait détacher son regard de dessus la jeune fille ; et il se sentait attiré vers elle par une sympathie à laquelle il lui était impossible de se soustraire.

Aux premiers mots de Stéphen, Antoinette avait tressailli.

L'idée de cette mort qui avait plané au-dessus de la tête de l'homme qu'elle aimait lui avait fait froid au cœur, et ce fut avec des larmes dans les yeux qu'elle dit à Frédéric :

— Oh ! monsieur, je ne suis qu'une pauvre fille, et je ne saurais comment vous exprimer ma reconnaissance pour ce que vous avez fait là, mais mon cœur ne l'oubliera jamais.

Il y avait tant de naïveté et de simplicité

dans ces quelques paroles que le jeune homme en fut ému.

— Oui, ma chère Antoinette, ajouta le chevalier, qui continuait toujours son récit, voilà comme j'ai failli, sans Frédéric, aller versifier dans l'autre monde en passant par l'empire de Neptune, et cela grâce à M<sup>lle</sup> Fanchette.

Ce nom rappela à M. de Montieu l'un des motifs de sa présence chez son ami.

— Fanchette, dites-vous ? Dites-moi vite ce qu'est devenue cette fille, il faut que je la voie, que je lui parle ; vous l'avez ramenée de la maison du Diable, où est-elle ?

— Où elle est ? Ici, mon cher Frédéric, où elle remplit les fonctions de femme de chambre auprès de mademoiselle.

— En vérité ? Oh ! je vous en prie, faites que je puisse m'entretenir quelques instants avec elle.

— Vous ! et que diable pouvez-vous avoir à démêler avec cette créature ?

— Oh ! mon ami, c'est à peine si je le sais moi-même, car depuis quelques jours il me semble que je suis le jouet de quelque funeste rêve. Stéphen, si vous m'aimez un peu, essayez avec moi de découvrir la vérité sur tout ce qui m'entoure. Conseillez-moi, car je m'égare au milieu du dédale dans lequel je marche.

— Frédéric ! calmez-vous.

— Oh ! vous ne savez pas ce que c'est que de voir à tout moment se dresser devant soi quelque obstacle imprévu qui vous retarde dans votre marche, ou apparaître quelque mauvais génie dont chaque parole vous arrache une croyance ou une illusion !

Et le jeune homme laissa tomber avec découragement son front dans sa main.

Stéphen essaya de le consoler, tout en le questionnant doucement sur la cause de sa tristesse.

— Oui, je vais tout vous dire, répondit Frédéric avec effusion. J'aime M<sup>lle</sup> de Saint-Acheul, vous le savez, et je suis aimé d'elle : eh bien ! lorsque je me reposais tranquillement sur la foi qu'elle m'avait jurée, j'appris que son mariage était arrêté avec un autre, avec M. le vicomte de Roncenelles, un misérable.

— Oh ! Frédéric !

— Oui, un misérable, car ce n'est pas tout,

ce mariage est aujourd'hui ajourné par suite de l'arrestation de M. le marquis de Saint-Acheul, qui n'a pas pu s'échapper, lui, de la maison du Diable ; mais ce que vous aurez peine à croire, tant cela est infâme, cet homme, ce vicomte de Roncenelles a profité de cet événement pour concevoir un projet odieux, celui de livrer M<sup>lle</sup> de Saint-Acheul au roi, qui l'a vue dans la forêt de Sénart et en est, dit-on, tombé subitement amoureux.

— Oh ! s'écria Stéphen, cela est impossible !

La Marjolaine joignait les mains avec épouvante.

— Non ! cela est, car j'ai assisté, sans que le vicomte le sût, à l'entretien qu'il a eu avec M<sup>lle</sup> de Saint-Acheul. Il est convenu que le marquis recouvrera sa liberté par le déshonneur de sa fille ; c'est demain soir, au bal que Sa Majesté donne à Versailles, que M<sup>lle</sup> de Saint-Acheul doit être, par l'entremise du vicomte, placée sur le passage du roi, qui l'attendra, après le bal, dans les petits appartements.

— Mais, interrompit Stéphen, qui vous porte à croire que le vicomte nourrit l'abominable dessein dont vous parlez ? N'est-il pas plus raisonnable de croire que la présence de M<sup>lle</sup> de Saint-Acheul à ce bal est inconnue au roi, et que c'est à seule fin d'implorer sa clémence que...

— Non ! non ! tout ce que je vous dis est exact, et c'est de M<sup>gr</sup> le cardinal que je tiens les détails que je vous rapporte, et dont il est mieux instruit que personne.

Stéphen ne savait plus que répondre.

— Mais enfin, reprit-il au bout d'un moment, n'est-il aucun moyen de s'opposer à ce que cette honteuse machination s'accomplisse ?

— Si, et c'est pour m'aider à le mettre à exécution que je suis venu vous trouver.

Et Frédéric lui fit part de son intention de conduire M<sup>lle</sup> de Saint-Acheul à sa terre de Normandie, et des mesures qu'il allait prendre selon les indications que lui en avait données le cardinal.

Stéphen écouta jusqu'au bout et ne fit aucune objection ; seulement, lorsque le jeune homme eut terminé, il lui demanda en quoi il pouvait le servir en cette occasion.

— D'abord, si vous le voulez bien, reprit Frédéric, à veiller aux abords de l'hôtel, dès que le vicomte y sera entré, afin que notre départ puisse s'effectuer sans encombre, puis, en...

Soudain il s'interrompit en regardant la Marjolaine, qui paraissait suivre avec grand intérêt la conversation des deux jeunes gens.

— Et puis... pourquoi vous arrêter? Ne vous ai-je pas dit que je vous appartenais corps et âme? pourquoi donc hésiter?

La Marjolaine comprit que le jeune homme n'osait peut-être pas parler devant elle; elle se leva et fit quelques pas vers le fond de la pièce dans laquelle ils se trouvaient réunis.

Frédéric baissa la voix.

— Vous l'avez entendu, dit-il, il me faut une jeune fille pour prendre la place de M<sup>lle</sup> de Saint-Acheul, et, ajouta-t-il plus bas encore, j'ai pensé que vous sauriez m'indiquer quelqu'un.

— Peste! répondit vivement Stéphen, en tout autre moment la chose serait facile, car, Dieu merci, je ne suis pas en peine de mettre la main sur une jolie fille; mais c'est égal, oui, je connais une certaine Chloé qui demeure ici près. Diable! c'est qu'il faut que la donzelle ait de l'audace, de l'esprit même. Eh! mais, j'y pense, oui, c'est cela... Eh! parbleu, Fanchette est la fille qu'il vous faut.

— Fanchette!

— Oui, certes: la façon dont elle a su se débarrasser de mes assiduités le soir de notre rencontre sur le quai de la Grenouillère doit vous prouver suffisamment qu'elle est fille à savoir se tirer d'un mauvais pas.

— Un moment! je ne vous ai pas tout dit; car, je vous le répète, on dirait qu'un impénétrable réseau m'entoure, et que chaque mouvement que je fais pour m'en affranchir en resserre les mailles.

— Qu'y a-t-il encore?

— Stéphen, répondez-moi avec franchise: quelle est votre opinion sur le compte du marquis de Saint-Acheul?

— Heu! heu! la question est délicate.

— Parlez sans crainte: quelle qu'elle soit, elle ne peut exercer aucune influence sur l'amour que j'ai pour Adrienne.

— En ce cas, mon cher, je vous avouerai que la singulière circonstance qui m'a fait faire connaissance avec lui m'a donné une assez mauvaise idée du personnage; mais

vous savez comme moi à quoi vous en tenir sur ses occupations nocturnes.

— Oui, fit Frédéric avec un certain embarras, et, cependant, j'ai encore autre chose à connaître, et il paraît que cette Fanchette que vous me conseillez de charger du soin de tromper le vicomte se trouve déjà mêlée à je ne sais quelle mystérieuse intrigue qui le concerne.

Et, pour mettre Stéphen à même d'envisager les choses avec connaissance de cause, il lui fit part de sa visite à Sulpice, des demi-confidences que celui-ci lui avait faites, et ce fut pour le chevalier un grand sujet d'étonnement que d'apprendre la possibilité d'une liaison quelconque entre le marquis de Saint-Acheul et le marinier Sulpice.

— Vous avez raison, dit-il à Frédéric, il y a dans tout ceci quelque chose de mystérieux qui ne présage rien de bon; mais, selon moi, l'important est d'obliger Fanchette à s'expliquer.

— Certes, mais comment faire?

— En la menaçant de la remettre aux mains de la justice; la joie qu'elle a manifestée lorsque j'ai consenti à ce qu'elle restât ici m'a fait voir qu'elle avait une peur affreuse de la Bastille: il faut profiter de cette disposition d'esprit pour la forcer à parler.

— Oui, sans doute, et je crois aussi qu'elle a quelque raison de redouter le marinier, qui m'a paru animé des plus mauvaises intentions à son égard; ce sera peut-être encore un moyen. Oui, c'est cela, continua Frédéric en se parlant à lui-même. Appelez-la.

— Volontiers, dit Stéphen.

Quelques secondes plus tard, Fanchette était devant les jeunes gens.

Stéphen avait proposé au baron de le laisser seul avec elle, mais il avait refusé en alléguant qu'il serait peut-être utile qu'il demeurât témoin de l'entrevue; donc il resta, ainsi que la Marjolaine.

Fanchette regarda le baron avec une certaine inquiétude.

— Mademoiselle, lui dit celui-ci, j'accompagnais avant-hier M. le chevalier de la Feuillée lorsqu'il voulut bien venir à votre secours, en vous aidant à vous éloigner de la maison du Diable.

— Oui, mon gentilhomme, répondit Fanchette, et je vous reconnais bien, car vous aussi vous m'avez secourue, et je dois vous remercier...

— C'est bien ! vous me remercierez en répondant aux questions que je vais vous adresser ; mais, songez-y bien, si vous me trompez, je puis d'un mot vous envoyer à M. Hérault, qui vous fera conduire à la Bastille ; si vous êtes franche, vous saurez comment, au contraire, le baron de Montlieu récompense qui le sert.

— Le baron de Montlieu ! s'écria tout à coup Fanchette ; vous vous nommez le baron de Montlieu ?

— Oui, certes ! mais d'où vient cet étonnement ?

— Oh ! monseigneur, disposez de moi, que voulez-vous ?

— Vous connaissez le marinier Sulpice ?

— Sulpice ? Quoi ! c'est lui qui vous a dit...

— Que vous possédiez certains renseignements qui me sont utiles.

— Moi !

— Et je ne doute pas que vous consentiez à me les donner.

— Mais, lui, Sulpice ?

— Vous n'avez rien à craindre de cet homme ; d'ailleurs, je serai là pour vous protéger ; mais, je vous le répète, il me faut certain papier que vous avez.

— Oh ! monseigneur, la possession de ce papier m'a déjà trop causé de crainte et d'ennui, je vais vous le remettre ; mais, je vous en prie, ne m'abandonnez pas ensuite, car M. le marquis de Saint-Acheul m'avait promis mille livres pour le lui livrer.

— Mille livres ! Oh ! donnez vite, il me tarde de savoir ce qu'il peut contenir.

— Tenez, monseigneur, le voici.

Et, sans plus tarder, elle lui remit le fameux écrit.

Frédéric s'en était emparé avec une promptitude fiévreuse.

— Oh ! mon Dieu ! dit-il à Stéphen, c'est à peine si j'ose déplier ce papier.

— Lisez, répondit celui-ci.

Le baron se décida à jeter les yeux sur l'écriture dont les caractères jaunis par le temps avaient été tracés par la main défaillante d'un mourant.

— Ciel ! s'écria-t-il après avoir lu.

Stéphen et la Marjolaine attendaient avec anxiété qu'il s'expliquât.

Frédéric tendit le papier au chevalier ; celui-ci le prit et lut à son tour :

« Je meurs assassiné par le comte de Blancheroy. Baron de Montlieu. »

— C'était mon père, dit Frédéric.

— Mais quel est ce comte de Blancheroy ? reprit Stephen.

— Je l'ignore, et c'est la première fois que j'entends prononcer ce nom ! Oh ! mais il faudra bien que tout ceci s'éclaircisse ! Mon père assassiné ! Oh ! c'est à moi de venger sa mort ; mais, d'abord, comment ce papier était-il entre vos mains ? continua-t-il en s'adressant à Fanchette.

Celle-ci hésita d'abord à répondre ; mais, pressée par le jeune homme et par Stéphen, qui la menaça de la livrer à la justice, elle se décida enfin à parler, et raconta tout ce que le lecteur sait touchant la façon dont elle s'était acquittée de la mission que lui avait confiée le marquis de Saint-Acheul.

Les détails étaient peu à son avantage, mais elle était au-dessus des préjugés et fit une confession générale.

Tout cela ne disait pas quel était le comte de Blancheroy.

Mais chacun établissait mentalement un rapprochement entre lui et le marquis de Saint-Acheul, et, bien que personne n'osât formuler hautement son opinion, tout le monde était du même avis.

Frédéric était profondément ému.

Il tremblait de savoir la vérité, et, dans la crainte que la pensée de Stéphen ne fût semblable à la sienne, il ne voulut pas l'interroger.

N'est-ce point un horrible jeu du hasard que cette fatalité qui voudrait que Frédéric aimât la fille du meurtrier de son père ?

— Oh ! non, cela est impossible, se dit le jeune homme, cela ne peut pas être ; d'ailleurs, n'est-il pas tout naturel que le marquis, connaissant le comte de Blancheroy, se soit occupé de vouloir anéantir ce papier ?

Et il essaya de se persuader qu'il aurait tort d'accuser le marquis tant qu'il n'aurait pas d'autre preuve de son identité avec M. de Blancheroy que des soupçons.

Et, pour mieux s'affermir dans le dessein de ne pas se former un jugement sur des données aussi vagues, il se contenta de serrer précieusement le papier dans un porte-notes qu'il portait habituellement sur lui, et, sans ajouter un seul mot ayant trait à l'assassinat de son père, il remit à un autre moment le soin d'en découvrir l'auteur.

Mais on voyait, à la pâleur de son visage et au feu de son regard, que, malgré l'apparente indifférence qu'il montrait, un trouble profond agitait son cœur.

Stéphen le regardait en silence, attendant qu'il parlât.

— Mon ami, dit-il, grâce à Dieu, j'espère arriver bientôt à découvrir la vérité sur tout ceci; mais, vous le savez, j'ai un devoir pressant à accomplir. Adrienne compte sur moi, je vous ai dit qu'il était nécessaire qu'une jeune fille prît sa place.

— Oui, je le sais, répondit Stéphen, et je vous ai conseillé de lui substituer Fanchette.

— Mais...

— Soyez tranquille, fit le chevalier à voix basse, je crois qu'elle a trop de bon sens pour ne pas comprendre que maintenant elle a tout intérêt à vous servir.

Puis, s'adressant à elle :

— Fanchette, lui dit-il, vous avez été la cause que j'ai failli mourir niaisement au fond de l'eau, le genre de mort qui, par parenthèse, est, selon moi, le plus ridicule, et j'avais résolu de me venger ; vous avez joué un fort vilain tour au marinier Sulpice, c'est vous-même qui venez de nous en faire l'aveu, et il est, je crois, homme à s'en souvenir ; vous avez trompé M. le marquis de Saint-Acheul, en gardant par devers vous un papier qu'il voulait avoir et auquel il attachait une certaine importance, et le marquis, quoiqu'aujourd'hui à la Bastille, a encore assez d'influence au dehors pour vous faire payer cher votre trahison.

Fanchette pâlit légèrement. Cet exorde, après le service qu'elle venait de rendre au baron, était loin de la rassurer; elle voulut se défendre, Stéphen ne lui en laissa pas le temps.

— Donc, reprit-il, vous vous êtes suscité des ennemis dont vous aurez grand'peine à échapper au juste ressentiment; eh bien ! il ne dépend que de vous de pouvoir vous soustraire aux animosités que vous avez soulevées.

— Oh! de grâce, dites-moi comment !

— En sauvant une personne à laquelle s'intéressent M. le marquis de Saint-Acheul, M. le baron de Montlieu et moi; en faisant cela, non-seulement vous aurez effacé toutes vos fautes passées, mais encore vous vous attirerez la protection de M. de Montlieu, qui saura vous défendre contre quiconque vous attaquerait...

— Mais, enfin, que faut-il faire?

— On vous l'apprendra.

— D'abord, prenez ceci, ajouta M. de Montlieu.

Et il lui présenta une bourse que la jeune fille fit immédiatement disparaître dans la poche de son tablier.

Puis il lui expliqua ce qu'il attendait d'elle.

Fanchette écouta silencieusement.

Dire qu'elle accepta avec empressement ne serait pas exact. La pensée de se retrouver dans une intrigue commune au marquis de Saint-Acheul ne lui souriait pas, et la façon dont elle se tirerait des mains de M. le vicomte de Roncenelles, s'il s'apercevait en route du stratagème, lui donnait à penser ; et, en admettant qu'elle réussit à le tromper, elle n'était pas sans inquiétude sur les suites de sa présence au bal de la cour.

Mais la position fausse dans laquelle elle se trouvait ne lui permettait pas de refuser; le baron était généreux, il lui offrait une protection qui pouvait s'étendre loin, puisqu'il lui avait appris qu'il n'agissait qu'avec l'assentiment du cardinal, premier ministre.

Elle s'engagea donc à se laisser conduire au lieu et place de M<sup>lle</sup> de Saint-Acheul, à Versailles.

Frédéric lui donna rendez-vous pour le lendemain, et sortit pour tout préparer pour le départ.

Il y avait une heure à peu près qu'il avait quitté la rue de Seine, lorsqu'un nouveau coup de sonnette retentit dans l'antichambre de l'appartement de Stéphen.

C'était un monsieur de mine assez suspecte, et dont la mise ne trahissait pas l'élégance, qui demanda à parler sur-le-champ au maître du logis.

— Monsieur, dit-il à Stéphen lorsqu'il eut été admis en sa présence, vous êtes le chevalier Stéphen de la Feuillée ?

— Oui, monsieur, répondit celui-ci; mais puis-je savoir à mon tour...

— Au nom du roi, monsieur, interrompit le visiteur, je vous arrête.

— Vous m'arrêtez! s'écria Stéphen stupéfait; mais de quoi suis-je accusé?

— Je l'ignore, monsieur. J'ai reçu l'ordre d'arrêter le chevalier de la Feuillée, poète; c'est vous : je remplis mon mandat, et tout est dit.

— Poète! fit Stéphen. Ah! corbleu! j'y suis, ce sont mes vers! Allons, monsieur, je vous demande la permission de m'habiller, et je vous suis.

— Faites, monsieur : entre confrères on se doit des égards.

— Hein! confrères, dites-vous?

— Oui, monsieur le chevalier, j'ai cultivé les lettres chez M. l'éditeur de l'*Almanach de la Cour*, où je rédigeais le tableau des fêtes mobiles.

— Palsambleu! monsieur, voilà au moins une rédaction qui ne mène point à la Bastille.

Et, profitant de la permission qui lui était octroyée, Stéphen courut vers la Marjolaine, qui s'évanouit à la nouvelle de l'événement qui venait encore une fois la séparer de celui qu'elle aimait.

Lorsqu'elle reprit ses sens, ce fut pour voir emmener le chevalier.

XVIII

De l'incident singulier dont le baron de Montlieu
fut victime.

Stéphen ne s'était pas trompé, c'était bien comme auteur des méchants couplets qu'il avait composés sur les amours du roi et de M<sup>me</sup> de Mailly qu'il était arrêté.

La lettre dans laquelle ils étaient enfermés avait été trouvée sur la voie publique par un honnête passant, qui n'avait eu rien de plus pressé que de l'ouvrir et de la faire parvenir ensuite à M. le lieutenant de police, afin de prouver son dévouement à la personne sacrée du roi.

Stéphen fut bien et dûment écroué à la Bastille.

En vain il se défendit en prétendant que les couplets incriminés n'étaient que le résultat d'une plaisanterie sans conséquence, et que, d'ailleurs, ce n'était que par suite d'un incident tout à fait indépendant de sa volonté, que, destinés à être lus par une seule personne, ils étaient tombés entre des mains étrangères. On ne l'écouta pas, et il dut se résigner à réfléchir sous les verrous aux inconvénients d'avoir une trop grande facilité à versifier.

Il est vrai qu'on eut des égards pour lui.

On le logea au premier étage et on lui permit d'écrire à son oncle, M. de Joigny, pour qu'il voulût bien user de son crédit auprès du roi afin de lui faire obtenir grâce pour une espièglerie, au fond, plus plaisante que méchante.

Or, ne doutant pas qu'après quelques jours de captivité il ne fût rendu à la liberté, il prit tant bien que mal son parti, et se résigna à attendre le bon plaisir de Sa Majesté.

Pendant ce temps, Frédéric, l'esprit torturé par les préoccupations de toute nature qui l'assaillaient, se promenait de long en large dans sa chambre à coucher, en attendant l'heure à laquelle il devait tenter l'enlèvement d'Adrienne.

Et jamais l'aiguille de la pendule qu'il consultait à tous moments ne lui avait paru marcher si lentement.

Oh! qu'elles sont longues les heures de l'attente!

Il s'arrêtait de temps à autre dans sa marche saccadée pour considérer un portrait de jeune femme, dont la bouche fine et souriante et les yeux empreints d'une grande expression de douceur paraissaient être animés.

C'était celui de la baronne Antoinette de Montlieu, sa mère.

Et chaque fois que son regard se reportait sur cette image, seul souvenir qui lui restât de sa mère, le jeune homme semblait l'interroger et lui demander qu'elle le guidât dans la voie ténébreuse au milieu de laquelle il était engagé.

Bientôt ce ne fut plus seulement son regard qui supplia, ce furent ses lèvres; immobile devant le pastel dont il ne pouvait détacher sa vue, il s'écria en comprimant avec sa main les battements de son cœur :

— O ma mère! vous qui, du haut des cieux, me voyez et m'entendez, ma mère, me pardonnez-vous si j'oublie que mon père est à venger, et si toutes mes pensées sont pour celle que j'aime? ma mère, elle est belle comme vous l'étiez, ses yeux sont doux comme les vôtres. Oh ! mais, je vous jure, je saurai quel est ce comte de Blancheroy ; et si c'était... Oh ! mon Dieu ! rien qu'à cette pensée, mon cœur se brise ! Ma mère, je l'aime tant, elle ! que je ne pourrai armer mon bras contre son père !... mais que dis-je?... « Je meurs assassiné par le comte de Blancheroy, » et c'est mon père qui a écrit cela ! Oh ! maudit soit le jour où j'ai connu cette fille, si... mais non ! c'est impossible ! non, Dieu ne l'aurait pas permis, n'est-ce pas, ma mère ? Il n'aurait pas voulu qu'un pareil amour entrât dans mon âme !... Non, je le sens, je donnerais ma vie pour elle, et elle est digne d'être aimée !

En proie à la violente émotion qui le dominait, il demeura un moment le front dans ses mains, abîmé dans sa rêverie.

Soudain il releva la tête.

— O ma mère, reprit-il, inspirez-moi, car ma raison se perd !

Au même instant la porte s'ouvrit, et Justin vint annoncer à son maître qu'une jeune fille était là.

— Une jeune fille? dit-il.

Et, sortant précipitamment de la chambre, il alla au-devant d'elle.

Il crut être le jouet d'une illusion.

C'était sa mère qui était devant lui dans la personne de la Marjolaine.

Vêtue d'une robe de même couleur que celle reproduite sur le pastel, coiffée à peu près de la même façon que la baronne, on eût dit que la jeune femme n'avait fait que descendre du cadre qui l'entourait pour se présenter aux yeux ébahis du jeune homme.

— Monsieur le baron, dit Antoinette, je viens vous demander une grâce.

Au son de cette voix, Frédéric revint à lui.

Et, mettant sur le compte de la disposition d'esprit toute particulière dans laquelle il se trouvait, la ressemblance singulière qui l'avait frappé, il ne s'occupa plus que de connaître le motif de la présence de la Marjolaine chez lui.

— Une grâce, dites-vous? mais que vous est-il arrivé? vous paraissez tout émue.

En effet, Antoinette, le visage altéré, les yeux rougis, donnait tous les signes d'une certaine agitation.

Elle raconta au jeune homme l'arrestation du chevalier.

— Arrêté ! lui aussi ! s'écria Frédéric désespéré.

— Oui, monsieur le baron, et, si vous me refusez ce que je viens vous demander, tout espoir de le revoir sera perdu pour moi.

— Rassurez-vous, mon enfant, reprit Frédéric, il n'a rien fait de grave.

— C'est, je crois, pour des vers.

— Ces couplets dont il m'a parlé sans doute. Oh ! dans quelques jours il sera libre, on ne reste pas longtemps à la Bastille pour de semblables fautes. Mais vous avez, dites-vous, quelque chose à me demander ; parlez vite, le chevalier est mon ami, et j'ai hâte de savoir ce que je puis faire.

— Je vais vous le dire : Hier, vous avez annoncé devant moi votre départ avec M<sup>lle</sup> de Saint-Acheul ; il était convenu avec M. le chevalier que Fanchette vous donnerait son concours en se laissant conduire, sous le nom et les habits de M<sup>lle</sup> de Saint-Acheul, à Versailles...

— Oui, c'est bien cela.

— Eh bien ! je viens vous supplier de me permettre de prendre sa place.

— Vous ?

— Oui, je vous en conjure ! Oh ! croyez-moi, je saurai aussi bien qu'elle seconder vos desseins ; je l'ai priée de me laisser me charger du soin de vous servir, et elle y a consenti : me refusez-vous ?

— Mais vous n'y pensez pas, vous n'avez pas songé au danger que vous courez ?

— Si, et je suis résolue à l'affronter.

Frédéric l'envisagea, et il remarqua que, par sa taille, sa voix, la nuance de ses cheveux, elle se rapprochait plus d'Adrienne que Fanchette ; cependant, et par amitié pour Stéphen, il ne voulut pas d'abord accéder à ce qu'elle demandait.

Antoinette insista.

— Je vous en prie, fit-elle en joignant les mains ; si vous saviez comme je serais heureuse de faire cela ! Oh ! je suis sûre de réussir, car il y a là, ajouta-t-elle en mettant la main sur son cœur, quelque chose qui me dit que c'est à moi qu'il appartient de tenter cette œuvre.

— Mademoiselle, reprit alors Frédéric, je

M'expliquerez-vous le motif d'une visite à laquelle j'étais loin de m'attendre? (Page 103.)

ne sais quel motif vous pousse à vouloir remplir un rôle dont mieux que Fanchette, sans doute, vous sauriez vous acquitter, mais il est de mon devoir de vous dire toute la vérité : j'ai décidé Mlle de Saint-Acheul à fuir, parce que le bal où elle devait assister, en compagnie de M. le vicomte de Roncenelles, n'est que le prétexte ou plutôt l'occasion d'une entrevue secrète que des courtisans sans honte ont préparée entre elle et le roi.

— Je le sais.

— Mais ce que vous ne pouvez savoir, dit le jeune homme en cherchant ses mots, c'est qu'une jeune fille.... belle comme vous l'êtes.... Enfin, le roi aime Mlle de Saint-Acheul.

— Qu'ai-je à craindre, en ce cas, puisque ce ne sera pas elle qu'il recevra ?

— Sans doute ; mais, ou Sa Majesté, qui aura été trompée dans son attente, se vengera de la mystification dont elle sera l'objet, ou elle reconnaîtra que votre beauté ne le cède en rien à celle de Mlle de Saint-Acheul, et....

— Monsieur le baron, j'ai songé à tout cela ; mais le roi de France est gentilhomme, et, quand il saura que celle qui s'est laissé conduire vers lui est une pauvre fille qui vient se jeter à ses pieds pour obtenir la grâce de celui qu'elle aime, il écoutera sa voix.

— Quoi ! c'est afin de parler au roi que vous voulez braver tout cela ?

— Oui, et, je vous en conjure au nom de votre mère, ne me refusez pas !

Frédéric tressaillit.

— Au nom de ma mère, dites-vous ?

Et il songea à la ressemblance qui l'avait frappé un moment auparavant.

C'en était assez pour l'empêcher de résister davantage à la prière de la jeune fille.

— Qu'il soit fait comme vous le désirez, continua-t-il, et que Dieu vous protége ; car Stéphen, sur l'aide de qui je comptais, me fait défaut, et de vous seule maintenant va dépendre le succès de mon entreprise.

— Oh ! merci, fit Antoinette, indiquez-moi vite ce que je dois faire.

— Venez, répondit Frédéric. M^lle de Saint-Acheul doit attendre la jeune fille que je me suis engagé à lui envoyer, je vais vous mener à elle.

Et il fit un pas comme pour lui montrer le chemin.

Soudain il se ravisa.

— Mademoiselle, lui dit-il, il en est temps encore, réfléchissez ; ce que vous voulez faire peut vous perdre, et, s'il vous arrivait malheur, je n'aurais nul moyen de vous secourir ; une dernière fois, songez-y, vous avez du danger à courir : vous pouvez être reconnue par le vicomte avant d'arriver jusqu'au roi.

— Monsieur le baron, je vous remercie de l'intérêt que vous me témoignez, mais ma résolution est inébranlable. Souvenez-vous, ajouta-t-elle, que M^lle de Saint-Acheul attend !

— J'obéis ! partons !

Et il conduisit la Marjolaine à l'hôtel Saint-Acheul.

Vers huit heures, M. le vicomte de Roncenelles venait s'informer si Adrienne se préparait pour le bal.

La jeune fille le reçut elle-même.

Armée de courage et puisant sa force dans la gravité des circonstances, elle put amener un pâle sourire sur ses lèvres décolorées et s'entretenir avec lui, avec une tranquillité factice que démentaient les battements précipités de son sein ; mais un observateur eût pu lire seulement sur son visage la trace de la poignante inquiétude qui la dévorait.

Le vicomte ne prit garde à rien, enchanté de voir qu'elle ne songeait pas même à essayer de se dispenser d'aller à Versailles : il s'imagina que le plaisir d'assister au bal de la cour avait fini par remplacer dans l'âme de sa fiancée tout autre sentiment, et il ne songea plus qu'à la brillante récompense qu'il espérait recevoir du roi à la suite de l'heureuse issue de la charmante combinaison qu'il avait inventée.

— Veuillez, de grâce, lui dit-il, passer votre domino ; n'oubliez pas d'y joindre le nœud blanc qui doit vous faire reconnaître de Sa Majesté, et partons. Mon carrosse vous attend, je suis à vos ordres.

— Dans une demi-heure tout au plus, je serai prête, balbutia Adrienne, dont le trouble augmentait à tout moment.

Et tandis que le vicomte s'installait commodément dans un fauteuil au coin du feu, Adrienne quittait le salon pour aller dans sa chambre à coucher revêtir son costume de bal.

Antoinette s'y trouvait, habillée par les soins de la fille de chambre Francine, qu'une somme rondelette fournie par Frédéric avait mise dans le secret.

Tout s'exécuta comme Frédéric l'avait désiré.

Adrienne, au bout de quarante minutes, vint retrouver le vicomte, son masque sur son visage.

— Me voici, monsieur le vicomte, dit-elle.

— Ah ! s'écria celui-ci avec enthousiasme, on n'est pas plus charmante ; mais pourquoi cacher votre joli visage sous ce masque, vous avez tout le temps de le mettre plus tard, laissez-moi vous admirer d'abord.

Adrienne le retira.

— Monsieur le vicomte, dit-elle en faisant un suprême effort pour ne pas perdre connaissance, tant elle se sentait faiblir, dites-moi, je vous prie, si vous croyez que je puisse paraître ainsi à la cour, et permettez-moi ensuite de replacer ce masque sur mon visage ; car, excusez mon enfantillage, il me semble que je n'oserais, sans lui, me montrer dans votre carrosse qui me mène au bal, lorsque mon père est à la Bastille.

— Adrienne, n'est-ce pas pour obtenir sa liberté que...

— Je vous en prie, se hâta d'interrompre la jeune fille.

— Soit, remettez-le donc, je serais désolé de vous contrarier à ce sujet; vous le garderez jusqu'à ce que vous soyez devant Sa Majesté, c'est convenu.

— Merci, fit Adrienne.

Et elle se masqua.

— Eh! mais j'y pense, s'écria tout à coup M. de Roncenelles, qui déjà s'apprêtait à sortir en compagnie de la jeune fille, et le nœud de ruban?

— Ah! je l'avais oublié.

— Appelez Francine.

— Non! je vais moi-même l'ajuster, et je reviens.

Et cette fois, comme si un ressort magique la faisait se mouvoir, elle courut avec rapidité vers sa chambre.

— Mademoiselle, dit-elle à Antoinette, au nom du ciel, allez! voici le moment.

Antoinette lui prit la main.

— Comptez sur moi, et priez Dieu pour qu'il nous sauve toutes deux, lui répondit-elle.

Et, guidée par Francine, elle prit le chemin du salon.

— C'est cela, fit le vicomte en l'apercevant; maintenant, nous pouvons partir.

Deux minutes plus tard, le carrosse roulait dans la direction du cours.

Pendant ces deux minutes, Adrienne, les lèvres serrées, les tempes brûlantes, écoutait ce qui se passait.

Soudain elle entendit le bruit des roues tournant sur le pavé, et la grille de l'hôtel se refermer.

— Partis! s'écria-t-elle, ils sont partis.

— Venez, venez, mademoiselle, dit alors Francine, qui venait d'entrer.

— Ah! c'est toi... Oui! me voici, répondit la jeune fille.

Et, retirant aussitôt le domino dans lequel elle était enveloppée, elle jeta sur ses épaules une longue mante, en rabattit le coqueluchon sur son visage, prit une petite cassette renfermant quelques objets précieux, et, s'adressant à Francine :

— Ta main, lui dit-elle.

Et elle s'élança dans le jardin qu'elle traversa.

Arrivées devant la petite porte, les deux femmes s'arrêtèrent et prêtèrent l'oreille.

Elles n'entendirent rien.

Alors Francine ajusta une clef dans la serrure, entr'ouvrit la porte et avança la tête pour voir au dehors.

Soudain elle la rentra.

— Le carrosse est là, dit-elle.

Adrienne repoussa légèrement la fille de chambre et s'avança à son tour.

Au même instant, la portière d'une vaste berline de voyage s'ouvrit, et un homme sauta à terre.

C'était Frédéric.

— Chère Adrienne, s'écria-t-il, ne craignez rien, c'est moi.

Et, lui présentant son bras, il la fit monter dans le carrosse, et s'élança pour prendre place à ses côtés.

A peine était-il assis, que la porte du jardin se referma, qu'un léger coup de fouet cingla l'air et que les deux vigoureux chevaux qui étaient attelés à la voiture prirent le galop.

Tout cela se fit en moins de temps qu'il n'en faut pour le dire.

Pendant plus de dix minutes, les deux jeunes gens gardèrent le silence.

Tous deux étaient sous l'impression de secrète terreur que leur occasionnait la hardiesse de cette fuite, et chacun songeait à part soi aux suites probables de leur équipée.

Quelles que soient les raisons qui dictent sa conduite, une jeune fille ne quitte pas furtivement le domicile paternel sans remords, surtout lorsqu'elle l'abandonne en compagnie d'un homme qui l'aime et qui n'est ni son époux, ni son fiancé, ni son frère.

Et Frédéric n'était rien de tout cela.

Aussi c'était à peine si elle osait lever les yeux sur le baron, qui, de son côté, sentait son cœur partagé entre la joie d'avoir réussi à décider la jeune fille à le suivre et la crainte qu'on ne découvrit le lieu de retraite où il allait la cacher à tous les yeux.

Cependant la voiture s'enfuyait avec rapidité.

Et, au fur et à mesure qu'elle s'éloignait de l'hôtel de Saint-Acheul, les fugitifs retrouvaient un peu de calme et de confiance dans l'avenir.

Ce fut Frédéric qui le premier rompit le silence.

— Adrienne, dit-il à sa compagne en lui prenant affectueusement les mains, si vous saviez comme je suis heureux d'avoir pu vous arracher aux mauvais desseins de cet homme! Adrienne! qu'avez-vous? vous pleurez.

— Oh! pardonnez-moi, mon ami, répondit celle-ci en essuyant une larme, certes j'ai tort, et je devrais me réjouir avec vous du succès de notre ruse, mais involontairement j'ai peur.

— Peur! dites-vous, quand je suis à vos côtés, quand votre main touche la mienne! Oh! Adrienne, ne savez-vous pas que maintenant nul ne pourra vous séparer de moi, tant qu'il me restera un souffle d'existence dans la poitrine.

— Mais mon père?

— Votre père saura que j'ai déjoué les projets du vicomte, en vous forçant à fuir, mais il saura aussi que l'homme qui a osé lever les yeux sur sa fille pour en faire sa femme, et qui eût pu profiter d'un enlèvement pour la séduire, a respecté celle à qui il veut donner son nom, et que, dans le château de cet homme qui donnerait sa vie pour elle, elle a été placée sous la sauvegarde de son honneur de gentilhomme.

— Oh! oui, vous êtes mon appui, mon sauveur, et je veux effacer jusqu'aux traces de ces larmes dont j'ai honte; oui, je remets mon sort entre vos mains, je me fie à votre loyauté et je ne veux plus rien craindre. Tenez, je pleurais tout à l'heure, je vais sourire maintenant.

Et la pauvre enfant, pour prouver qu'elle disait vrai, essaya d'amener un sourire sur ses lèvres, mais on voyait que, malgré elle, un vague effroi étreignait son cœur, et qu'une anxiété dont elle n'était pas maîtresse la tenait captive; blottie dans l'angle de la voiture, elle tressaillait au moindre bruit qu'elle entendait, et Frédéric avait besoin d'appeler toute son éloquence à son aide pour réprimer les petits mouvements de frayeur que le cri d'un enfant ou le roulement d'un carrosse qui venait derrière la berline lui arrachaient.

Elle était la première, aussitôt l'effet produit, à railler sa pusillanimité; mais elle avait beau faire, elle ne pouvait la vaincre, et elle ne cessait de songer à la colère du vicomte lorsqu'il s'apercevrait du tour qu'on lui avait joué.

Frédéric, lui, n'y voulait pas penser, car il s'avouait *in petto* qu'il n'aurait pas dû laisser la Marjolaine s'exposer de la sorte, et il craignait les justes reproches qu'était en droit de lui faire Stéphen; mais il se gardait bien de faire part de ceci à Adrienne.

Tout en parlant ou en réfléchissant, Frédéric n'avait pas fait attention à la direction prise par la berline.

Depuis près d'une demi-heure, on avait quitté Paris, et la voiture roulait sur une avenue obscure sur laquelle on ne rencontrait ni piéton ni cavalier.

— Où sommes-nous? demanda soudain Adrienne.

— Ma foi, je l'ignore, mais je vais...

Il n'acheva pas, la voiture s'arrêta soudain.

Il allait profiter de cet incident pour ouvrir la portière et interroger le cocher, lorsque tout à coup, et au moment où il avançait la tête, deux hommes se précipitant sur lui l'enlevèrent de dedans la voiture, le garrottèrent et le portèrent délicatement au pied d'un arbre bordant la route.

Pendant ce temps, un troisième personnage avait pris sa place dans la voiture, qui s'éloigna à toute vitesse en emportant Adrienne évanouie.

XIX

Où l'on voit que tôt ou tard à qui mal veut<br>mal lui tourne.

Versailles, la demeure favorite du grand roi, abandonné après sa mort par le régent, qui lui préféra le Palais-Royal, Versailles avait repris depuis une dizaine d'années, sinon sa splendeur des beaux jours des La Vallière ou des Montespan, du moins l'animation et la physionomie qui faisaient de ce séjour enchanteur le paradis de l'Europe.

La présence de la cour de France, cette cour superbe, sans rivale dans le monde entier, suffisait pour établir à Versailles, non pas seulement la véritable capitale de la France, mais le point central d'où partaient les rayons de la puissance souveraine qui éblouissait l'univers.

On a reproché à Louis XIV son orgueilleuse vanité qui lui avait fait prendre le soleil pour emblème; mais, en considérant le monarque comme la personnification du pays, il eut raison, car la France est le soleil terrestre des nations. Soleil bienfaisant qui mûrit les fruits de l'intelligence, féconde l'idée dans le sillon creusé par le progrès, et éclaire quiconque, parmi les peuples, veut sortir de l'obscurité pour s'engager dans la voie de l'avenir et de la civilisation.

Donc les bals, les fêtes, les réceptions recommençaient à se multiplier à Versailles, à la grande satisfaction des jolies personnes appelées par leur naissance et leur beauté à figurer au premier rang parmi les conviés aux plaisirs royaux.

Le bal où était attendue M<sup>lle</sup> de Saint-Acheul devait être une réminiscence des beaux bals donnés par Louis XIV.

Le roi avait décidé qu'il serait costumé et masqué.

Ce fut une joie universelle et un grand souci pour les courtisans, qui tous à l'envi se promirent de se surpasser en richesse, en bon goût et en élégance.

Quinze jours à l'avance, on ne s'occupa que du choix des costumes et des ajustements de toute espèce que le désir de se distinguer faisait naître dans toutes les têtes.

Et quand vint le soir de la fête, les rues de Versailles ne retentirent que du bruit des carrosses et des équipages de gala, qui tous se dirigeaient vers la place d'armes. A onze heures, le bal était dans toute sa splendeur.

La grande galerie des glaces, réservée aux dames, était encombrée d'une foule de personnes masquées et costumées pour la plupart en divinités de l'Olympe, en héros mythologiques ou en personnages de la Comédie-Italienne.

Rien ne saurait rendre une idée exacte de cet amalgame confus de formes et de couleurs, sur lesquelles ruisselaient des torrents de lumière qui s'échappaient des mille bougies dont les feux se reflétant dans les glaces faisaient étinceler les diamants et les pierreries qui tourbillonnaient dans l'espace.

Là, des groupes de Tritons, de Naïades; ici, des Nymphes et des Amours; plus loin, des Bergères et des Zéphyrs; puis des Scaramouches, des Pierrots, des Chinois, des Faunes, des Jeux, des Grâces, tout ce que l'imagination peut rêver de fantasque et de bizarre.

Et la danse n'occupait pas seule tous ces élégants travestis et ces belles dames resplendissantes de grâces et de séduction.

Des œillades passionnées s'échangeaient entre plus d'un Satyre et d'une Calypso, et, sous le velours qui les rendait impénétrables, de grands yeux bleus ou noirs lançaient des flammes qui allaient tout droit incendier le cœur de quelque berger couvert de satin et de soie.

Des senteurs enivrantes se dégageaient des fleurs répandues à profusion dans les jardinières et se mêlaient aux parfums du nard, de l'ambre, de la tubéreuse, qui s'échappaient des vêtements, selon la coutume du temps, qui avait mis tellement les odeurs à la mode que les étrangers ne désignaient la cour de France que sous le nom de cour parfumée.

Aussi c'était à qui, parmi tous les dominos rouges, bleus, verts, blancs, noirs, qui passaient comme les ombres au milieu des masques, laisserait sur ses pas la trace la plus embaumée.

Au milieu de toutes ces magnificences, le roi, costumé en dieu Pan, souriait avec bienveillance à ses intimes, et daignait complimenter chacun sur le choix de son travestissement.

Il était démasqué et causait avec M. de Richelieu, tandis que M<sup>me</sup> de Mailly, superbement déguisée en Amphitrite, suivait avec inquiétude les regards du roi, qui semblaient chercher, dans la foule des masques, les dominos verts, et, chaque fois qu'ils en rencontraient un, son œil se dilatait, puis, après l'avoir examiné avec attention, il l'abandonnait pour reporter ses regards d'un autre côté.

Évidemment il attendait quelqu'un.

Et ce quelqu'un était une femme revêtue d'un domino vert; mais quelle pouvait être cette femme dont l'attente absorbait la pensée du monarque?

M<sup>me</sup> de Mailly s'en doutait bien.

L'incident de la forêt de Sénart lui était connu, et, depuis le jour où il s'était produit, une sourde jalousie brûlait le cœur de la future favorite, et elle tremblait à tout moment de perdre sans retour l'espèce d'ascendant qu'elle commençait à prendre sur le cœur de l'aimable roi.

Et les dernières communications que lui avait faites M<sup>me</sup> la princesse de Carignan n'étaient pas de nature à la rassurer.

Elle lui avait appris que M<sup>lle</sup> de Saint-Acheul devait être au bal par le vicomte de Roncenelles.

A en juger par l'impatience que manifestait le roi, il était certain qu'il éprouvait un vif désir de la voir arriver.

Oh! rien qu'à cette pensée la duchesse frémissait; mais, obligée de ronger son frein en silence et de dissimuler le dépit qui la torturait, elle faisait tous ses efforts pour sourire et conserver à son visage l'expression de plaisir que le roi aimait tant à y rencontrer lorsque ses regards s'arrêtaient un instant sur elle.

Tout à coup elle tressaillit.

Le roi venait de quitter subitement M. de Richelieu, et de remettre son masque pour aller se joindre en apparence à un groupe de Tritons à la tête desquels se trouvait M. de Souvré, mais en réalité pour se rapprocher d'un domino vert qui venait de faire son entrée dans la galerie en compagnie d'un gentilhomme costumé en magicien.

Au nœud de ruban blanc que le domino portait sur l'épaule, la duchesse de Mailly n'avait pas tardé à reconnaître M<sup>lle</sup> de Saint-Acheul.

C'était elle, en effet, ou plutôt celle qui la remplaçait.

Nous avons quitté Antoinette au moment où elle montait en carrosse avec le vicomte de Roncenelles, celui-ci croyant fermement avoir à ses côtés la fille du marquis.

Le cœur de la pauvre Marjolaine battait bien fort pendant ce moment critique.

Elle garda le silence dans la crainte d'être reconnue par le son de sa voix.

Le vicomte, en galant chevalier, lui adressa quelques compliments, et essaya de la distraire en lui parlant du plaisir qui l'attendait au bal.

Quelques monosyllabes lui répondirent.

M. de Roncenelles ne s'aperçut nullement du changement de voix; d'ailleurs, il n'avait rien de surprenant.

Le masque qui couvrait le visage de la jeune fille était un loup semblable à ceux dont on vit la mode fleurir sous Louis XIV, et tomber en désuétude lors des dernières années de la régence.

Doublé en satin blanc, il n'était tenu par aucune ligature, mais demeurait fixé par une petite verge de fil d'archal terminée par un bouton de verre.

Or cette verge et ce bouton entrant dans la bouche de la personne masquée avaient pour effet de changer le son de la voix, ce qui était d'une grande utilité aux gens qui craignaient qu'on ne le devinât malgré leur masque.

Donc, il n'y avait rien que de très-naturel dans la différence de timbre vocal qu'eût pu remarquer le vicomte.

Mais, nous le répétons, il n'y prit pas garde, et, d'ailleurs, il était trop éloigné de supposer la vérité pour qu'elle lui vînt à l'idée.

Antoinette se rassura un peu.

Pendant la première heure de marche (on mettait alors deux heures avec de bons chevaux pour aller de Paris à Versailles), le vicomte parla, et, après avoir rappelé à la prétendue Adrienne l'espérance qu'il avait d'être bientôt son époux, il passa par une habile transition aux louanges du roi, qu'il s'efforça de dépeindre comme le premier gentilhomme du royaume, ne sachant rien refuser à la beauté, mais aimant en revanche qu'on lui sût gré de sa chevaleresque générosité et de sa bonté d'âme.

Tout cela était dit d'une certaine façon avec force circonlocutions et de manière à faire entendre à demi-mot qu'il n'était pas homme à être jaloux d'un regard de Sa Majesté, regard qui se traduisait habituellement par des grâces et des faveurs de toute sorte, tandis qu'au contraire un excès de pruderie mal placée était une offense que le roi ne pardonnait jamais, ses intentions, au reste, n'ayant rien qui pût alarmer la vertu la plus sévère.

On devine le motif qui plaçait toutes ces paroles dans la bouche de M. de Roncenelles : il voulait préparer la jeune fille à l'entrevue secrète qui devait avoir lieu entre elle et le roi, de manière qu'elle n'allât pas s'effrayer d'un tête-à-tête probable avec Sa Majesté, qui se croyait aimée, on se le rappelle, et qui était toute disposée à prouver que de son côté elle n'avait pas été insensible aux charmes de la belle amazone de la forêt.

Antoinette, prévenue à l'avance par le baron de Montlieu, écoutait en silence, et elle ne pouvait se défendre d'un profond sentiment d'indignation en songeant à la perfidie du vicomte.

Néanmoins, elle se garda bien de faire aucune objection, et la soumission qu'elle montra tacitement en paraissant accepter sans mot dire le rôle qu'il lui traçait fit un excellent effet sur l'esprit de son compagnon qui demeura, plus que jamais, convaincu du succès de sa fortune.

La route se fit sans incident.

Mais, lorsque le lourd carrosse du vicomte s'arrêta dans la cour du palais, Antoinette sentit tout son sang refluer à son cœur, et, n'eût été le masque qui couvrait son visage, quiconque eût vu sa pâleur, quand elle entra dans la galerie des glaces, eût été épouvanté.

C'est que le moment décisif était venu.

Elle allait avoir à affronter le danger en face.

Il y eut un instant d'hésitation pendant lequel elle se demanda si elle n'allait pas s'enfuir.

Mais elle songea à Stéphen, et elle eut honte de ce mouvement de faiblesse.

Elle continua à avancer.

Le vicomte s'était approché du roi.

— Eh bien! lui dit celui-ci, c'est elle, n'est-ce pas?

— Sire, répondit M. de Roncenelles, Votre Majesté saura quand il lui plaira jusqu'à quel point elle est aimée.

— Il se pourrait! oh! j'en suis ravi.

Quelques minutes plus tard, le roi avait rejoint le domino vert au nœud blanc, et, tout en causant, faisait avec elle le tour de la galerie.

— Mademoiselle, lui dit-il à voix basse, et profitant d'un moment où le gros de la foule se portait vers l'une des portes pour voir entrer M. le duc de Brancas, déguisé en bouquet de fleurs, n'avez-vous aucune grâce à me demander?

— Sire, je n'ose en faire l'aveu à Votre Majesté.

— Votre timidité est encore un charme de plus à mes yeux; mais, rassurez-vous, si le roi de France est fier de sa puissance, c'est qu'elle lui permet de pardonner.

— Oh! Sire, que de bonté!

— Silence, on nous observe, et le lieu est mal choisi pour causer de la sorte; tout à l'heure, un homme qui vous dira votre nom à l'oreille viendra de ma part vous chercher; suivez-le sans crainte, il vous mènera près de moi, et alors, je vous le promets, la grâce que vous me demandez vous sera accordée.

Et le roi, qui s'était aperçu que, depuis le commencement de la promenade avec M<sup>lle</sup> de Saint-Acheul, la duchesse de Mailly ne l'avait pas perdu de vue, fit une retraite habile et vint adresser quelques mots flatteurs à la duchesse, qui l'en remercia la rage au cœur.

Antoinette avait repris le bras du vicomte de Roncenelles.

Au bout d'une demi-heure environ, le roi quitta le bal et rentra dans les petits appartements.

A peine fut-il sorti qu'un masque costumé en Scaramouche s'approcha d'Antoinette :

— Mademoiselle Adrienne, lui dit-il de manière à ce qu'elle seule l'entende.

La jeune fille tressaillit.

Mais soudain et sans répondre, elle prit le bras du Scaramouche et disparut avec lui.

Son guide lui fit traverser trois ou quatre pièces, puis, poussant tout à coup une porte qui s'ouvrit seule, il introduisit la jeune fille dans un cabinet qui avait jadis fait partie du petit appartement de M<sup>me</sup> de Maintenon.

C'était une pièce carrée, entièrement tendue de velours blanc, bordée de guirlandes de roses, et éclairée par des lampes d'albâtre qui projetaient une lumière douce et voilée.

Le roi était assis sur un moelleux sopha en velours amarante.

A la vue de la jeune fille, il se leva, alla à sa rencontre, et lui prit la main.

Mais il fut surpris du froid glacial de cette main qui tremblait dans la sienne.

— De grâce, remettez-vous, lui dit-il, votre main est glacée.

— Pardonnez-moi, Sire, répondit Antoinette, malgré moi, je tremble, mon front brûle, j'ai peur!

— Peur! auprès de moi!

— Que Votre Majesté me pardonne, je sais que le roi est bon.

— Oh! ce n'est pas au roi qu'il faut vous adresser, c'est à l'homme qui vous aime, à l'amant qui veut vous devoir le bonheur de lire dans vos yeux qu'il est aimé.

Et, tout en parlant, Louis XV tentait de faire asseoir la jeune fille sur le sopha.

— Au nom du ciel, continua-t-il, ôtez ce velours qui me cache la vue de vos traits chéris; laissez-moi contempler cette ravissante beauté.

— Sire! arrêtez, ces douces paroles ne

peuvent m'être adressées, car je ne suis pas celle que vous croyez...

— Quoi ! vous n'êtes pas cette charmante amazone dont le souvenir s'est gravé dans mon cœur en caractères ineffaçables? vous n'êtes pas la fille de celui que je devrais punir, et qui vous devra sa grâce?

— M^{lle} Adrienne de Saint-Acheul? non, Sire.

— Que dites-vous? s'écria le roi stupéfait; mais alors...

— Qui je suis? répondit Antoinette en ôtant son masque, une pauvre jeune fille sans naissance et sans famille, qui vient se jeter aux genoux de Votre Majesté pour la supplier de lui rendre celui qu'elle aime.

Et, s'agenouillant devant le roi, elle tendit les mains vers lui.

Louis XV la regardait.

Une exclamation de surprise s'était échappée de ses lèvres en reconnaissant que ce n'était pas M^{lle} de Saint-Acheul qui lui parlait, mais la splendide beauté de la Marjolaine le captivait, et il ne trouvait pas une parole pour lui demander l'explication de sa présence.

— Mais enfin, fit-il au bout d'un moment, pourquoi avez-vous pris le nom de M^{lle} de Saint-Acheul?

— Pour empêcher M. le vicomte de Roncenelles de commettre une action indigne d'un gentilhomme, Sire.

Le roi fit un mouvement.

— Mademoiselle, reprit-il, vous vous êtes jouée de moi, et d'un mot je puis punir votre audace, en donnant l'ordre de vous enfermer à la Bastille.

La Marjolaine ne répondit pas, mais des larmes abondantes s'échappèrent de ses yeux.

Les larmes avaient un puissant effet sur le cœur de Louis XV.

Il reprit avec plus de douceur :

— Je veux bien vous entendre, car je ne puis supposer que seule vous avez eu la hardiesse de braver ainsi ma colère; vous êtes l'instrument de quelqu'un, et je veux savoir qui je dois punir. Relevez-vous et racontez-moi comment il se fait que ce soit M. le vicomte de Roncenelles qui vous ait amenée.

— Je vais tout dire à Votre Majesté, et peut-être, quand elle saura que M^{lle} de Saint-Acheul a préféré la fuite au déshonneur que lui préparait M. le vicomte de Roncenelles,

qu'elle me pardonnera de l'avoir aidée à se soustraire aux projets de son fiancé, car M. le vicomte de Roncenelles était son fiancé, Sire.

— Oui, c'est vrai, fit le roi, songeant malgré lui au rôle odieux que le vicomte avait joué ; mais parlez, j'ai hâte de tout savoir.

Antoinette lui fit le récit de la façon dont elle avait réussi à prendre la place d'Adrienne, sans que le vicomte s'en doutât.

Le roi réfléchit, et fixant sur la jeune fille un regard bienveillant :

— M^{lle} de Saint-Acheul a compté sur votre dévouement, et elle a eu raison. Spéculer sur l'emprisonnement d'un homme pour lui enlever sa fille et la livrer au roi est une chose honteuse... Oh! courtisans serviles, continua-t-il en faisant un geste d'indignation, ils sacrifieraient leur honneur pour parvenir au but de leur ambition ; oui, mais me prêter à leurs desseins c'est exposer le mien...

Et le monarque, fronçant les sourcils, allait et venait dans le boudoir, en donnant tous les signes d'une vive agitation.

Soudain il s'arrêta, et, s'adressant à Antoinette :

— N'ayez aucune crainte, mon enfant; sans vous j'aurais commis une mauvaise action, et je vous remercie de ce que vous avez fait ; mais, j'y pense, en vous dévouant de la sorte, quel mobile vous faisait agir? Est-ce donc seulement par amitié pour M^{lle} de Saint-Acheul?

— Non, Sire, un autre motif me guidait.

— Et lequel?

— Sire, c'était afin d'implorer la grâce du chevalier Stéphen de la Feuillée, qui, depuis hier, est à la Bastille.

— Le chevalier de la Feuillée, mais qu'a-t-il fait?

— Quelques vers...

— Oh! oui, je me rappelle, une chanson indigne.

— Oh! Sire.

— Mais enfin, reprit le roi, qu'un certain sentiment de défiance anima, est-ce que le chevalier de la Feuillée sait que vous êtes ici seule près de moi? est-ce qu'il a consenti à ce que vous avez fait?

— Non, Sire, il l'ignore.

— Quoi ! c'est vous-même qui avez imaginé une pareille entreprise; mais vous n'avez donc pas songé que le roi vous trouverait jolie, et qu'il pourrait vous demander, en échange de la grâce qu'il est prêt à vous accorder, ce qu'il espérait obtenir de M<sup>lle</sup> de Saint-Acheul?

— Non, Sire, j'ai pensé qu'une pauvre fille qui venait se jeter aux pieds de Votre Majesté était sous la sauvegarde du roi, qui ne peut rien me demander, puisqu'il sait qu'il est le maître de disposer à son gré de mon honneur et de ma vie.

Le roi tressaillit.

— Oui, dit-il en étouffant un soupir, vous avez eu raison, et votre confiance ne sera pas trompée. Demain, le chevalier Stéphen de la Feuillée sera libre.

Puis, sonnant, il fit demander Bachelier, l'homme qui présidait habituellement aux menus détails des bonnes fortunes royales.

— Faites reconduire cette jeune fille chez elle, lui dit-il.

Et comme Bachelier devait supposer qu'il s'était passé entre elle et le monarque autre chose qu'une simple conversation :

— Mademoiselle, continua Louis XV, vous pourrez dire à celui que vous aimez que le roi de France a préféré renoncer au plaisir qu'il se promettait de prendre, que de ternir la pureté de votre âme ; retournez près de lui, et qu'il sache apprécier votre vertu comme j'ai su la respecter.

Et, saluant la jeune fille, il fit signe à Bachelier de l'emmener.

— Allez, monsieur, et souvenez-vous que cette enfant peut sortir de cette chambre le front haut.

Antoinette jeta au roi un regard de remerciement et suivit le valet de chambre, qui la conduisit au bas du grand escalier, la fit monter dans un carrosse de la cour, et donna l'ordre au cocher de la mener à Paris.

Le roi était rentré au bal.

Son visage avait pris une certaine expression de gravité, qui n'échappa pas au regard perspicace de M<sup>me</sup> de Mailly.

En un clin d'œil elle vit que sa prétendue rivale ne pouvait rien contre elle.

Quant au vicomte de Roncenelles, quoique surpris du peu de temps qu'avait duré l'entrevue du roi et d'Adrienne, il ne douta pas qu'elle ne se fût passée au gré du monarque ; aussi eut-il soin d'aller en souriant au-devant de lui.

Un regard terrible le foudroya.

— Sire..., balbutia-t-il.

— Demain, monsieur, lui dit le roi, vous quitterez la cour, et vous demeurerez dans vos terres jusqu'à ce qu'il me plaise vous en rappeler.

Et, lui tournant le dos, il le laissa pétrifié de stupeur.

### CHAPITRE XX

*Où l'on verra quel fut le sort réservé à chacun des personnages de cette histoire.*

Le baron de Montlieu n'avait pu opposer aucune résistance à l'agression dont il avait été l'objet.

On n'en voulait nullement à sa vie, car, lorsque les assaillants l'eurent couché immobile sur le sol, ils se hâtèrent de disparaître en s'enfuyant à toutes jambes, sans songer à lui faire le moindre mal.

Évidemment il était la victime d'une trahison.

— Misérables coquins ! s'écria-t-il en rugissant de colère ; oh ! lâches !

Mais ses cris et ses paroles s'envolaient dans l'espace, et n'étaient entendus par personne.

Il finit par ne plus souffler mot, et songea, ce qui valait mieux, à se débarrasser des liens qui le tenaient captif.

C'était chose facile, on avait seulement voulu l'empêcher de s'opposer à l'enlèvement de la jeune fille, en le forçant à l'immobilité pendant le temps qu'il s'effectuait ; au bout de quelques minutes d'efforts, il put, à l'aide de ses dents, dénouer les cordes qui lui serraient les bras, et puis, une fois les mains libres, rompre celles qui entouraient ses jambes.

Sa première pensée fut de se mettre à la poursuite des ravisseurs d'Adrienne.

Mais était-il possible que, sans cheval, il pût rattraper le carrosse qui l'emmenait?

C'eût été folie que de l'espérer, et, d'ailleurs, il ne savait pas quelle direction il avait prise, pas plus que celle des gens qui l'avaient terrassé, et qui s'étaient dispersés dans l'ombre en moins de temps qu'il n'en faut pour le dire.

Il était donc là, fou de colère et de désespoir, ivre de fureur et de vengeance, se de-

mandant ce qu'il allait faire, et à qui il devait s'en prendre.

— Oh! mon Dieu! s'écria-t-il avec angoisse, elle est perdue! et c'est moi qui en suis la cause. Oh! mais il faudra bien que je la retrouve, et malheur à ceux qui me l'ont ravie!

Et, comprenant enfin que ce n'était pas en restant là qu'il parviendrait à savoir ce qu'était devenue Adrienne, il se décida à abandonner la place et à revenir sur ses pas.

A la barrière, il trouva un carrosse de louage, et se fit conduire droit à l'hôtel de Saint-Acheul.

Francine était dans le secret de ses amours; ce fut à elle qu'il apprit l'événement qui venait d'arriver.

— Oh! mon Dieu! exclama la soubrette, que m'apprenez-vous là?

— Voyons, réponds-moi, interrompit le jeune homme. M. le vicomte de Roncenelles ne s'est pas aperçu de la substitution qui s'est opérée dans la chambre d'Adrienne, et c'est bien elle qu'il a cru emmener?

— Oui.

— Et il n'est pas revenu?

— Non.

— C'est étrange; mais alors quel autre que lui avait intérêt à s'opposer à mes desseins? Dis-moi, Francine, il ne s'est rien passé d'extraordinaire à l'hôtel depuis notre départ? Il n'est venu personne? tu n'as rien vu?

— Non, répondit la fille de chambre. Oh! mon Dieu, que dira M. le marquis lorsqu'il apprendra tout cela! Oh! tenez, monsieur le baron, je me repens de vous avoir écouté.

— Allons, assez; d'ailleurs, tu as été suffisamment récompensée, je suppose.

— Ma pauvre maîtresse! se contenta de dire Francine; tout à l'heure, en rangeant dans sa chambre, je ne pouvais m'empêcher de pleurer. Oh! à propos, puisque vous voilà, monsieur le baron, je dois vous remettre ceci que j'ai trouvé sur la cheminée, et qui appartient à la personne que vous avez amenée pour prendre la place de mademoiselle.

— Qu'est cela? fit le jeune homme, un médaillon!... Ciel! s'écria-t-il soudain, c'est le portrait de ma mère... Mais je ne me trompe pas, il y avait deux faces à ce bijou, l'autre contenait le portrait de mon père, et je l'ai là sur moi! Mais comment cette fille, la Marjolaine, était-elle en possession de ceci? Voyons,

Francine, rappelle-toi bien, tu es sûre que c'est à la jeune fille qui est partie avec M. de Roncenelles que ce médaillon appartient?

— Oui certes, puisque je l'ai vu retirer de son cou.

Frédéric, les yeux fixés sur la miniature qu'il tenait à la main, ne pouvait se rassasier de la contempler; mais il avait beau se creuser l'esprit pour deviner à quel titre la Marjolaine la portait sur elle, il lui était impossible de s'en rendre compte.

Toutefois il eut un vague soupçon d'être sur la voie de la lumière qu'il cherchait, au milieu des ténèbres que les événements amoncelaient autour de lui.

— Mon Dieu! s'écria-t-il, en laissant tomber ses bras le long de son corps avec désespoir, jusques à quand dois-je ignorer ce secret qui m'entoure? jusques à quand dois-je me débattre entre les mains de ce réseau qui m'enveloppe et dont il m'est impossible de sortir?

Le jeune homme était accablé, une sorte de vertige fiévreux faisait errer sa pensée sur tous les personnages de ce récit. Le marquis, le vicomte, Adrienne, la Marjolaine, lui apparaissaient comme des ombres, et on eût dit qu'il voulait se lancer au-devant de chacune d'elles pour la forcer à lui donner le mot de l'énigme indéchiffrable qu'il cherchait à expliquer.

Francine, immobile devant lui, le regardait en silence sans oser interrompre sa rêverie.

Soudain il prit congé d'elle en la priant instamment de le faire prévenir si quelque nouvel incident survenait; puis il quitta l'hôtel pour rentrer chez lui.

Or, comme il allait frapper à la porte de sa maison de la rue de la Bonne-Morue, il vit un homme qui semblait en garder l'approche. C'était Sulpice.

— Ah! vous voici, s'écria Frédéric, ravi de revoir l'homme qui lui avait dit être en mesure de lui donner tous les éclaircissements qu'il désirait aussitôt que Fanchette serait retrouvée; que faisiez-vous là?

— Je vous attendais, répondit laconiquement le marinier.

— Vous m'attendiez! mais vous saviez donc que je reviendrais? reprit le baron, qui eut un instant la pensée que Sulpice était pour quelque chose dans l'enlèvement d'Adrienne.

— Non, répondit Sulpice, mais vous oubliez que vous deviez m'envoyer votre laquais. Or, ne voyant rien apparaître, j'ai pris le parti de venir moi-même.

— Oh! vous avez bien fait.

Et il fit monter le marinier chez lui.

Celui-ci s'assit commodément dans un fauteuil.

— Et Fanchette? dit-il.

— Fanchette est en lieu sûr; mais il ne s'agit pas d'elle, mais de moi. Ne m'avez-vous pas dit que vous me révéleriez ce que vous savez sur...

— Faites excuse, mon gentilhomme, je vous ai dit que je ne pourrais rien vous apprendre avant que j'aie en mains certaines preuves que Fanchette possède.

— Ces preuves, je les ai.

— Comment?

— Oui, Fanchette m'a remis hier ce papier. Tenez, lisez.

Et Frédéric montra à Sulpice la déclaration de son père.

Celui-ci tressaillit.

— Quoi! c'est elle qui vous a remis cela? balbutia-t-il.

— Oui; parlerez-vous, maintenant?

— Non, répondit Sulpice consterné.

— Misérable! s'écria le baron, après la promesse que tu m'as faite! Mais non, tu m'as trompé, tu ne sais rien.

— Je sais assez pour vous obliger à me rendre Fanchette.

— Soit, je te la ferai retrouver, mais n'abuse pas plus longtemps de ma patience; parle, ou, sur mon honneur, je te jure que tu ne sortiras pas vivant d'ici.

— Des menaces! ah! prenez-y garde, mon gentilhomme.

— Eh bien, non! tu as raison, je suis fou de menacer. Voyons, mon ami, au nom du ciel, parlez! et je vous récompenserai. C'est de l'or qu'il vous faut..., je vais vous en donner. Tenez, continua-t-il en puisant des deux mains dans l'un des tiroirs de sa commode, en voici.

Et il jeta deux poignées de louis devant le marinier, qui sourit d'aise.

— En voulez-vous encore?

Et une seconde fois il remplit ses mains.

— Mais enfin que voulez-vous que je vous dise? que voulez-vous savoir?

— Ah! tu te décides donc?

— Dame, mon gentilhomme, vous avez de telles façons de forcer les gens à vous obéir, qu'on ne peut s'en dispenser.

— Bien! Je vous ai demandé quel était le lien mystérieux qui vous unissait au marquis de Saint-Acheul; aujourd'hui je veux savoir depuis quand vous connaissez cet homme?

— Depuis vingt ans.

— Vingt ans!... mais alors... que faisait-il? qui était-il? hasarda le jeune homme dont la voix tremblait, et qui redoutait d'interroger, dans la crainte qu'il ne lui fût répondu selon ses pressentiments.

— Ce qu'il faisait, répondit Sulpice avec un sourire ignoble, il était l'amant de M<sup>me</sup> la baronne de Montlieu...

— Tu mens! s'écria Frédéric dont le visage se contracta affreusement.

— Je dis vrai, se contenta d'ajouter Sulpice.

— Tu mens, te dis-je, exclama le baron, tu mens! Car tu insultes ma mère, entends-tu, malheureux! C'est de ma mère que tu parles.

— Je le sais, encore une fois, et je dis vrai; mais alors M. le marquis de Saint-Acheul s'appelait le comte de Blancheroy.

— Lui! oh! c'est infâme! Lui! Oh! mon Dieu! mon Dieu!

Et les sanglots brisèrent la poitrine du malheureux jeune homme, qui n'osait plus douter de la véracité des paroles du marinier.

— Mais, reprit-il avec force, le comte de Blancheroy est l'assassin de mon père!

— Oui, et le séducteur de votre mère, de votre mère, qui mourut en donnant le jour à une fille.

— Une fille, dites-vous?

— Et, cette fois, le front du baron devint livide, ses yeux s'injectèrent et ses lèvres frémirent.

— Oui, une fille, et c'est lorsque M. le baron de Montlieu, transporté de colère à la vue de cette enfant, voulut en punir le père en se battant avec lui, que le comte de Blancheroy l'assassina.

— Horreur! dit Frédéric en couvrant son visage de ses deux mains.

Sulpice, calme et impassible, lui fit alors le récit des événements qui s'étaient passés à la ferme des Coudriers.

— Je fus témoin de ce meurtre, monsieur le baron, dit-il en terminant; j'étais dépositaire de l'écrit que vous possédez maintenant; depuis vingt ans je vous cherchais pour vous le remettre, lorsqu'il me fut dérobé par Fanchette.

Mais Frédéric n'entendait plus.

— Une fille, répétait-il sans cesse, une fille...; mais qui..., mon Dieu! Mais cette fille, cette enfant! c'est elle... Oh! non!... c'est impossible.

— Dame! ça se pourrait bien.

— Quoi! vous aussi, vous le pensez? C'est Adrienne!

— M^lle de Saint-Acheul, c'est probable.

— Oh! infamie! malédiction! Adrienne... ma... sœur!... Oh! mais j'y pense, c'est lui qui l'aura fait enlever...

— Comment, enlevée! elle est arrêtée?

— Arrêtée! dit Frédéric, qui ne comprenait plus.

— Ah! voilà ce que je redoutais; je vous avais averti cependant, vous m'aviez promis de l'emmener hors d'ici.

On se rappelle que Sulpice avait été chargé de l'arrestation de la Marjolaine, et qu'il croyait qu'Antoinette et Adrienne ne faisaient qu'une seule personne.

— Et j'aimais ma sœur!... fit Frédéric avec désespoir. Mais qu'ai-je donc fait à Dieu pour qu'il m'éprouve de la sorte!

— Ah! reprit Sulpice, M. Hérault se sera défié de moi.

— Hein!

— Oh! rien, se hâta de reprendre le marinier. Je pense à cette pauvre jeune fille, elle est innocente, elle!... Je me la rappelle encore, lorsqu'elle souriait dans les bras de M^me Simonne, après que sa mère lui eut attaché au cou le médaillon où se trouvait son portrait, un joli portrait, ma foi, je l'ai vu avant de quitter la ferme.

— Un médaillon, dites-vous?

— Oui, c'est-à-dire la moitié d'un médaillon, car l'autre moitié manquait.

Frédéric releva la tête et passa la main sur son front comme pour chasser une pensée importune.

— Voyons, dit-il, est-ce un rêve... un médaillon... Sulpice?

— Monsieur...

— Vous dites que l'enfant de M^me de Montlieu avait... Oh! tenez, dit-il en s'interrompant soudain, est-ce cela?

Et il lui montra la miniature que lui avait remise Francine.

— Oui, mes souvenirs sont bien vagues, mais il me semble que c'était quelque chose semblable.

— Mais ce médaillon n'est pas à M^lle de Saint-Acheul.

— Ah!

— C'est une autre jeune fille qui le portait à son cou..., une pauvre enfant qu'on appelle la Marjolaine.

— Eh bien! est-ce que la Marjolaine n'est pas M^lle de Saint-Acheul! La Marjolaine est bien l'enfant qui est née à la ferme des Coudriers il y a vingt ans.

— La Marjolaine!

Et Frédéric se ressouvint de la ressemblance que la jeune fille avait avec le portrait de sa mère.

Sulpice, qui avait reçu du lieutenant de police les renseignements les plus détaillés touchant la Marjolaine, lui dépeignit son signalement de manière à ce que Frédéric ne pût qu'acquérir la preuve qu'Antoinette était bien sa sœur.

Mais toutes ces révélations, ces surprises et ces étonnements avaient tellement bouleversé la raison du baron, qu'il accueillit cette nouvelle comme un homme qui reçoit une blessure au plus fort d'un combat : échauffé par l'ardeur de la lutte, il est insensible à la douleur.

Frédéric resta un moment muet, immobile, l'œil fixe, comme s'il eût été frappé de catalepsie.

Mais tout à coup il fit un mouvement convulsif.

— Qu'avez-vous? s'écria Sulpice.

— Oh! malheureux que je suis!

— Monsieur le baron!...

— Misérable! pour sauver Adrienne j'ai jeté ma sœur dans les bras du roi.

Et jetant un cri terrible, le jeune homme alla tomber sans connaissance aux pieds du marinier Sulpice.

Au même instant, M^lle Adrienne de Saint-Acheul, que la voiture de M. le cardinal avait amenée à Charenton, faisait son entrée dans le couvent des filles du Saint-Sacrement.

### ÉPILOGUE
—

Le marquis de Saint-Acheul avait pleinement réussi dans sa mission ; huit jours après son arrivée à Madrid, il repartait porteur de la précieuse cassette qu'il avait su adroitement dérober chez M. l'ambassadeur de France et qui contenait ses papiers et les instructions qu'il recevait directement de M. Chauvelin.

Certes, une capture de cette importance devait rendre le marquis joyeux, et cependant une sombre inquiétude l'assiégeait ; depuis son départ de Paris, il avait écrit plusieurs lettres à Adrienne pour la rassurer sur son absence, et toutes étaient restées sans réponse.

Il craignait quelque funeste événement.

En entrant à l'hôtel, il demanda Adrienne.

On lui apprit sa disparition.

Il courut chez le cardinal.

— Monseigneur, lui dit-il en lui remettant la cassette objet de son voyage, j'ai rempli fidèlement le mandat dont vous m'aviez chargé et je vous apporte ce que vous avez désiré.

Le cardinal était au comble de ses vœux ; il reçut M. de Saint-Acheul à bras ouverts.

— Monsieur le marquis, je n'attendais pas moins de votre habileté et vous pouvez compter sur ma reconnaissance ; mais d'abord, prenez ceci.

Et il écrivit quelques mots sur un papier qu'il signa et lui donna. C'était un bon de soixante mille livres sur la trésorerie.

— Maintenant, reprit-il, un bon conseil, si vous le permettez, monsieur le marquis.

— J'écoute, monseigneur.

— Croyez-moi, renoncez aux convulsions et ne vous mêlez plus des *Nouvelles ecclésiastiques ;* je n'aurai pas toujours, ajouta-t-il en souriant, des missions de ce genre à vous confier, et M. Hérault n'est pas de vos amis.

— Monseigneur, répondit le marquis, est-ce par ses ordres ou par les vôtres que ma fille Adrienne a été enlevée de chez moi pendant le voyage que je faisais pour Votre Éminence ?

— Votre fille ! ah ! ah ! je me souviens ; n'était-elle point fiancée à M. le vicomte de Roncenelles ? C'était un triste époux que vous lui destiniez, monsieur le marquis ; mais heureusement que M. de Montlieu, un fort aimable gentilhomme, ma foi ! y a mis ordre.

— Quoi ! s'écria M. de Saint-Acheul, c'est lui...

— Qui l'a enlevée. C'est exact ; mais rassurez-vous, comme je ne voulais pas qu'il profitât du moment où vous étiez occupé à servir les intérêts du roi pour déshonorer celle qu'il aime, j'ai fait avorter son dessein et fait enfermer M$^{\text{lle}}$ de Saint-Acheul au couvent des filles du Saint-Sacrement.

— Oh ! monseigneur, pardonnez-moi !

— Il ne tient qu'à vous de l'en faire sortir ; mais dorénavant, dit-il, prenez garde à ne point vous tromper sur les véritables sentiments de celui que vous lui choisirez pour époux. Vous oubliez trop que le temps de la Régence est passé, monsieur le marquis.

Le ton dont ces paroles étaient dites montrait clairement que le cardinal était parfaitement au courant des intentions du vicomte : aussi M. de Saint-Acheul ne répliqua-t-il pas, et il s'empressa de se retirer pour aller à Charenton chez les filles du Saint-Sacrement. Adrienne était bien triste.

Nous l'avons laissée au moment où, séparée brusquement de Frédéric, elle avait vu se terminer son voyage par son entrée au couvent.

Pendant les premiers jours qu'elle y demeura, elle ne fit que pleurer et gémir, et ce n'était pas seulement à cause de l'événement qui la frappait qu'elle se désolait ; mais elle songeait à Frédéric, elle ignorait ce qu'il était devenu, elle craignait pour ses jours, et elle tomba bientôt dans un morne abattement dont rien ne pouvait la distraire.

A la vue de son père, elle tressaillit.

Celui-ci ne lui parla en aucune façon de sa fuite en compagnie du baron et lui demanda si elle était disposée à revenir à l'hôtel.

— Mon père, lui dit Adrienne après qu'elle eut témoigné de la joie qu'elle éprouvait de le voir rendu à la liberté, — car elle le croyait à la Bastille, — s'il vous plaît de me donner M. le baron de Montlieu pour époux, emmenez-moi hors d'ici ; mais si votre volonté est de me contraindre à devenir la femme de M. le vicomte de Roncenelles, souffrez que j'y reste, car, plutôt que d'accepter la main de cet homme, je préfère consacrer mes jours à Dieu !

Jamais Adrienne n'avait parlé de la sorte.

Le marquis fut un moment décontenancé,

cependant il n'en fit rien paraître ; mais, avant de faire part à la jeune fille d'une détermination quelconque, il songea à savoir exactement ce qui s'était passé en son absence, et, désireux d'interroger le vicomte dont il ignorait l'exil, il répondit à Adrienne que, son intention étant de ne la faire sortir du couvent que pour la marier, elle voulût bien y attendre qu'il lui fît connaître la résolution qu'il prendrait.

Adrienne s'inclina en signe d'assentiment, et l'entrevue se termina.

Le marquis revint chez lui agité de sentiments divers et fort désireux de connaître les événements survenus pendant la durée de son voyage. Apprenons-les d'abord au lecteur en complétant le récit de ceux qui suivirent les révélations de Sulpice.

Le lendemain du bal de Versailles, M. le vicomte de Roncenelles, banni de la cour, s'était, pour obéir à l'ordre du roi, retiré dans ses terres. Quant à la Marjolaine, rentrée dans le domicile que lui avait si généreusement offert le chevalier de la Feuillée, elle songeait aux détails de l'entrevue qu'elle avait eue avec le roi et tremblait à tout moment que le vicomte de Roncenelles ne vînt lui demander compte de la mystification dont il avait été l'objet.

Soudain elle tressaillit, des pas précipités se firent entendre, la porte de la chambre s'ouvrit et Stéphen apparut devant elle.

— M. le chevalier ! s'écria-t-elle.

Et elle courut se jeter dans ses bras.

— Libre ! vous êtes libre ! s'écria-t-elle. Oh ! le roi m'a tenu parole.

— Le roi ! dit à son tour Stéphen ; que signifie ?...

Et la jeune fille raconta naïvement ce qu'elle avait fait et comment c'était à elle qu'il devait sa liberté.

Le chevalier ne pouvait en croire ses oreilles, et il fallut qu'Antoinette lui fît une seconde fois le récit de sa téméraire entreprise pour qu'il y ajoutât foi.

— Oh ! Antoinette, lui dit-il enfin, ce n'est pas un remerciement banal qui peut m'acquitter envers vous pour un pareil service ; mais, je vous le jure, l'amour que j'ai pour vous ne finira qu'avec ma vie.

Et un long baiser vint rougir le beau front de la Marjolaine qui sentit son cœur se fondre délicieusement.

Ce fut une journée de bonheur pour les deux jeunes gens, celle-là.

Mais, bien que la pensée du chevalier fût tout entière à la joie, le souvenir de son ami de Montlieu la traversait, et il fut pris du désir de savoir s'il était parti avec Adrienne, ainsi qu'il le devait faire.

Et dans la soirée il s'achemina vers la rue de la Bonne-Morue.

Il trouva Frédéric au lit, en proie à un délire fiévreux que Justin s'efforçait en vain de combattre.

La conversation qu'il avait eue avec Sulpice l'avait déterminé.

Un médecin appelé en toute hâte après le départ du marinier avait déclaré que ses jours étaient en danger.

Stéphen revint tout attristé raconter ce qu'il avait vu à Antoinette.

Tous deux, mus par le même sentiment de compassion, allèrent s'installer au chevet du malade.

Lorsque, pour la première fois, les yeux du jeune homme se fixèrent sur le visage angélique de la Marjolaine, qui priait à ses côtés, un éclair de douce joie brilla sur son front.

— Ma mère ! s'écria-t-il.

Et un déluge de larmes s'échappa de ses yeux.

Il était sauvé.

Il voulut parler, il n'en eut pas la force.

Mais d'une main crispée il saisit le médaillon qu'il portait à son cou et le montra à la jeune fille, tandis que de l'autre il lui indiquait le portrait de la baronne de Montlieu.

— Ce médaillon ! s'écria Antoinette, celui que ma mère m'a donné à son lit de mort.

— Dites notre mère, Antoinette, car vous êtes ma sœur.

Le chevalier et la Marjolaine ne répondirent pas.

Ils attribuaient les paroles inexplicables du jeune homme à la fièvre qui le consumait.

Cependant Antoinette regardait le tableau et le médaillon, et ce n'était pas sans surprise qu'elle remarquait la ressemblance frappante qui existait entre les deux portraits.

Évidemment c'était la même personne qu'ils représentaient.

Mais était-il possible que cette personne

fût la mère du baron en même temps que la sienne ?

C'est ce que la Marjolaine eût voulu savoir au prix de ce qu'elle avait de plus cher au monde ; mais elle avait beau se creuser l'esprit pour deviner comment cela se pouvait faire : interroger Stéphen, aussi ignorant qu'elle sur ce point, il lui fallut attendre que le baron fût hors de danger pour l'interroger, car le médecin qui le soignait l'avait dit, la maladie du jeune homme venait d'une grande exaltation d'esprit, et la moindre émotion pouvait le tuer.

Pendant quarante jours il garda le lit.

Lorsqu'enfin, grâce à la vigueur de son tempérament et à la force naturelle à son âge, il fut sur pied, il raconta à la jeune fille, non pas précisément ce que Sulpice lui avait appris, mais assez pour lui faire comprendre que si la baronne de Montlieu, morte en lui donnant le jour, n'avait pu lui léguer son nom, c'était à lui, Frédéric, qu'il appartenait de réparer le passé en se déclarant son frère.

— Oh ! mon ami, dit alors Stéphen, vous m'avez sauvé la vie ; elle m'a tiré de la Bastille, et je vous aime tous deux ! Frédéric, je vous en prie, qu'elle soit ma femme, et ce sera un nouveau bienfait que je vous devrai.

— Chevalier, lui répondit lentement Frédéric, je ne suis pas le maître de son sort, mais bientôt elle sera libre de choisir l'époux qui lui conviendra. Aimez-la bien, et soyez heureux, car vous pouvez l'être, vous...

Et une larme mouilla la paupière du jeune homme. Stéphen vit cette larme et tressaillit.

— Que voulez-vous dire ? s'écria-t-il en lui prenant la main. Oh ! oui, je comprends, vous me trouvez bien égoïste, n'est-ce pas, de parler d'amour et de mariage quand Adrienne...

— Silence, interrompit soudain Frédéric d'une voix ferme, ne prononcez plus ce nom, et priez Dieu qu'il me donne la force de l'oublier.

— Quoi ! vous désespérez quand vous êtes aimé et lorsque le marquis de Saint-Acheul est libre.

— Libre ! l'ai-je bien entendu ? Cet homme est libre, et vous ne me le disiez pas ! Oh ! mon père ? mon père ! tu vas être vengé !

— Au nom du ciel, que faites-vous ?

— Vous le saurez plus tard, répondit Frédéric.

Et il courut à l'hôtel de Saint-Acheul.

Le marquis comprit à l'air sombre du jeune homme qu'il allait se passer quelque chose d'extraordinaire ; cependant il fit bonne contenance.

— Monsieur le baron, lui dit-il, m'expliquerez-vous le motif d'une visite à laquelle j'étais loin de m'attendre ?

— Monsieur le marquis, voilà cependant vingt ans que vous devez être préparé à la recevoir.

— Que signifie ?...

— Auriez-vous donc oublié mon nom, monsieur, et dois-je vous rappeler que je suis le fils de l'homme que vous avez assassiné dans le bois des Coudriers ?

— Moi ! que dites-vous ! balbutia le marquis visiblement ému.

— Je dis que c'est à votre tour de mourir, et que je vais vous tuer.

— Me tuer ! prenez garde !

— Oh ! rassurez-vous, je n'assassine pas, moi..., et nous nous battrons.

Le marquis respira.

— Soit, nous nous battrons...

Et il porta la main à la garde de son épée. Frédéric l'arrêta du geste.

— Un moment, reprit-il, je ne veux pas mourir comme est mort mon père ; c'est devant un témoin que je veux venger votre victime.

— En ce cas, partons.

— Partons !

Et ils sortirent de l'hôtel.

— Mais, dit encore le marquis, où voulez-vous aller ?

— Vous le saurez bientôt ; ne vous ai-je pas dit que je voulais un témoin ?

— Un seul ?

— Oui, cela suffira, je l'espère, pour tous deux.

Le marquis joua l'indifférence.

— Comme il vous plaira, répliqua-t-il.

Et il continua à suivre le baron.

On arriva sur le quai de la Grenouillère.

M. de Saint-Acheul fit un mouvement.

On était en face du cabaret de la *Pêche miraculeuse*.

— Ah çà, monsieur le baron, est-ce une mystification de venir en un pareil lieu ? essaya de dire celui-ci.

— Mais il me semble qu'il est parfaitement

choisi ; et je suis sûr que tout à l'heure vous serez de cet avis.

Puis, s'avançant jusqu'au seuil du cabaret, Frédéric passa la tête et appela Sulpice.

Celui-ci accourut.

— Sulpice, fit le baron, n'avez-vous point jadis servi de témoin au duel qu'eut M. le baron de Montlieu avec M. le comte de Blancheroy ?

— Oui, mon gentilhomme, répondit le marinier.

— En ce cas, j'espère qu'aujourd'hui vous voudrez bien assister à celui que je vais avoir avec M. le marquis de Saint-Acheul.

— Je suis à vos ordres, monsieur le baron.

Frédéric se tourna vers le marquis.

— Ne trouvez-vous pas, monsieur, lui dit-il, que c'est une attention délicate de ma part de ne point admettre d'étranger dans cette affaire ? Cet homme connaît votre savoir-faire.

— Assez ! dit le marquis de Saint-Acheul dont la colère s'allumait, finissons-en.

Et les deux hommes, suivis de Sulpice, descendirent la berge.

Un batelet, le même peut-être dont Fanchette s'était servi pour se débarrasser de Stéphen, les conduisit dans l'île aux Cygnes.

A peine y eurent-ils abordé, qu'ils mirent l'épée à la main.

A la façon dont ils s'attaquèrent, il était facile de deviner que pour tous deux il s'agissait d'un duel à mort.

Ils se battaient avec acharnement, et pas un mot ne s'échappait de leurs lèvres serrées ; les yeux sur les yeux, le fer contre le fer, on les voyait lutter d'adresse et d'habileté.

Sulpice, toujours impassible, ne perdait pas un seul de leurs mouvements, et sa pensée se reportait à vingt ans en arrière, à l'époque où il avait vu l'un de ces deux hommes, animé d'une fureur aveugle, lâchement tuer, par surprise, son adversaire.

Mais, cette fois, il devait en être autrement.

Un coup de pointe rapide vint terminer le combat en perçant la poitrine du marquis, qui tomba sur ses genoux.

— Dieu est juste, fit-il. Et il expira.

. . . . . . . . . . . . . . . . . .

Deux mois après cette scène, M<sup>lle</sup> Adrienne de Saint-Acheul prenait le voile au couvent des filles du Saint-Sacrement de Charenton, et le baron de Montlieu quittait la France après avoir assisté au mariage du chevalier de la Feuillée avec la Marjolaine, qui ne sut jamais le nom de sa mère.

Sulpice se raccommoda avec Fanchette, qu'il épousa : ce fut sa punition.

Le 20 février 1737, M. Chapelle de Jumillac, officier de mousquetaires, alla, en vertu d'un ordre du roi, signifier à M. Chauvelin l'ordre de le conduire à sa terre de Grosbois ; les sceaux furent rendus à M. d'Aguesseau, qui les avait déjà tenus deux fois, et les conserva jusqu'au 27 novembre 1750.

La disgrâce du garde des sceaux donna lieu à des satires et à des chansons qui furent chantées dans tous les carrefours, et notamment celle qui se terminait par ce couplet :

> Si tu savais comme à Paris
> Un chacun te regrette.
> Les grands, autant que les petits,
> Fâchés de ta retraite,
> Chantent tous sur le même ton :
> La faridondaine, la faridondon ;
> Chauvelin n'est plus, Dieu merci,
> Biribi,
> Qu'à la façon de Barbari,
> Mon ami.

Les vers en étaient médiocres, mais elle obtint un succès de vogue.

Les convulsionnaires continuèrent à s'assembler clandestinement, jusqu'au mois d'août 1762, époque à laquelle la société des jésuites fut dissoute.

Mais les *Nouvelles ecclésiastiques* parurent jusqu'en 1780, et elles auraient probablement longtemps encore fait le désespoir de MM. les lieutenants de police, si la tempête révolutionnaire n'était venue, emportant avec elle les rédacteurs, imprimeurs et lecteurs, dans le tourbillon qui devait balayer tous les débris du XVIII<sup>e</sup> siècle.

Le baron Frédéric de Montlieu oublia-t-il M<sup>lle</sup> de Saint-Acheul ? C'est ce que nous dirons peut-être un jour, si nous avons à raconter la vie complète de celui dont les premières amours eurent un si triste dénouement.

FIN

9 782019 723606